楊家將演義

书名题字／周兴禄

*插图本*

中　国　古　典　小　说　藏　本

# 杨家将演义

秦淮墨客————校阅

烟波钓叟————参订

刘倩————校点

人民文学出版社

图书在版编目（CIP）数据

杨家将演义／（明）秦淮墨客校阅；（明）烟波钓叟参订；刘倩校点. —北京：人民文学出版社，2020（2025.4重印）
（中国古典小说藏本：插图本）
ISBN 978-7-02-013857-9

Ⅰ.①杨… Ⅱ.①秦…②烟…③刘… Ⅲ.①章回小说—中国—明代 Ⅳ.①I242.4

中国版本图书馆 CIP 数据核字(2018)第 037684 号

责任编辑　李　俊　杜广学
装帧设计　刘　静
责任印制　苏文强

出版发行　人民文学出版社
社　　址　北京市朝内大街 166 号
邮政编码　100705

印　　刷　北京新华印刷有限公司
经　　销　全国新华书店等

字　　数　183 千字
开　　本　787 毫米×1092 毫米　1/32
印　　张　8.75　插页 18
印　　数　16001—19000
版　　次　2007 年 1 月北京第 1 版
印　　次　2025 年 4 月第 5 次印刷

书　　号　978-7-02-013857-9
定　　价　29.00 元

如有印装质量问题,请与本社图书销售中心调换。电话:010-65233595

宋太宗

楊業

耶律沙

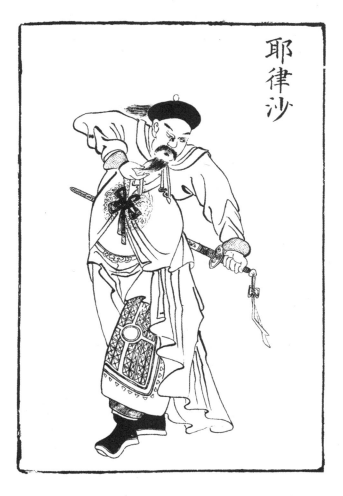

萧太后

萧太后

楊延昭

八賢王

潘仁美

穆桂英

呼延赞

孟良

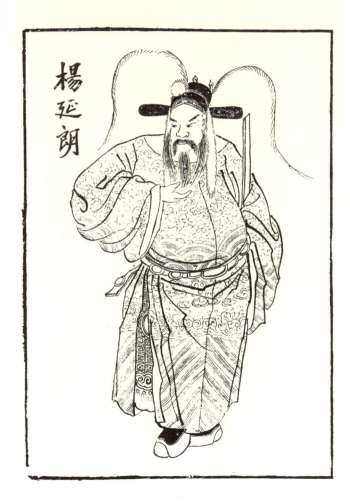

楊延朗

杨宗保

焦贊

萧天左

王欽

萧天右

# 出版说明

中国古典小说源远流长、佳作如林，是蕴含与传承中华优秀传统文化的重要文学体裁，在中国文学史乃至世界文学史上占有重要地位。人民文学出版社在成立之初即致力于中国古典小说的整理与出版，半个多世纪以来陆续出版了几乎所有重要的中国古典小说作品。这些作品的整理者，均为古典文学研究名家，如聂绀弩、张友鸾、张友鹤、张慧剑、黄肃秋、顾学颉、陈迩冬、戴鸿森、启功、冯其庸、袁世硕、朱其铠、李伯齐等，他们精心的校勘、标点、注释使这些读本成为影响几代读者的经典。

此次我们推出"中国古典小说藏本（插图本）"丛书，将这些优秀的经典之作集结在一起，再次进行全面细致的修订和编校，以期更加完善；所选插图为名家绘图或精美绣像，如孙温绘《红楼梦》、孙继芳绘《镜花缘》、金协中绘《三国演义》、程十髪绘《儒林外史》等，以丰富读者的阅读体验。

人民文学出版社编辑部

2020 年 1 月

# 目　录

# 校 点 前 言

　　杨家将故事,是我国民间流传最广的英雄传奇故事之一。令公杨业为北宋初年名将,抗击契丹,威震边陲,史称"无敌"将军。其子杨延昭、其孙杨文广,担任将官,均能忠勇自效,不堕杨家威风。民间对杨府世代忠勇卫国的事迹十分推崇,南宋话本和元明戏曲就保存了不少杨家将故事。到今天,讲述杨家将事迹的评书和影视作品,也依然盛行不衰。

　　《杨家将演义》,为明人编撰的一部杨家将小说,全称《杨家府世代忠勇通俗演义志传》,万历三十四年(1606)初刊本内封题为"杨家将演义",这一书名更为广大读者熟知,故依此以定名。全书八卷五十八则,有插图一百零二幅。每卷卷首署"秦淮墨客"校阅(校正)、"烟波钓叟"参订,书前有"万历丙午(三十四年)长至日秦淮墨客"序,后钤有"纪振伦"、"春华"二印章。纪振伦生平无考,目前还不能确定他就是本书的作者。

　　《杨家将演义》描写了杨业、杨延昭、杨宗保、杨文广、杨怀玉等杨府五代人前仆后继、勇赴国难的故事,从宋太祖开国一直写到宋神宗,时间跨度超过百年。小说渲染了杨门虎将征服辽与西夏、平定侬智高叛乱的赫赫战功,成功塑造了杨令公、杨六郎等驰骋疆场、赤心报国的英雄人物,一些次要人物,如焦赞的一味粗鲁与孟良的粗中有细,也都刻画得栩栩如生。小说还通过朝廷内外的忠奸斗争,以杨家将的不幸遭遇来表现朝廷寡恩、奸佞横行,深刻道出了君主专制社会中功臣、忠臣难为的悲凉。《杨家将演义》叙事简朴,文字古拙,出于对英雄的热爱,在史实的基础上还插入了不少的民间传说,读者可以藉此了解它对后世戏曲及传说的影响。

《杨家将演义》成书于万历后期,也打上了鲜明的时代烙印。万历后期,边境危机和国内叛乱几乎年年发生,大的战事就有西南平定播州杨应龙叛乱、西北平定宁夏哱拜叛乱和东北援朝,史称"万历三大征"。明王朝动用了大量的人力物力,才勉强取得这三次战役的胜利。与此同时,内政日趋荒怠,万历皇帝三十年不视朝,造成庸人柄政、百官旷职的局面,以东林党人为首的清流却窜逐在野。《杨家将演义》的作者既希望能够出现杨家将这样的英雄出来抵御外侮、安定内乱,又对庸人柄政、贤良窜逐的局面深表不满。与本书约略同时、同为描写杨家将故事的小说《北宋志传》,以众英雄受朝廷旌表、"四方宁靖,海不扬波,宋室太平可望"作结。《杨家府演义》却打破了这一幻象,对传统君臣关系进行了深刻反思,最后以杨怀玉等人高蹈远举,举家远上太行山隐居作结。"文变染乎世情",这个结尾,可以窥见作者对于时政的基本态度。

本次整理,以明万历三十四年(1606)卧松堂本为底本,以嘉庆十四年(1809)书业堂本参校,另参考了时贤的校点成果。由于不出校记,这里仅就校点过程中的某些问题作出几点说明。第一,底本中胡延赞、木桂英、萧天左、萧天右等人物姓名,与今人所熟知的呼延赞、穆桂英、萧天佐、萧天佑写法不同,为存原书风貌,不作改动;因木桂英而出现的"木阁寨",与今"穆柯寨"不同,亦不便改动。"令婆"佘太君,底本作"余氏"仅一现,则径改为"佘氏"。第二,底本正文中有少量双行小字夹注,这次个别夹注掺入正文,这次排印时统一删除。第三,凡底本文字讹夺衍倒,或依校本改正,或径改;明显错别字,径改;个别词语,如第一卷"太宗驾幸昊天寺"中的"伕伜",意义不明,不便擅改,只能存疑;凡明清小说中习惯用字、俗字、同音假借字等,一般予以保留。校点不当之处,敬请读者指正。

刘　倩

二〇〇六年十月二十三日

# 序

　　尝读将传三代尚矣。秦汉来,其间负百战之勇,以驱戎马于疆场、请长缨于阙下者,盖如云如雨。第全躯者,为身不为君;保妻子者,为家不为国。求忠肝义胆,争光日月,而震动乾坤,不啻麟角凤毛也。盖非勇之难,忠而勇者实难。宋起鼎沸之后,一时韬钤介胄之士,师师济济。忠勇如杨令公者,盖举世不一见云。令公投矢降太宗,公尔忘私,业以许国。狼牙一战,愤不顾身,英风劲气,真足寒其心而褫之魄。使其将相调和,中外合应,岂不足树威华夏?奈何三捷未效,而掣肘于宵人之中制,竟使生还玉关之身,徒为死报陛下之血,良可惜哉,良可惜哉!虽然,公亦足自慰也。丈夫泯泯而生,不若烈烈而死,故不忧其身之死,而忧其后之无人。自令公以忠勇传家,嗣是而子继子、孙继孙,如六郎之两下三擒,文广之东除西荡;即妇人女子之流,无不摧强锋劲敌以敌忾沙漠,怀赤心白意以报效天子。云仍奕叶,世世相承。噫!则令公于是乎为不死。彼全躯保妻子者,生无补于君,死无开于子孙,千载而下,直令仁人义士笔诛其魂,手刃其魄,是与草木同朽腐者耳,安能凛凛生气荣施之若此哉!故君子观于太行之上,谓怀玉之知机勇退,富贵浮云,而亦伤宋事之日非矣。嗟嗟!贤才出处,关国运盛衰,不佞于斯传,不三致慨云。剞劂告成,敬掇俚语于简首,以遗世之博古者。时万历丙午长至日秦淮墨客书。

# 第 一 卷

诗曰:

> 杨氏麛兴翊宋深,风闻将落尽寒心。
>
> 青衿叱咤风雷迅,绿鬓挥扬剑戟新。
>
> 暗地有蝇污白璧,明廷无象铸黄金。
>
> 英雄跳出樊笼外,坐对江山慨古今。

## 宋太祖受禅登基

宋太祖姓赵名匡胤,涿郡人。父名弘殷,为周朝检校司徒、岳州防御使。母杜氏,安喜人,生匡胤于洛阳夹马营中,赤光满室,异香经宿不散,人号为"香孩儿"。一兄名匡济,三弟曰光义、曰光美、曰匡赞。弘殷既逝,杜氏孀居,治家勤俭严肃。时匡济、匡赞亦卒,匡胤、光义、光美俱命学于陈抟之门。抟乃华山处士陈抟兄也,壮年励志苦学,屡科不第,遂隐教授,循循诱人。有诗为证:

> 落落人间数十年,随身铁砚一青毡。
>
> 丹墀未对三千字,碧海空腾尺五天。
>
> 贾谊长沙淹岁月,杜陵夔府老风烟。

倚栏读罢归来赋，肠断青山落照边。

是时，陈抟见三子卓荦，属情训导，文传孔孟，武授孙吴。学业既成，一日呼三子趋前，言曰："某今老矣，不复能为若辈之师。我有一友，镇州人，姓赵名学究，曾遇异人传授。汝等当往求教可也。"匡胤等遂辞别，竟往镇州师学究焉。

后匡胤仕周世宗，补为东西班行首，寻升殿前都指挥使，掌军政务，随世宗征伐，屡建大功，众心归附。时世宗于文书箧中，得木简长尺许，有字一行曰："殿前点检作天子。"次日，世宗将殿前点检张永德斩之，乃命匡胤领其职。世宗崩，子宗训立。加匡胤为检校太尉，领归德节度使。

会逢大辽与北汉连兵五十万，自土门东下，侵犯中原。朝廷仓卒会议，遣匡胤率禁兵御之。是日领兵出屯陈桥，同行指挥使苗训善观天文，见日下复有一日，黑光摩荡者久之。乃指示楚昭辅曰："此非天命乎？"是夕，殿前都指挥使石守信、侍卫亲军都指挥使高怀德、殿前都检讨张令铎、殿前都虞候王审琦、虎健右厢都虞候张光翰、龙健左厢都虞候赵彦徽，相与语曰："主上幼弱，我辈出力死战，谁则知之？今不如先立赵点检为天子，然后北伐。"众将商议已定。

次日黎明，军士披甲执戈，直逼匡胤寝所，大呼曰："今我等无主，愿策太尉为天子！"匡胤醉卧未醒，因众喧呼，惊起披衣，将欲问之，诸将扶拥出厅，黄袍已加身矣。众皆罗拜，呼万岁毕，扶上马，拥还汴京。匡胤揽辔誓诸将曰："汝等自贪富贵，立我为天子。能从我命则可，不然，莫能为若辈主矣。"众皆曰："惟命是从。"匡胤曰："太后、主上,我所北面事者,勿得惊犯;公卿皆我比肩,勿得欺凌;市中货物、府库宝器,不得抢夺;不许妄杀一人。听命者重赏,不用命者族诛于市。"诸军士诺诺应声,遂肃队行。

既入城,拥匡胤直进崇元殿。召百官朝贺,匡胤曰:"未有禅诏,何敢遽升殿。"言罢,翰林承旨陶谷遂从袖中取出诏书,读云:

> 朕兹冲龄,未谙国政,弗胜天位。惟尔太尉,练达治体,宜揽乾纲。今卜之于天,天心默顺;稽之于民,民情协和。朕乃效放勋之遗风,揭神器而授之。贤卿当步重华之芳躅,膺帝箓而敬其事。无上负彼苍眷顾,下失斯民仰望可也。

匡胤乃就殿前拜受毕。遂升殿,服衮冕,即皇帝位。百官朝贺毕,于是奉周主为郑王,符太后为周太后,迁之西宫。大赦天下,国号大宋,改年号建隆元年。封三代为皇帝,封母杜氏为皇太后,封妻王氏为皇后,封子德昭为皇太子、德芳为梁王。封兄子德崇为燕王,乳名大哥,人遂称为八大王,最有才能,人皆敬服。封弟光义为晋王,光美为秦王。文武百官,各升一级。遣使遍告郡国。有诗为证:

> 敕旨颁行去路赊,绣衣分彩照江花。
>
> 星披驿树人千里,为报乾坤属宋家。

时华山处士陈抟,延揽英雄,亦有觊觎神器之意,每遣人往汴京探听消息。是时跨着一驴,游于官道之上。忽手下来报曰:"今赵点检受禅登基,遣使遍告天下。"陈抟听罢,惊慌坠地,乃曰:"鹿之逸奔,高材疾足者得之。"又复曰:"英雄回首作神仙。以声势虚誉论,彼固赫奕于我;以身心实益论,我又舒泰于彼。彼此各有一得,又何必拘拘于君人为耶。"

太祖屡征不就，亲幸华山访之。陈抟接入庵堂拜罢，太祖曰："子之高卧，其奈天下苍生何？如肯随朝就列，任择其职，朕无吝焉。"陈抟曰："陛下开诚心，布公道，以理天下，则天下幸甚，微臣幸甚。即终日立朝，亦不过此敷陈而已。荷陛下厚爱，臣他不愿，但乞陛下将此华山周围地土，写卖契一纸付臣。臣得千秋沾恩，且不没一时相须之殷，而又显圣主待隐逸之优也。"言罢，太祖欣然索纸笔写之。陈抟谢恩讫，太祖命排驾回京而去。陈抟叹曰："天下自此定矣。"有诗为证：

> 纷纷五代乱离间，一旦云开复见天。
>
> 草木百年新雨露，车书万里旧山川。
>
> 寻常巷陌多簪绂，取次楼台列管弦。
>
> 人乐太平无士马，莺花无限日高眠。

宋太祖既登帝位，石守信等奏曰："辽汉犯边，乞御驾亲征，军士始用命也。"太祖乃命李继勋为先锋，王全斌为统军都督指挥使，石守信为护驾大将军。即日三军起行，望太原进发。不日到了董泽，与北营对垒下寨。次日，太祖升帐，言曰："朕不知太原地理，今欲窥其虚实，谁敢辅朕一行？"曹彬曰："何劳陛下亲往，遣两人前去足矣。"太祖曰："卿言固是，但不似目睹之为真也。"思忖良久，谓王彦升、遵训曰："汝二人选良马二匹，扮作西夏卖马客人，竟入太原观看地理，将周围形势画成一图，带回与朕观之。"言罢，二人领命去讫。

却说北汉主姓刘名钧，一妹配薛钊。钊一日醉甚，欲诛其妻，其妻奋衣得脱。钊至次日酒醒,恐汉王辱之,遂自刎而死。钊生一子,名继恩。钧无子,乃养继恩为己子。其妹复适何元业,生二子,长继元,次继业。钧又养为己子。至是汉王钧殂,继恩即汉王位,与周甚仇,称子于辽,乞辽助兵侵周。辽乃遣耶律于越领兵三十万,由岭南而出。汉主命继元为元帅,继业为先锋。继业娶佘氏,生七子:渊平、延广、延庆、延朗、延德、延昭、延嗣,又生二女:琪八娘、瑛九妹,俱善骑射,精通韬略。继元领兵二十万,至白坂河下寨。是时见宋兵于对垒董泽下寨,即遣延广下战书,约次日交兵。

时宋兵已到董泽五日。太祖升帐,正在思忆王、遵二人,忽报汉主遣人下战书。太祖召入,呈上书览罢,与延广笑曰:"谅太原弹丸之地,有甚难破!归语汝主早降,不失侯封,倘负固不服,指日擒捉,求生难矣。"遂许明日会兵。延广得命,将出辕门,王、遵入见。呈上地理图,太祖展开看罢,言曰:"太原在吾目中矣。"遂唤虎将桑锦:"今夜领兵三千,直抵白坂河左侧,地名大汀洲埋伏。俟明日午时,望白坂杀来。"又唤米轮:"领兵三千,直抵白坂河右侧,地名鸡笼山埋伏。俟明日未时,望白坂杀来。"米轮曰:"臣后桑锦进杀,只恐有失。"太祖曰:"地有远近故耳,不必多忧。"二将至晚,领兵埋伏去讫。太祖又命高怀德明日引兵三千,往大汀洲接应桑锦;张令铎引兵三千,往鸡笼山接应米轮;又命王守贞、李继仁明日领兵一万,抄出白坂河后杀进;曹刚领兵五千,接应守贞等。太祖分遣已定,诸将领计去讫。

### 继业调兵拒宋

却说北汉主升帐,谓诸将曰:"南兵此来,决非昔比,必用奇计,方可胜之。"言罢,报延广回。入帐告曰:"小将观宋君英勇雄壮,非寻常类也。"汉主曰:"曾有何言?"延广曰:"说汝主来降,不失侯封。否则,明日决战。"汉主曰:"汝观彼营有可捣之处否?"延广曰:"无有其衅。但出辕门之时,见两人入去,却似前日在此卖马之人。臣沿途思忖,此必细作,来窥地之形胜者也。"言罢,继业奏曰:"臣已知之矣。乞主上调兵御之,彼必成擒。"汉主曰:"卿知其何为?"继业曰:"左侧大汀洲,右侧鸡笼山,两处可以埋伏。宋人既窥地形,彼必遣兵埋伏于此。急调兵往中途截住,使他不能进攻可也。"汉主曰:"卿既知之,早遣军士防御,孤何禁焉。"

继业得旨,退出军中,唤过渊平、永吉:"明日五鼓,汝二人各领兵一千,同去左侧十五里路上俟候。但听信炮一响,一人杀往大汀洲去,一人杀回。"又唤延惠、张德:"明日五鼓,亦各领兵一千,同去右侧十里路上俟候。信炮一响,一人杀往鸡笼山去,一人杀回。勿得有误!"又遣妻余氏,打白令字旗,领兵一千,往白坂河后接战。分拨已定,延惠、渊平等各整顿去讫。

却说太祖次日临阵,头戴一顶双龙升天黄金盔,身穿一件双龙升天绣罗袍,头上盖着一柄七檐绣龙黄罗伞,跨着一匹腾云赤龙驹。左手列着王全斌、张光翰、潘仁美等一十八员大将,右手列着李继勋、石守信、赵彦徽等一十八员大将,一字儿摆开于南。北汉主头戴一顶嵌金日月凤翅盔,身穿一件洒花滚龙衣,头上盖着一柄珍珠黄罗伞,跨着一匹铁蹄碧玉骢。上手有继元、耶律休材、张知镇等一十五人,下手有继业、不花颜儿等一十五人,一字摆开于北。太祖传令,两军休放冷箭,两主亲出打话。有诗为证:

> 旗拂西风剑吐虹,陈师列旅两争雄。
>
> 山河自古归真主,枉向军前鼓舌锋。

太祖马上问曰:"汉王何在?"汉主答曰:"孤在此,有何话说?"太祖曰:"汝窃据太原,称孤道寡,偷生一隅,亦已足矣,奈何谋逆不轨?朕兹来削平祸乱,救生民于水火之中,定一天下。汝若上识天时,下穷人事,倒戈弃甲,束手归命,犹不庙绝血食。苟如执迷抗师,决不轻恕!汝降与否,速自裁之。"汉主曰:"自三代以下,惟汉高祖提三尺剑,诛无道秦,得天下最正,后世谁敢议其非?岂似汝欺人孤儿寡妇,以窃神器乎!孤,高皇之后,职此一方,亦守先人旧土耳。使高皇在天之灵,佑孤征讨诸镇,复一区宇,分所宜然,未为过也。汝今但当以窃据自责,而可以责孤耶!"言罢,太祖怒曰:"谁为朕擒此贼?"右手李继勋、左手王全斌,应声而出。北阵上继元、继业两骑齐出接战。四将交战数十合,不分胜负。

太祖急令放信炮,亲自出战。继业自思:"捉得太祖,胜斩百将。"遂奋勇抢过阵来战太祖,太祖亦抖擞精神迎敌。三四十合,只望埋伏之兵杀来。继业知其意,乃诈败而走,太祖赶去。继业拈弓搭箭,当太祖胸前射去。那马忽昂头跳起,将箭衔着,遂把太祖掀落于地。继业正欲砍之,忽潘仁美杀到,大喝:"逆贼,敢伤吾主!"挺枪直取继业。太祖遂跳上了马。继业将标枪标中仁美之马,仁美落马。继业抛之,只去追赶太祖。太祖见仁美落地,继业又打红令字旗来追赶,乃暗暗叫苦。忽二将杀至救驾,乃李继勋、王全斌也。先时,李、王二将杀入北阵,追赶汉主。只听得北兵一片喊叫:"先锋射死宋主!"声如鼎沸。李、王二将大惊,急勒马杀回,来救太祖。太祖慌叫曰:"仁美马中此贼之枪,今坠于地,先锋快去救之。"李继勋闻言,拍马去救。只见北军围住了仁美,将枪乱刺。仁美在地上左跳右跳,将枪东遮西隔,恰似洒拳一般。望见继勋,大叫:"先锋救我。"继勋将北军杀散,夺其马匹,与仁美骑之,并辔杀出北阵。继业在南阵中左冲右突,如入无人之境。又令从军高声大叫,要捉宋主。北汉主被李、王二将追赶,走得心疼。既而不赶,恐己身有不测之灾,遂鸣金收军。

　　太祖亦鸣金收军回营,见仁美身被数十馀枪,乃曰:"卿遭重伤,朕心何忍。"遂命回汴梁养病。又问曰:"三路军兵不见一人杀到,何也?"言罢,三路败军回报:"左侧渊平、永吉领兵伏于中途,信炮一响,一人迎战桑锦,一人回战高怀德。右侧延惠、张德领兵伏于中途,信炮一响,一人迎战米轮,一人回战张令绎。王守贞、李继仁被一女子打着白令字旗接战,勇不可当。王守贞险被那女将杀了。但幸李继仁将画戟砍去,那女子才抛了守贞。继仁与守贞两个夹战,那女将全无半毫惧怯。后复有二将杀到,王守贞、李继仁败走回阵。"言罢,太祖惊曰："朕初欺其无谋，今观此人，行兵不亚孙吴，使朕晓夜不安，但不知其为谁？"有诗为证：

> 太原继业独钟灵，卓荦胸藏万甲兵。
>
> 摧敌破围风解冻，宋君惊讶询威名。

却说太祖问罢北汉行兵之人，遂查点军士，伤折一万。太祖哀悼之甚。曹彬等奏曰："敌人量我军杀败，必不准备。趁今夜去劫他寨，不知陛下以为可否？"太祖曰："朕亦有是意。但今日行兵之人，谋略甚高，恐此谋难出其料，去徒损军。"曹彬曰："无妨。臣领几千敢死军，虚去劫寨。彼军埋伏于外者，毕竟杀来，乞陛下复率大队掩之。彼虽有智谋，安测度到此。"太祖遂命曹彬、石守信领五千敢死军去劫汉寨，又命王审琦、王彦升、李继勋等领三万健军掩之。分拨已定，只待三更始去。

却说继业回营，见汉主曰："臣正要捉宋主，因何收军？"汉主曰："孤心陡痛，恐有不测，是以收军。"继业曰："宋兵虽败，未损大将，今夜必来劫寨。三军必要出寨，留下空营，不必交兵。彼放信炮，汝等亦放信炮，虚张声势，待天明看动静交兵。"汉主曰："彼来劫寨，趁黑地杀之，何故令不交兵？"继业曰："宋主行兵，曹瞒无贰。彼必令敢死军先入，其锋难当。只放炮呐喊，诳他大队军兵杀进，在内之军奋勇杀出，两下自相杀戮，岂不胜于交兵！"言罢，汉主大悦。三军领计去讫。

却说曹彬、石守信领敢死军杀入北营，放起信炮。只听得北营亦放炮呐喊，曹彬等只说有军杀来，随即杀出。王审琦等亦只说北兵出杀,一径杀进,俱不觉是自己之兵。闹了一晚,及天色微明,方认得是自己之兵。正欲收军,继业驱兵杀出,砍伤甚众。

太祖大怵,言曰:"二阵折伤军士如此,将奈彼何?"又问曰:"彼是何人主谋?朕必定计擒之。"石守信奏曰:"闻巡逻之兵,回说是令公。"太祖曰:"名唤令公?"守信曰:"非也,名唤继业。"太祖曰:"缘何又唤令公?"守信曰:"继业出战,打着红令字旗。其妻出战,打着白令字旗。因此号为令公、令婆。"太祖曰:"朕亦闻此人有勇善战,北方称为无敌将军,不想又有玄妙之智术也。朕若得此人归顺,何愁四方征讨。"遂命军士休息,复取太原地理图看之。即唤何继筠、王彦升:"领兵五千,径过石岭关,直抵镇定并下寨。但逢辽之兵到,令彦升拒之,汝于岭下引兵,佯为截其归路之状。彼兵必退,不敢前进。"又唤王全斌、桑锦:"领兵三千,埋伏于莫胜坡。但有太原兵来,即出截之。"太祖分拨已完,四将领兵去讫。

## 继业夜观天象

却说继业收军,是夜仰观天象。次日,进汉主御帐奏曰:"臣昨夜仰观星象,见毕舍月宿,主有久雨。"汉主曰:"将如之何?"继业曰:"传令军士,出砍柴薪。军分三停,一停擂鼓呐喊,一停执炮箭待敌,一停砍柴。临回之际,齐呐喊几声'烧尽南蛮'。"汉主曰:"此主何意?"继业曰:"惑乱彼心,使不识吾之所为。"又唤张得、永吉领兵三千,往镇定关迎接辽兵。汉主曰:"孤望彼军来救,缘何反遣兵去接他?"继业曰:"日前观宋行兵,深知地理,彼必发兵往镇定关拒截辽兵,臣所以调兵迎之。"乃嘱二将曰:"路途必有埋伏,须谨提防。"二将领兵去讫。

却说宋军见北军呐喊砍柴,次日进帐,奏知太祖,北军如此如此。太祖莫解其意,忧疑不定。是夜天清气朗,太祖与诸将出帐观星,乃曰:"汉主气数虽微,然亦一时不绝。"言罢,回顾皓月,大惊顿足,连声叫苦。诸将曰:"有何故也?"太祖曰:"数日忧折军士,未观天象。今见月离于毕,大雨不止。"诸将曰:"明日亦令军士出砍柴薪。"太祖曰:"明日不过午未时,滹沱降矣。"次日,令军士砍柴,至午,天果大雨。北汉主曰:"南蛮只有半日柴薪,能勾几何?"有诗为证:

> 宋主伤军未睹星,薪蒸未备苦难禁。
>
> 滹沱子夜倾如注,闷损沙场戍客心。

太祖因雨闷坐中军,忽报何承睿回营。太祖曰:"天虽大雨,今得承睿回来献捷,朕怀少慰,又足以摄服继业。自今以后,不敢轻视吾军矣。"诸将犹未准信。既而承睿入帐奏曰:"大辽遣耶律于越领兵至镇定关前,臣父子依圣上计策,于越果怯退三十里下寨,不敢入救。臣回至中途,又遇王全斌手下游卒,说汉主命张得、永吉领兵去接辽兵。二将骄傲,说在本境之内,怕甚埋伏。及至莫胜坡,夜宿其地,众军畅饮,酩酊大醉。王全斌引军围着,尽皆杀之,并未逃走一人。"太祖曰:"惜夫天雨,不然大事济矣。"承睿曰:"臣父乞陛下再遣兵防御,恐辽知兵少,驱大队杀来,难以抵敌。"太祖曰:"无妨。天有久雨，俟晴破了太原，辽兵闻风自遁，不必益兵。"复曰："继业天文地理尽知，真神人也。"承睿曰："臣于彼地闻人云：'交兵若遇红白令，生死由他不由命。'其名如轰雷灌耳。"有诗为证：

战斗夫能妇亦能，威声霭霭若雷轰。

令旗红白飘扬到，十将逢之九不生。

太祖因承睿之言，乃曰："朕设计屡被破之，此人果非虚声。"诸将曰："因何张、永二将又被全斌砍之？"太祖曰："非继业之罪，乃二将不用命也。设继业亲行，必无是祸矣。看此人智略，过朕远焉。欲取太原，必先获继业。继业一得，太原不足取也。"

是时风风雨雨，将近一月。才晴两日，太祖即遣兵搦战，如是者数次。汉主召继业进帐问曰："南兵一晴，即出挑战，大辽救兵又不见至，将奈之何？"继业曰："南兵搦战，此不足惧。但辽兵以臣计之，久当至矣。今不见来，必路途有甚阻滞。"言罢，令军士摆香案，卜一卦看其吉凶。遂卜得"归妹"卦，乃曰："阻隔之神得令，然亦无凶。"汉主曰："已遣张、永二人去接，有甚阻隔，必有回卒来报。"继业曰："待卜张、永二人吉凶何如。"遂卜得"师"卦，三爻发动，乃断曰："六三，师或舆尸，凶。"大惊曰："张、永二将休矣。"言罢，只听得宋兵呐喊搦战。汉主曰："不如写书诳宋退兵，孤上太行山去，彼奈我何哉！"继业曰："写书言降，纵得脱难，示弱甚矣，决不可为。"汉主曰："宋君新受周禅，伐蜀讨越，无往不利。想天意有在，我若逆之，戕害生灵，获罪于天，必难逃活。且将天下地舆论之，宋得十之九矣。以此相较，孤本弱小之国，以小事大，以弱事强，识事势者为之。故太王、勾践当时行之,始以图存,终以强大。卿谓孤示弱,彼太王、勾践所为亦非欤?"继业曰:"主上所论极是。若要如此而行,须出奇兵大杀一阵,使宋不得遂志,方肯从请。不然,彼必不肯退兵。"汉主曰:"卿宜斟酌行之。"继业曰:"主上亦不必写诈降书,只陈利害,令其退兵可也。"言罢,遂唤延广领三千铁石弓兵,今夜前去埋伏于董泽右侧山下,俟明日信炮一响,驱兵齐出射之。延广领计讫。

次日天晴,太祖又遣兵搦战。将至午,天忽黑暗。太祖收军,继业乘势驱兵,突出赶杀,直逼宋营。延广闻信炮响,催军齐发弓弩,射死宋兵不计其数,夺得马匹枪旗甚多。汉主收军,谓继业曰:"卿之神见,仿佛周尚父也。"不在话下。

却说太祖被继业大杀一阵,折军数万,伤感不已。忽辕门外报北汉主遣人下书,宣入呈上。太祖览其书云:

北汉主致书于大宋皇帝麾下:孤今出师雪恨,为周也,非为宋也。讵意陛下承乾,乃遘其会。第周宗既灭,冤仇已绝,孤复何憾?实欲罢兵,休养生灵,不知陛下亦肯父母斯民否也?然太原,刘氏庙貌在焉,纵欲百计图之,孤必百计防之,以尽世守之义,而存刘氏之血食耳。惟陛下怜之谅之。北汉主端肃谨书。

太祖览罢,以示诸将。诸将知太祖有退兵意,乃叩头愿尽死力,急先攻击。太祖曰:"汝曹皆朕训练,无不一以当百者,所以备肘腋而同休戚者也。朕宁不得太原,肯驱汝辈冒锋刃,以蹈于必死之地乎?"众皆感泣。

时天久雨,军士多疾。太常博士李光赞奏曰:"蕞尔晋阳,圣上亲讨,粮饷浩烦,取怨黔黎。陛下肯回銮驾,命一大将屯上党,夏取其麦,秋取其禾。粮草充足,军士有资,且宽力役之征,使劳者得息,此非荡平之策乎?"太祖从之。命先锋李继勋屯兵上党,又遣人撤回何继筠等,遂令赵普晓谕诸将,解围而还。汉主亦上太行山而去。

后乾德七年,太祖遣人驰书于汉主。其书云:

> 太原土宇,非远而苗裔,正朔不加者比,乃朕辇毂之下,难令外氏据而有之。譬之卧榻之上,可容他人鼾睡耶?子今恃强,虎踞此土。若果有勇,早下太行,决一雌雄,庶几家国事定。否则,干戈扰攘,岁无虚日。汝欲宁居巢穴,难之难也。

汉主看罢,以示继元、继业。继业曰:"主上不必回书,听其兵来,臣自有退之之策。"

后至开宝九年秋八月,太祖命党进、潘仁美、杨光美、牛思进、米文义五路进兵,攻打太原。汉主慌与群臣商议退兵之策。继业曰:"须遣人求救于辽。"辽乃命耶律领兵三十万救之。继业设计,将五路之兵尽皆杀败而回。耶律亦引兵回辽去讫。


## 太祖传位与太宗


却说开宝九年冬十月,太祖有疾。晋王入问安,太祖谓之曰:"汝龙行虎步,他日当为太平天子,然必得贤宰执相辅佐也。朕幸西都,有一儒生,姓李名齐贤,学问渊源。因其狂妄,朕彼时怒之,未及取用,至今尤悔。汝可擢为宰辅。有文臣,必要有武将。朕征太原,有一将名继业,人号为令公。此人天文地理,六韬三略,无不精通,行兵列阵,玄妙莫测,乃智勇兼全之士。朕恨未获用之。他日汝破太原,获其人,当以兵柄授之。"又曰:"朕因太后昔疾,曾许五台山降香。朕想此疾难瘥,倘谢尘之后,卿当代往酬焉。且太后遗命,深刻于心,此天位必传于卿,卿宜恪遵朕命,无负所托可也。"晋王曰:"愿陛下万万春秋,臣安敢受之!"太祖曰:"卿且退,来日定夺。"晋王遂退。

是夜疾重,复召晋王、赵普入内,嘱付后事。太祖谓赵普曰:"卿今为证,朕谨遵太后立长之命,将位传与晋王。日后亦当轮次传之,无负朕之心也。"言罢,命立盟书,置之金縢匮中。复命赵普及左右远避,召晋王至卧榻之前,嘱咐后事。左右皆不闻声,但遥见烛影之下,晋王时或离席,若有逊避之状。复后,太祖引斧戳地,大声谓晋王曰:"好为之!"俄而帝崩,时已漏下四更矣。王皇后见晋王,愕然遽呼曰:"吾母子之命,皆托赖于官家!"晋王曰:"共保富贵,无忧也。"有诗为证:

> 太祖之心却似尧,皇纲授弟弃如毛。
>
> 早知身后违盟誓,何似当初不与高。

太祖既崩,太宗即位。文武朝贺毕,奉王皇后为开宝皇后,迁之西宫。大赦天下,改元太平兴国元年。封弟光美为齐王,封德昭为武功郡王,封德芳为山南西道节度使同平章事,封八王为殿前都虞候指挥使,兼南北招讨大将军。封子元侃为七王。文武大小,各升一级。

太宗既登大位，乃谓群臣曰："先帝有遗旨，命取太原、五台山降香二事，卿等说以何者为先？"曹彬曰："今国家甲兵精锐，驱之以剪太原孤垒，犹摧枯拉朽耳。太原一破，乘势往五台山降香，甚为便也。"太宗曰："恐去意不专，神弗鉴也。"曹彬曰："五台山在太原之北，今往降香，大辽战其前，北汉袭其后，进之不能，退之不能，非自罹于虎阱乎？且取太原者，即所以取往五台山之路也，神安得不鉴其诚！"帝意遂决。乃命潘仁美为北路都招讨使，统领崔俊彦、李汉琼、刘遇春、曹翰、米信、田重进，分道征讨北汉。命党进为先锋。又遣郭进领兵三万，往白马岭以截大辽救兵，遂封郭进为太原石岭关都部署。郭进领兵去讫。

却说大辽萧太后遣挞马长寿来问曰："宋何名遣兵伐汉？"太宗曰："太原乃朕地土，彼今据之，屡为遗患，殊为逆理，所以兴兵问罪。汝归告主，若不发兵相救，和约如故。苟或护之，无他说，惟有战而已矣。"长寿归奏萧太后，太后曰："南朝出言如此不逊，欺先帝之没故也。"至是遂遣南府宰相耶律沙为统军大元帅，冀王敌烈为监军，领兵二十万救汉。

太宗兵屯绛阳，北汉主兵屯柳都，两军相对月馀。太宗一日升帐，仍将太原地理图看之，既毕，遣崔彦俊、石守信各领兵五千，埋伏于太行山下，俟汉主败回，即杀出截其归路。又遣李汉琼、刘遇春各领兵五千，埋伏于阴丘，俟汉主败走至此，即出兵截住，勿使其走入大辽。又遣曹翰、王全斌领兵三万，明日从东杀入柳都。遣桑锦、米信领兵二万，明日从西杀入柳都。又遣先锋党进、李继勋领铁骑一万，明日从中路杀进。又遣潘仁美领兵十万,攻打太原城。又命曹彬、张光翰为左右救护,各领铁骑五千。崔彦俊等领计去讫。

次日,北汉探马忙报汉主曰:"大宋兵分三路杀来。"汉主曰:"昔日宋兵侵害,被继业杀得不敢正视吾军。今日不幸业病,谁复为孤破敌?"言罢,潸然泪下。忽一人厉声曰:"主上何效儿女子所为?彼虽有攻城之策,俺亦有守城之谋。臣请为主上破之。"众视之,乃宰相郭无为也。汉主曰:"卿有何策?"郭无为曰:"乞主上命臣调遣诸军将,臣自有破敌之策。"汉主曰:"大宋兵临寨外,甚为危迫。孤今命宰相退之,但有诸军将不用命者,不必奏闻,即以此剑诛之。"无为跪受毕,即唤继喁、李勋领兵三千,从左杀出迎敌。又唤楚材、薛陀佳领兵三千,从右杀出迎敌。又唤渊平、方伯、任牛领兵一万,辅驾从中杀出。又唤张明为先锋,领兵三千,先出迎敌。又唤延惠、继芳领军一万,为左右救护。诸将领兵去讫。

却说宋兵三路,大队小队杀到。宋党进一马当先,恰遇汉先锋张明,交马数合,被党进一刀斩于马下。汉兵见斩了先锋,尽皆弃甲奔走。宋兵一涌而来。汉主走回太原,见宋兵围着其城,遂不敢入,直走回太行山去。将至山下,忽一声炮响,万弩齐鸣,箭如飞蝗。汉主马上泣曰:"不想此处有兵,阻隔归路,孤无栖身所矣。且诸将为孤受苦,此心何忍!"遂拔剑欲自刎。诸将苦劝曰:"莫若奔走白马岭,投于大辽,再作区处。"汉主从之。走至阴丘,忽见宋将李汉琼截住去路。又听得背后喊声大震,北汉君臣在马上吓得面如土色,魂不附体。汉主曰:"命合休矣!"后军渐近,众视之,乃余氏令婆领兵杀来,众方心定。

令婆既到，即问曰："太原城何如？"汉主曰："太原城被宋兵围住，孤不敢入。"令婆曰："既太原未失，妾当杀条血路，保驾入城，以待辽之救兵。"汉主允之。于是令婆打白令字旗，当先冲杀。宋兵望见，纷纷逃窜。杀到城边，赵文度见是汉兵，慌开门迎接入城。

汉主坐定，谓文度曰："此城赖卿守护，待退敌之日，孤有重赏。"又问令婆曰："汝何知孤之遭难？"令婆曰："夫病少愈，夜观天象，知主上杀败受困，令妾今日领家兵救护。方下山来，一军拦路，被妾杀败。复捉得一卒问之，说主上往白马岭去了，故径赶来救护。"汉主曰："设使继业在军，岂容南蛮如此横行。"叹罢，又问群臣曰："大辽救兵不至，何也？"忽一卒禀曰："日前杀败，小卒诈作宋军，混入宋营。听得宋主遣上将郭进，领雄兵三万，屯于白马岭阻截辽兵。辽遣耶律沙、敌烈领兵二十万。至白马岭，耶律沙谓敌烈曰：'白马岭下有一大涧，待军兵齐到，设计渡之。不然，倘吾军半渡，宋人出击，吾等皆休矣。'敌烈曰：'宋人缘何就知军未全至？驻扎于此，彼谓吾怯。且兵贵神速，渡之无妨。'及渡涧登岸，未摆成阵，郭进驱军，一齐杀至。辽兵纷纷投涧，死者甚众。敌烈被宋乱兵砍死。耶律斜轸正引军巡逻，闻辽宋交兵，急驱军至，只救得耶律沙数十人而已。"汉主听罢，曰："天何生我，受宋之荼毒如此耶！"

言罢，又报潘仁美引兵来索战。令婆曰："待妾出马，砍宋人几颗头来，彼始不敢逼城。"汉主曰："汝固勇矣，争奈彼众我寡，何可轻动？"令婆曰："主上勿忧。"遂披挂出城，与仁美交锋。只一合，令婆佯败，拈弓抽箭，扭身回射仁美。仁美左股中箭，落于马下。令婆骤马向前，来砍仁美。部将洪先急救，乃与令婆交战三合，被令婆一刀砍于马下。洪后见斩其兄，大怒，出马骂曰："泼妇，焉敢如此无礼！"遂与令婆交马数合，亦被令婆斩之。党进在西门攻打，听得南门被令婆斩了洪先兄弟，遂直杀来救护。乃与令婆交战数十馀合，不分胜负。令婆乃将绊马索套住党进马脚，用力一扯，党进人马俱皆跌倒。令婆正欲向前擒之，忽听鸣金收军。令婆入城，乃问汉主曰："主上何为收军？可惜不曾砍得党进。"汉主曰："孤见曹翰一军杀到，又见王全斌、米信、桑锦、曹彬四面乌聚云屯杀到，恐汝有失，故此收军。"不在话下。

却说太宗闻知潘仁美中箭，斩了洪先兄弟，绊倒党进，心中大怒曰："捉住狗妇，砍为肉泥，朕心始休！"乃督三军攻打，又令筑长连城以围太原。城上矢石，交下如雨，宋兵亦不敢逼近。汉主城中粮饷将绝，外面又无救兵，城中大惧。太宗亲督军士，攻打严急。见其城无完堞，恐城破尽伤人民，乃写手诏，谕之速降。使者至城下，不放入去。太宗怒，命诸将尽穿重甲，列阵城下射之，箭如猬毛，城中危急。太宗复诏谕之曰："汉主速降，当保始终富贵。"汉主于是夜遣李勋，奉表乞降。太宗许之。

次日，太宗入城，登于城台，张乐筵宴诸将。汉主率官属缟衣素帽，待罪台下。太宗赐袭衣玉带与汉王，召其升台。汉王升台，叩头谢罪。太宗释之，遂授检校太师、右卫上将军，封彭城郡国公，赍赏甚厚。汉王谢恩毕，太宗乃命刘保勋知太原府事，保勋受命不题。

## 太宗招降令公

太宗既封汉王，遂问之曰："卿之继业不见临阵，何也？"汉主曰："患病在太行山也。"太宗曰："不知愈否？"汉主曰："病已稍瘳。"太宗曰："朕今特赐诏拜为代州刺史，卿遣一心腹，同使臣赍去。"汉主遂遣令婆偕行。

使臣既到太行山，令婆与使臣言曰："夫君性极刚烈，待妾先回告之，大人随后而来。"是时继业病已全愈，正欲起兵下山，忽见令婆回来，遂问曰："主人与宋人交战，胜负何如？"令婆曰："今献城降矣。"继业惊曰："何不驱兵死战？战不胜，宁死社稷，见先君于地下，庶几无愧。奈何甘心屈膝，北面事人，以受万世之唾骂乎！"令婆曰："宋君遣使臣赍诏，来封夫主为代州刺史。妾特先来相告。"令公曰："使者来送死耳！待我亲手刃之，然后起兵杀下太行，救回主上，恢复太原疆境。"令婆急谏曰："不可作此灭户之事。吾观宋主，龙行虎步，乃真命天子。"令公不听。及使臣至，令公持刀去杀，令婆急抱住。不期患病新愈，又闻汉主降宋，怒气攻发旧病，大叫一声，昏闷倒地。众人扶起，默默无言。令婆急令使臣下山。

使臣回到太原，进奏曰："继业不肯归降，且欲杀臣，幸令婆遮拦。不知何故，大叫一声，昏闷倒地，臣即脱逃走回。此人抗命，乞发兵问罪可也。"太宗曰："忠义士也，朕甚爱之。"复遣党进赍诏去，特加督同上将军。党进领诏去讫。

却说继业养病，一日遂愈。是夜出观天象，见宋主之星炯炯临于幽蓟，乃叹曰："此天命也，非人所能为也。吾之病作，不能行兵护主，皆天意所在。"令婆曰："幸昨未斩来使，尚有可归之路。"令公曰："说甚话！国破臣亡，此正理也。岂可苟且贪生，以图富贵，而作不忠不义之事乎！"言罢，吟诗一律：

> 奋中蒙耻事堪嗟，回首何方是故家？
>
> 凄怆太原城上月，照人情泪落胡笳。

次日，党进赍诏至，继业不受。忽郭无为又至，言曰："主上传言，事已定矣，抗拒枉然。"继业曰："誓死九泉，决无受职之理。"汉主又遣一嬖臣至，言曰："主上专谕将军来降，假主死于此，臣当殉之。今日不来，即反臣矣。"继业曰："本全臣节，反以悖逆责我！"遂曰："既要我降，烦党将军面奏宋主，从请三事，则下太行。不然，此头可断，此膝难屈。"党进曰："是那三事？"继业曰："一者，惟居汉主部下，不受大宋之职；二者，惟听宋君调遣，不听宣召；三者，我所统属，斩杀不行请旨。"言罢，党进竟回太原奏曰："继业说要圣上依他三事，方来归降。"太宗曰："那三事？"党进曰如此如此。太宗曰："不受宋职，这件怎生依得！既不为臣，要他何用？"汉主奏曰："陛下且姑顺之，待他既降，厚恩以结其心，不愁不受职也。"太宗然之，遂命党进复去太行山招之。党进领旨，复到太行山与继业言："前三事，圣上允之。请将军收拾下山。"继业遂命家兵载了辎重，同党进来见太宗。

太宗见令公表表威仪，昂昂意气，恰似猛虎形状，乃大喜曰："朕得太原,何如得令公也!"遂赐姓杨。是日,命排筵宴,犒赏令公、令婆,七子、二女俱与其席。酒至半酣,太宗曰:"朕受先帝遗旨,命往五台山降香,不知程途还有多少?将军肯保一往否?"继业初见太宗赐姓筵宴,亦不甚以为意。及在筵中,见太宗情词款曲,欢若平生,心下思忖:"太宗之局量,真帝王也!"倾心悦服。因太宗之问,遂对曰:"蒙万岁厚恩,臣愿保驾。"太宗大喜,即日下命,着党进、李汉琼、潘仁美引大军望五台山进发。

军士在途,旌旗队队,剑戟稜稜。既到太行山,只见那山峰峦峭壁,石垒嵯峨,高哉几千仞也。有诗为证:

　　一上坡兮复一坡,群峰岂敢并嵯峨。

　　人间平地远如许,头上青天高不多。

　　折桂手堪扳月窟,吟诗笔可蘸银河。

　　此间便是神仙境,比那蓬莱更若何?

当日过了太行山。不数日到了五台山,太宗驾至山门,果好一个寺院。但见:

　　四围有千丈青松,明晃晃一轮月上映龙鳞;万竿茂竹,滑刺刺一阵风来摇凤尾。内创立五方佛殿,霞光闪闪,常住半空。中两廊僧舍,香篆氤氲。翠盘方丈内,古的白怪,咶叮骨都太湖山;七长八大,如来释迦牟尼佛。前创三门十二架,后起法堂五百间。敲动木鱼惊地狱,撞来钟鼓震天关。地不爱道,活活生下一座五台山;人修善愿,巍巍立起大雄成胜景。

太宗正欲进寺,只见五百僧人齐来跪下迎驾。太宗入寺,盥手降

香毕,亲步遍山游玩,乃吟诗一阕:

> 扶筇登绝巘,好景迈平川。
>
> 潭印禅心寂,松邀野鹤还。
>
> 红云瞻汉阙,宝阁接天关。
>
> 归路斜阳里,钟声起暮烟。

太宗吟罢,长老迎归方丈歇息。次日,太宗问长老曰:"天下寺宇,景致还有胜于此者?"长老奏曰:"此寺非民间财物创立,乃唐朝则天娘娘所建。天下寺院,无有胜于此者。"太宗曰:"诚哉是也。使非朝廷钱粮,不能有此等大规模也。"忽潘仁美奏曰:"闻有个昊天寺,赛过五台。"太宗曰:"昊天寺在何处?卿既知之,辅朕游玩一番,有何不可?"八大王忙奏曰:"昊天寺在幽州,与萧后接壤境界。倘辽人知之,发兵劫驾,岂非自贻伊戚?乞陛下休听仁美之言,即日班师回汴,乃万全之策。"太宗不听,乃曰:"卿放心,辽人知朕取太原如折枝然,心胆寒矣,尚敢兴兵来相犯耶?"大辽细作贺君弼见太宗驾往昊天,星夜差人奏知萧太后。后闻之大喜,遣使会同五国番王,急发兵来围困宋之君臣,不在话下。

却说太宗离了五台,驾到辽东连界之所,前军报曰:"北辽有兵杀到。"太宗曰:"何人迎敌?"渊平滚鞍下马,应声曰:"小将愿往。"太宗曰:"有虎父即有虎子。"遂命领兵三千迎敌。渊平出马,与辽将麻里庆忌交战十馀合,庆忌大败,逃遁去了。渊平收军,保驾入幽州去讫。

## 太宗驾幸昊天寺

太宗次日出城，往昊天寺玩景。有诗为证：

> 乘舆迢递访名山，遥望西天咫尺间。
>
> 对月谈经诸伏悄，向阳补衲老僧闲。
>
> 云浮瑞气苍龙起，松引风清白鹤还。
>
> 到此一尘浑不染，更于何处觅禅关。

太宗游玩既毕，驾回幽州歇息。是夜三更，城北喊声振天。及天明，辽兵将幽州城围了。太宗曰："朕一时游玩心胜，未可八大王之奏，今日果有此难。"言罢，杨令公奏曰："此去雄州甚近，陛下速遣人召魏直、杨雄引军急来救护。"太宗曰："番将围得甚紧，怎生出去？"渊平曰："小将愿往。"太宗曰："卿去宜谨慎。"渊平辞帝上马，领军杀出南门。土金秀、土金寅引兵拦路，与平交战，数合败走。渊平不赶，直望雄州而去。

既到雄州，魏直接至衙内，看了手诏，即与牙将杨文虎、杨清等引军十万，竟到幽州。离城十里之外，渊平乃与魏直言曰："将军暂驻于此，小将单骑杀进城去通信，做个里应外合。"魏直曰："此言正合我意。"渊平遂骤马杀入城中，奏知太宗。太宗曰："救兵既至，传令明日里应，勿得有误。"令公奏曰："臣还有一计，才保陛下无危。"太宗曰："卿有何计？"令公曰："赦臣四子延朗死罪，命他假装陛下，出北门城降。臣保陛下出南门，方可脱得此虎阱也。"太宗依其计而行。

令公遣六郎保驾，五郎保八大王，二郎、三郎为左右救应，七郎为先锋，倘有迟慢不遵令者处斩。忽阶下一人言曰："臣亦有活捉萧后之计。"进奏此人是谁？乃王殷也。太宗曰："卿试言之。"王殷曰："令公父子保驾出城，留小臣在城上擂鼓呐喊助威。待陛下离了幽州，然后献城诈降，萧后必任用。待万岁他日发兵来讨，臣于内传递消息，定要活捉萧后。"太宗可之。

次日，令公保驾出城，太宗谓之曰："卿为朕操碎肝肠。"令公曰："虽肝脑涂地，亦职分当然，陛下何谓出是言与？"太宗于是将降书遣人送与萧后。萧后亦不深信，着人打探消息，说北门大开，推出一辆逍遥车辇来，车上端坐宋主，头带冲天冠，身穿赭黄袍，盖着一把黄罗伞。大辽军士俱来看宋主出降。不想令公留王殷守城，父子五人并诸将保驾出南门去了。惟遣河东三百敢死军，与渊平护四郎摆驾出北门诈降。

辽将天庆王接见车辇，言曰："请大宋皇帝下车相见。"四郎不答。天庆王又曰："宋主无礼，既来归降，何不下车？"不防渊平在后，拈弓搭箭，将天庆王射死。四郎催军急出，既到护城之外，又遇辽将韩得让。得让不知渊平射死天庆王，亦在马上欠身施礼。四郎不答，目视执伞者。伞柄是条长枪，执伞者会四郎之意，将伞柄向四郎。四郎即抽出枪来，望韩得让项下一刺，得让落马而死。四郎跳上马，与三百敢死军望南杀去。萧后听知宋主诈降，又杀了韩得让、天庆王，心中大怒,催军望南掩杀不题。

却说令公等保着太宗出城,走至五十里路外,太宗问曰:"不知四郎何如?"令公曰:"陛下不必罣他,只保重前进可也。"正行间,韩延寿引一军拦路。太宗大惊,手足慌乱。六郎曰:"陛下勿惊,小将砍此贼来。"言罢出马,杀退延寿,保驾走至乌泥丘。太宗下马坐定,查点军士,不见令公、七郎,乃曰:"为朕之故,父子兄弟离散,情实堪悲。"又谓六郎曰:"卿何忍心,不去救汝父兄?"六郎曰:"臣保圣上,父兄难顾,非心忍也。"太宗起身瞭望,只闻一处呐喊甚急,与六郎言曰:"此呐喊之处,汝父必在其内。卿既尽忠保朕离难,又当尽孝去救汝父。"六郎曰:"去则谁保陛下?"太宗曰:"朕自有计策,汝当速去。"六郎遂上马,杀奔呐喊之所而去。

太宗既遣六郎去了,乃与诸将入高州城。未及一晌时,辽兵涌至,将城围了。太宗上城,只见城下辽将耶律仲光大叫:"宋君早降,免受万刀之苦。"太宗曰:"六郎去了,谁破此围?"言罢,忽城北三骑飞到,将辽兵杀散入城,乃令公、六郎、七郎也。不在话下。

却说萧后大获全胜,王殷开城投降。萧后入城,遂与群臣商议,立国于幽州。萧后设朝,与诸将言曰:"宋主用诈降走了,但不知生擒几人?"众将曰:"生擒十人,俱是宋名将。"太后曰:"名将成擒,丧尽宋人胆矣。"遂命拥出擒将来看。须臾,番人推十将于阶下。延朗挺立不屈,太后骂曰:"蛮狗不跪,将欲何为?"延朗厉声应曰:"误遭贼奴之手,惟有一死,又何为哉!"后怒,命推出一齐斩之。延朗全无惧色,亦怒曰:"砍了万事便休,怒之何为!"言罢,延颈待砍。

太后见其慷慨激烈，神采超群，心甚爱之，谓萧天左曰："意欲将琼娥公主招赘此人，卿言何如？"天左曰："纳叛释降，王者为也。娘娘所见极是。"后曰："但见此人，刚毅之甚，今恐不从。即使肯从，后来或生变患，不如不招之为愈也。"天左曰："深恩厚德以御之，何虑不服？"后曰："卿为良媒，试与言之，看有何词。"天左领旨，遂与延朗言之。延朗忖道："君父尚在，何为轻生而死？莫若且姑顺之，留此窥其衅隙，以图报复，胜于一死。"沉吟良久之间，遂曰："蒙娘娘免死，幸矣，何敢过望婚配？"天左曰："怜君状貌魁梧，故有是举。不然，何由得生？君勿固辞。"延朗遂首肯之。天左以允情奏后，后命释之。乃问曰："汝姓甚名谁？"延朗心下思忖："若说实名，必不相容。"遂以杨字拆开，妄对曰："臣姓木，名易。"后曰："汝居宋何职？"延朗曰："臣为代州教练使。"后喜，命备衣冠，择日与琼娥公主成亲不题。

却说太宗回到汴梁，宣杨业于便殿，抚慰之曰："朕离陷阱，赖卿父子之力。但渊平等生死不知何如？"业曰："渊平性颇强梗，生必不保。"言罢，侍臣奏曰："逃回军士，说萧后怒渊平射死辽帅天庆王，驱军重重围定。渊平与河东三百敢死军俱皆遇难，并未走脱一人；二郎延广被辽兵射落马下，众军蹂踏而死；三郎延庆被一阵短剑军乱砍而死；四郎延朗被辽兵绊倒其马，活捉而去；延德不知下落。"太宗闻奏，惊曰："数子尽遭诛戮，寡人过也。"哽咽哀悼之甚。业曰："蒙圣上深恩，誓以死报。今数子丧于王事，得其所矣。陛下哀之，不亦过乎？"太宗曰："噫，是何言也！此难非数子力敌，朕一命休矣！当特赠以报其死。"言罢,令公辞帝退出不题。


## 太宗敕建无佞府

次日,太宗下令,封胡延赞御禁太尉,沧洲横海郡节度使。杨令公左领军卫大将军,归命无佞侯,三营总管中正军,雄州节度使。杨延昭仓典使,迎州防御使,三千里界河南北招讨使。杨延嗣三关排阵使,潞州天党郡节度使。又以渊平等死于王事,俱追赠为侯,立庙以祀之。以六郎之名犯武功郡王之讳,敕赐名景。又将金花柴郡主赐配,以彰独力救朕殊勋。六郎谢恩毕。太宗复下命于天波门外、金水河边,建立无佞府一所,与令公居住。又赐金钱五百万,与令公盖一座清风无佞天波滴水楼,以旌表之。有诗为证:

忠义全家为国谋,捐生保驾出幽州。

九重宠异殊勋绩,特立清风无佞楼。

太宗封赏毕,杨令公等谢恩出,至无佞府安置家眷住下,竟往雄州任所去讫。

却说大辽耶律休哥等,听得耶律呐在汾阳战胜宋兵,遣人奏萧后进兵,以取汴京。后设朝与群臣商议南下,右相萧挞懒奏曰:"小臣愿领兵二万前去,与宋取金明池、饮马井、太原城。如大宋肯还此三处,则暂屯兵于隘,俟其衅隙。不然,则起倾国之兵,攻其土门。"挞懒得旨,即日与大将韩延寿、耶律斜轸引兵从瓜洲南下。

声息传入汴京，近臣奏知太宗。太宗怒曰："贼骑屡寇边廷，朕今亲征，以雪幽州之耻。"寇准奏曰："陛下车驾频出，轻亵万乘之尊，而无威望震服天下，使北番渺视，不以为意。依臣之见，命一大将征之足矣，何劳圣驾亲出？"太宗曰："谁可领兵前去？"寇准曰："潘仁美边情谙熟，命统军征之。"太宗允奏，即降旨授仁美招讨使、统军都元帅，领兵征剿北辽。

仁美领旨回府，忧形于面。其子潘章问曰："闻大人领兵北伐，威权极矣，何为不乐？"仁美曰："缺少先锋，故怀忧也。"章曰："大人何忘之？杨业可矣。向日之仇，由此不可以报乎？"仁美一闻章言，喜不自胜。次早进奏曰："乞陛下授杨业父子为先锋，同进征辽，则贼不足破矣。"太宗允奏，遣使往雄州调遣杨业，诏曰：

> 北番入寇，朝野征忪。今命仁美为行营招讨使，尔业父子三人为先锋，征剿辽贼。诏命到日，即赴代州行营听用。毋违！

使臣赍诏既去，寇莱公赴八大王府中言曰："仁美怨恨令公，深入骨髓。今举为先锋，只恐害之，误国大事。"八王闻说大惊，即入奏曰："令公昔射仁美，今举为先锋，恐仁美挟仇肆虐，于军不利。"仁美即趋前奏曰："今共王事，即系一家，岂有家人而害家人之理乎？臣决不效小人之所为也。"太宗心亦持疑，遂命胡延赞为救应使。

潘仁美等领兵十万，离了汴京，不日至代州。代州傅昭亮率众迎接。仁美入公馆坐定，昭亮参毕，仁美问曰："汝知某处可以下寨？"昭亮曰："此去西北，地名鸦岭，可以下寨。"仁美遂引军至鸦岭。刚立营寨，军士报韩延寿领兵搦战。仁美大怒，披挂上马。韩延寿杀到,仁美令刘均期出战。交马一合,均期中鞭,负痛走回。又令贺怀出战,交马二十合,贺怀中箭,败回本阵。仁美见二将俱败,亲自奋勇杀出,交马十合,亦败而回。

次日,仁美升帐言曰:"此贼本领甚好,急难破之,将奈之何?"王侁曰:"此贼惟杨先锋可以抵搪,在他人则不能矣。"仁美曰:"杨家子父因何不到?"言罢,军士报杨令公参见。父子三人下马入见,仁美怒曰:"军令,刻期不到,处斩!今汝为先锋,尤为吃紧。今既违法,当得何罪?"遂唤刀斧手推出辕门,斩首示众。有诗为证:

一作先锋是祸胎,谗邪怀忿害英才。

兹辰继业无先见,何事迟迟不早来?

六郎向前告曰:"辽发三路军兵杀至三关,小将父子战退方来,是以违了限期,乞太师宽恕罪名。"胡延赞在傍劝曰:"乞元帅姑免其罪,待明日出阵,立功赎之。"仁美依劝,遂放了令公父子三人。仁美暗想,延赞在军临守,难以谋害令公。遂心生一计,乃谓延赞曰:"军中缺少弓箭等件,汝往代州取来应用。"延赞辞别仁美,竟往代州去讫。

令公辞仁美,退出本寨。至夜,仰观天象,大惊,见太白星引着尾宿入于鬼宿之中,乃曰:"老汉数难逃矣!"

次日,令公参见仁美,言曰:"彦嗣引军掳掠,蔚、朔二城空虚,可令吾儿六郎领兵埋伏于二城连境之所,以邀截其接应之兵。业领一军,袭蔚、朔二州山后,则大辽九州唾手可得矣。"仁美曰:"老匹夫是好!你父子远去避锋,令我于此处当敌!"令公曰:"无妨。着胡延赞保元帅深沟高垒，以拒延寿。不旬日，业领得胜之兵回来破之，有何难哉！"仁美曰："舍近取远，倘若不胜，反伤锐气。"言罢，忽报辽兵索战。仁美着令公出马。令公曰："今日日辰不利，北人不知书义，故无所忌。我南方知书，每事择日，故有所忌讳。且贼势甚盛，姑避其锋，待他军兵少懈，驱兵杀出，必获全胜。"仁美曰："周以甲子日兴，纣以甲子日亡，择甚吉日？今汝为先锋，千推万托，惧怯如此，何以激励诸军？速披挂出马，再勿饶舌！"护军王侁言曰："将军素号无敌，今见敌退托不战，得非有他志乎？"令公曰："业非畏死，时有未利，徒伤其生，不能立功。业乃太原降卒，其分当死，荷蒙圣上不杀，授以兵柄，今遇敌岂敢纵之不击？盖欲伺其便以立尺寸之功，以报圣上之恩耳。然诸君责业有异志，不肯死战，尚敢以自爱乎？当为诸君先行。但陈家谷山势险峻，诸君幸于此处张设步兵强弩，以相救也。不然，无遗类矣。"言罢上马，领兵出寨，言曰："元帅只要设谋报复私仇，不想误国大事。"忽抬头望见辽之旗帜，大惊，挥泪言曰："哀哉痛哉，今生已矣！"六郎曰："大人何出此不利之言？"令公以手指曰："那里不是伤生之兆？"六郎定睛望之，只见辽兵旗上前画一羊，后画一虎扑之。六郎曰："凶吉此何足凭？仗天子洪福，自足以胜之矣。"有诗为证：

> 遥见番旗虎扑羊，令公两眼泪恓惶。
>
> 圣朝福纵如山重，难保英雄不丧亡！

## 令公狼牙谷死节

大辽元帅斜轸闻杨业出战，复遣都部署萧挞懒伏兵于路，又遣土金秀出战。令公命六郎出马，交战四十合，土金秀败走。父子三人引兵赶杀而去。

却说仁美心欲害令公，因其临去埋伏之言，亦假意与王侁等列阵陈家谷。自寅至午，不得业之消息，使人登托逻台望之，又无所见。皆以为辽兵败走，欲争其功，即一齐离谷口，沿交河南进。行二十里，闻业战败。仁美暗喜，引诸军退回鸦岭去了。

令公与萧挞懒且战且走，走至陈家谷，见无一卒，抚胸大恸，骂曰："仁美老贼，生陷我也！"大辽韩延寿领兵如蜂集，重重围定令公父子。七郎曰："哥哥保着父亲，在此宁耐。弟单骑杀回，取兵来救。"令公哭曰："儿去小心，老父今生恐难见汝矣。"七郎上马撞阵，辽兵不防单骑杀来，被七郎走出谷口去了，直至鸦岭大寨下马。

时九月重阳，仁美与诸将赏菊，作乐饮酒。有诗为证：

月下捣衣何处声，四星带户夜沉沉。

篱边黄菊几年梦，天畔白云千里心。

酒兴那知风落帽，笳声偏惹泪盈襟。

狼烽不息貂裘敝，忍听晴空支雁吟。

七郎到寨下马，叫军士快禀元帅，杨延嗣回取救兵。众人曰：

"元帅正在饮酒,汝慌怎的?"七郎大怒,拔剑出鞘,喝退众人,直至帐前言曰:"禀元帅得知,小将父兄被辽将围于陈家谷口,乞元帅早发军士相救。"仁美曰:"无敌者,汝父子之素号也。今何亦被人围?"七郎曰:"非小将父子不能战斗之罪,乃明公不听吾父之言,不肯伏兵谷口,遂遭此难。"仁美怒曰:"这畜生!到指下我的过来。今日仗剑入帐,越分凌上,殊为可恨!"喝令军士推出斩之,以正军法。刘均期等劝曰:"七郎虽有罪,且看昔日保驾之功,饶他也罢。"仁美遂将七郎放了。是夜,叫军士将酒灌醉七郎,缚于树上,乱箭射之,胸前攒聚七十二箭。七郎既死,仁美令陈林、柴敢抬尸丢于桑干河内。

陈、柴二人次早抬向河边,一丢下去,其尸倒漂上岸。二人大惊曰:"神哉,神哉,英雄屈死,魂灵不散如此!且七郎乃保驾功臣,朝廷他日究出根由,其祸不小。咱两人莫若假做抬病军,竟往南燕告知八大王,方才杜绝我你后患。"柴敢思忖良久,言曰:"一则雁门难过,二则咱等非亲骨肉,难代他们伸冤。"说罢,只见北方一骑马来,二人视之,乃六郎也。六郎曰:"吾弟回取救兵,你二人知否?"二人乃将前情告之。六郎听罢,放声大哭。陈林曰:"将军休哭,急往汴京进奏,我二人作证。"六郎曰:"父今围困谷中,危在旦夕,怎生去得?"踌躇半晌,乃曰:"我去问潘招讨取救兵,又是送死。烦汝二人请胡将军出来商议。"陈林曰:"胡将军取军器还未回营。"六郎曰:"既未回来,我往代州要之于路。汝二人回寨,切莫说我回取救兵。"言罢,辞别上马而去。二人将七郎尸首埋之回寨,正禀复仁美,忽一卒进报:"六郎单马回来,不入本寨,竟往南方去了。"仁美曰:"谁去擒之?"陈林、柴敢应声曰："某二人愿往。"仁美遂命领兵三千赶之。

却说六郎迎见延赞于路，泣曰："叔父救我!"延赞曰："有何苦情?"六郎将其事一一诉之。延赞曰："且去救了汝父，后奏朝廷，与七郎伸冤。"忽陈林、柴敢领兵赶到，诉说仁美如此如此。六郎曰："汝二人将欲何为?"陈林曰："某恐他人领兵伤害将军，故仁美问罢，某二人即应声愿领兵追赶。天幸仁美依随。今某引此军，同去破围救老将军也。"六郎称谢，遂与延赞等望陈家谷而进。

却说令公见二子不至，恐军士饿死谷中，乃引兵出战。恰遇土金秀，交马数合，金秀诈败。令公战昏，错认路径，只说是出路，一直杀去，不见了土金秀。抬头一看，只见两山交牙，树木茂密，竟不知是何处。心下十分慌张，遂着小卒问乡民。须臾，小卒回报："乡民说是狼牙谷。"令公大惊，暗忖："羊遭狼牙，安得复活?"遂引众奋勇杀出，砍死辽兵百馀人。再策马前进，其马疲瘰，不能驰骤。令公遂匿深林之中。耶律奚底望林中袍影射之，遂射中令公左臂。令公怒，复赶杀出林，辽兵四散走了。令公遥见前山一庙宇，乃引众军往视之，却是李陵之庙。遂下马题诗一律于壁间云：

> 君是汉之将，我亦宋之臣。
>
> 一般遭陷害，怨恨几时伸?

题罢，命众军士屯止于庙。耶律奚底唤军士不必逼近，被其所伤，只在谷口困之，俟其粮绝饿死，往枭首级。众军得令，尽退守谷口。

却说令公见辽兵不来索战，遂绝食三日不死。乃与众人言曰：

"圣上遇我甚厚,实期捍边讨贼,以仰答之。不意为奸臣所逼,而致王师败绩,我尚有何面目求活?"时麾下尚有百馀人。又谓之曰:"汝等俱有父母妻子,与我俱死无益,可走归报天子,代我达情。"众皆感激,言曰:"愿与将军同尽!"令公忖道:"外无救援,辽兵重围,毕竟难脱此难。且我素称无敌,若被辽人生擒,受他耻辱,不如趁今早死之为愈也。"主意已定,乃望南拜曰:"太宗主人,善保龙体。老臣今生不能还朝,再面龙颜矣。"言讫,取下紫金盔,撞李陵之碑而死,年凡五十九岁。众军士见令公既死,遂奋激杀出谷来,尽被辽兵砍死,止逃走二三人而已。后静轩先生有诗叹云:

　　力尽锋销马罢隤,堪悲良士不生回。

　　陵碑千古斜阳里,一度人看一度哀。

后人又有诗赞其守节:

　　铁石肝肠断断兮,甘心就死李陵碑。

　　稜稜正气弥天地,烈日秋霜四海知。

# 第 二 卷

## 六郎怒斩野龙

却说胡延赞等径往陈家谷救令公,忽路逢一番将,六郎问曰:"来者何将?"曰:"我野龙也。"六郎曰:"汝知吾父在何处?"野龙曰:"汝父迷失出路,杀进狼牙谷去,被我等围住,不能得出,遂撞李陵之碑而死。首级被土金秀枭了,送往幽州献娘娘去了。只有金刀,吾得在此,汝敢来夺耶?"六郎听罢大怒,纵马直取野龙。野龙亦奋勇交战,三合,被六郎斩于马下。六郎下马,取了金刀大恸,昏倒于地。胡延赞劝曰:"汝今哭死,也是枉然,莫若入京辨冤。我等助汝救父,命令不自仁美老贼,亦难回寨,只得去落草,待汝的消息,方可来与汝作一证见。"言罢,相别而去。

六郎一人一骑出谷,正遇辽将黑嗒,交战数合,忽山后一骑杀来,手持一斧,劈死黑嗒,杀散众兵。六郎视之,乃兄延德也。兄弟下马,相抱而哭。延德曰:"此辽贼巢穴,不可久停。且随我入山,相诉衷曲。"六郎跟五郎到五台山方丈坐定,六郎曰:"当时与哥哥战败,离散之后,杳无音信,却缘何到此出家?"延德曰:"当时鏖战辽兵,势甚危迫,料难脱身,遂削发为僧,直至五台山来。日前人道辽宋交兵,又望见陈家谷口杀气腾腾,心下十分惊跳,特下山来。只见吾弟受敌,但不知父亲安在?"六郎将父弟遭害,诉说一遍。五郎大哭曰:"父弟之仇,不共戴天,何得不报!"六郎曰:"小弟今回汴京奏帝,报此冤仇。"五郎曰:"不必京去,今我起五百僧杀到仁美营中,将老贼碎尸万段,岂不胜于奏朝廷乎?"有诗为证:

> 觉海澄清已数年,风波一旦起滔天。
>
> 只因奸宄戕根本,恨不须臾雪却冤。

六郎曰:"不可。仁美圣上所敕命者,如此杀他,是反朝廷矣。不是伸冤,到去结冤。"五郎曰:"这等说,我将父弟追荐,你快去京奏帝。代拜母亲,今生不得图家庆,承颜膝下,以尽子道也。"六郎遂拜别回京。

行至黄河,入去与把守官索路引。及见那把守官,大惊。那官不是别人,乃仁美之侄潘容也。仁美恐六郎逃回,先着潘容在此把渡。六郎见之,竟往东北走了。潘容见是六郎,遂跳上马加鞭追之。至一湾内,六郎见无船支,乃沿河而走。忽见芦苇内有一支渔船,坐着两人,有诗为证:

> 一叶扁舟碧水湾,往来人事不相关。
>
> 网收烟渚微茫外,钓下寒潭远近间。
>
> 沽酒每同明月饮,忘机常伴白鸥闲。
>
> 泽梁况复官无奈,抚髀长歌任往还。

六郎正在慌间,见渔船叫曰:"渡我过去,送汝船钱。"那船上老者问曰:"你那里去?有甚公干?"六郎曰:"小生汴梁人氏,母病危笃,回家看觑。"那老人认是六郎,横舟接上。潘容在后叫曰:"那人是贼,你休渡他过去。"梢子不听。潘容拈弓,正欲发矢,不防芦苇中走出一汉,将潘容一棍打落马下,连人带马,窜入河内丢了。那船又近岸,接着那汉子上船过了河。三人引六郎直至一庄,入于堂上,三人纳头便拜。六郎亦拜,乃曰:"蒙君救命,恩莫大焉,又何为礼拜?"那后生又曰:"郡马,你何忘了?小人原居太原,母死无钱安葬,夜入郡马府中,盗些财物,被令公拿住询问。遂怜悯小人,赐钱葬母。后因家贫,来此捕鱼过活。偶逢恩人遭难,特相报也。"六郎曰:"尊姓贵名?"那人曰:"小人唤做郎千,此老的是吾父亲,此小的是吾弟郎万也。"六郎听罢相谢,即辞别欲行。郎千曰:"屈留一宵,少伸薄意。"六郎入宿其庄。次日辞别,郎千言曰:"郡马别后,吾等亦他往矣。"

六郎相别,行至汴京城外,腹中饥饿,下马入店,买饭充饥。只听得市中人三三两两说杨家父子反了,潘元帅表奏朝廷,太宗闻奏大怒,将杨家府家属尽皆拿赴法曹;幸得八大王奏过,暂囚天牢,待遣人边廷体访,果真反了,斩犹未迟。六郎听得大惊,思忖:"父死狼牙,母囚牢狱,致使我有家难奔,冤屈如此!"遂悄悄入城,不敢入无佞府去,只在酒馆安歇,不在话下。

却说萧挞懒屡奏萧后发兵取宋基业,萧后遂欲出旨遣将南下,忽贺驴儿曰:"大宋国中,武臣策士,车载斗量,岂一战得捷,便谓中国可图?臣窃料之,殆有不可。但臣有一计,能使娘娘驾坐汴梁,而宋人无术可救。"萧后曰:"卿是那条计策,若此之妙?"贺驴儿曰:"臣假扮南人，投入汴京，凭着一生学力，定要进身侍立宋君之侧。俟其国中略有衅隙可攻，即传信来报，然后娘娘兴兵南下，始保万全无失，而中原唾手可得。"萧后喜曰："倘若功成，我定裂土分茅。但恐后难认汝。"于是心生一计，遂向左脚心刺"贺驴儿"三个珠砂红字为记。又问曰："卿去改换甚名？"贺驴儿曰："改名王钦，字招吉。"太后遂亲赐酒三杯。驴儿饮罢拜辞，即日起行，望雄州而进。

却说六郎闷闷无聊，从步闲行，啸口歌曰：

> 仰观天苍苍，俯察地茫茫。天地亦何极，人命如朝霜。
>
> 灵椿狼牙殒，萱花缧绁伤。慈乌反哺心，悲思结衷肠。
>
> 夜夜吐哀音，涕泪沾我裳。圆景淡无光，浮云惨不扬。
>
> 奸贼肆毒害，吁嗟痛恓惶。谁走告天子，为我作主张。
>
> 佞头饮上方，黄泉耿幽光。

歌罢，见前面一人亦在吟诗云：

> 昂昂挟策向京畿，准拟高车耀闾阎。
>
> 剥落文章空满腹，漂零何日是归期？

六郎见其人生得十分俊雅，头戴儒巾，身穿罗衣，腰系丝绦。六郎揖而问曰："先生何处人氏？有甚愁思，行歌于市？"其人答曰："小生雄州人氏，姓王名钦，贱字招吉。因比不第，在此闲步散闷。"言罢遂问曰："足下大名？"六郎不隐，将父弟苦死情由，一一诉说。招吉听罢，不胜愤激，乃曰："将军何不奏知天子，却来背地怨恨，枉自悲伤？"六郎曰："某欲去奏，奈心上恼闷得慌，几番提笔写疏，不觉泪下如注，湿透纸笺，故此迟留，尚未申奏。"招吉曰："此事何难？小生不

才,愿代将军写之。"六郎曰:"君肯垂念,诚三生有幸。"遂邀招吉于
歇处,沽酒款待,尽诉生平劳苦。招吉动容,叹息良久,又问曰:"疏
上将何人为首?"六郎曰:"潘仁美为谋之首,护军王侁、部下刘均期、
贺怀,俱难恕饶。"招吉一笔写出,递与六郎。六郎看罢,乃曰:"先生
才高班马,取青紫如拾芥然,有何难哉? 特时未至耳。"遂复沽酒致
谢。六郎曰:"容某进奏,到尊寓专谢。"招吉辞别而去。

六郎正进到午门,陡遇七王出朝,暗忖:"圣上今被谗言昏惑,莫
若启寿王代奏,犹易分辨。"遂向前拦驾,大叫伸冤。寿王见是六郎,
命带到府中勘问。七王回府坐定,问曰:"潘仁美奏汝父子反了,真
伪何如?"六郎跪下对曰:"正为此事来辨。"即递上奏疏,与七王
看之:

> 迎州防御使臣杨景,为诉挟仇谋害,陷没全军,虚捏反情,冒
> 奏误国欺君事:臣太原降卒,荷陛下不杀,复授以职,至德深恩,
> 昊天罔极。曩者边尘腥秽,天地神人共怒。皇威丕振,命潘为
> 帅,臣父子为先锋,同出征剿。臣父子思图报效,欲将丑敌草薙
> 而禽狝之。奈何仁美与王侁等,挟昔日之仇,肆莫大之祸。待臣
> 父子进至狼牙村,刃接兵交,招讨坐观成败,不发半骑相应。及
> 败回陈家谷,矢尽力疲,番兵蚁聚蜂屯,遂致全军皆没。臣父困
> 乏行粮,撞李陵封碑之下而死。臣弟回取救兵,遭仁美万箭之伤
> 而亡。陷没全军于辽疆,伸冤无地;复捏反情而冒奏,情惨黑天。
> 臣零丁逃命,孤苦无依,只得具疏申闻。恳乞宸衷明断,父弟九
> 原衔恩瞑目。臣甘诛戮,虽万斧不辞。某年某月某日,臣景诚惶

诚恐,稽顿首具疏,不胜战栗死罪之至。

七王看罢,问曰:"疏词绝佳,出自胸中,谁代为之?"六郎曰:"乃雄州一儒生,姓王名钦,字招吉,代臣写作。"七王曰:"郡马知在何处?"六郎曰:"寄居东阁门龙津驿。"七王遂命人召之,顷刻间召至府中,七王与语,对答如流,七王大悦。乃谓六郎曰:"郡马可去击登闻鼓,分理更易。且当急往,毋被奸党知觉。"六郎接疏拜别,竟往阙外击鼓。被守者捉见太宗。六郎将疏递呈御案,太宗展开览之云。

## 寇准勘问潘仁美

却说太宗看罢六郎之疏,大怒,骂曰:"欺君奸贼,反奏杨家父子反了!谁去拿此贼来问罪?"忽阶下一人进奏愿往。其人是谁?乃朔州马邑县党进,现居殿前太尉之职是也。八大王又奏曰:"党进拿回潘仁美来,元帅之任,非小可关系,必须命人代之。"太宗曰:"谁人堪代此职?"八王曰:"杨静称职。"太宗降旨宣至,拜毕,静奏曰:"臣恐仁美抗旨,不付帅印,将奈之何?"党进曰:"如此如此,便可得印。"太宗大喜。

二人辞帝出城,至雁门关,党进谓杨静曰:"下官先入寨去,明公少停片时而来。"党进匹马先入寨去。潘仁美正与刘贺等议事,忽左右报曰:"朝廷遣使臣到来。"仁美等迎接党进入帐相见,礼毕坐定,党进言曰:"太师前奏杨令公父子反情,圣上将杨府满门拿囚天牢,候太师回日决处。不期有奸细来京，奏太师结好萧后，不发救兵，陷没杨家父子。又说太师之印，已献萧后。圣上大怒，即下诏来宣太师回京，与奸细对证。某向御前奏曰：'边庭隔远，事难准信，待臣先往观看。如印在，此系诬陷，不必取太师回京。'太师可把印来某看。"仁美曰："世宁有是理耶！"即拿出印来，递与党进看之。党进接印在手，遂曰："跪听圣旨宣读。"诏曰：

> 朕委杨静为帅御边，复遣党进竟拿潘仁美、刘、贺、王等监禁太原听旨。违命处斩！

党进读罢，潘仁美曰："我得何罪，圣上拿问？"党进怒曰："你自己所为的事情，还佯不知！奏汝者，杨郡马也。"仁美曰："他父子反悖朝廷，如今到来排陷我等。"党进曰："汝往京去与他分辨，不必在此多说。"道罢，小卒报新元帅到。众军迎接入帐，参拜毕，将印付与杨静。静接了印，乃问仁美曰："胡延赞何在？"仁美曰："自杨家父子反后，竟不知其去向。"党进曰："元帅早将他们一干人锁解太原，不必究问。"杨静喝左右锁了仁美等，与党进押赴太原。

不日到了太原，太原府判黄进迎接党进入公馆。参拜毕，党进曰："圣旨着落仁美等四人各另安置。"黄进得命，遂送仁美于皈依寺，送刘、贺二人于太医院，送王佽于申明阁。党进乃回京复命去讫。潘仁美亦遣人入京，启请潘妃进奏太宗分干。

当日在寺中闲游，偶见雪云长老领众僧出寺，去了半日方回。仁美问雪云长老曰："适间领众僧往何处而来？"雪云曰："迎接新任府尹爷爷。"仁美曰："汝知其姓名否？"雪云曰："左丞相寇准爷爷是也。"仁美惊问曰:"为着甚事贬到此间?"雪云曰:"闻朝廷恼他,贬到此间歇马。"仁美暗忖道:"这老儿,是我旧日僚友,待我整酒请来相叙旧情,探问朝廷事情,岂不妙哉。"于是次日置酒,着雪云去请寇准。

长老持书入府,当堂跪下,禀曰:"潘太师爷爷特遣贫僧来请爷爷饮酒。"寇准怒曰:"我此来,敬为勘问老贼事情。汝好大胆,敢来代他请我!"喝左右拿下,重责四十。长老告曰:"只因府判爷爷着令好生伏侍太师,贫僧实不知有此情,乞爷爷恕饶贫僧。"寇准曰:"汝既不知,权饶罪名。但我有一计,悄悄代行。否则,将汝这个秃驴活活打死。"长老曰:"愿领爷爷之计而行。"寇准曰:"汝要如此如此。"分付毕,遂命先回:"禀上太师,说我就到。"长老诺诺连声,竟回寺中,告知仁美说道:"寇爷拜上,随后就来。"

言罢,报寇爷到。仁美出寺,接入法堂坐定。传杯数次,仁美问曰:"杨景那厮,击登闻鼓,说下官害他爷子,有此事否?"寇准曰:"那小畜生果是击来,后幸潘娘娘保奏太师,但八大王力助杨景进奏,主上着太师在此安置。下官不肯,亦保奏太师,八王遂劾下官党恶。帝乃允奏,贬此歇马。原天子意思,实听潘娘娘之言,日后太师无甚重罪。但下官有一事,甚怨太师干得不妥。"仁美曰:"老夫与丞相旧日同寅,未尝得罪,何怨之有?"寇准曰:"不怨他事,怨不杀却杨景,致有今日之祸。当时一并除之,削尽根苗,尚有何人来复冤仇?"仁美曰:"丞相说得甚是。当日亦着人捕捉,不知缘何被他逃回京来。"寇准曰:"下官闻得令公被太师算计得好,此处却无闲人,试说与下官听之。"仁美不防寇准来套他口词,又饮酒将醉,仁美对曰:"丞相平日交情,言之亦无妨碍。当日令公被我把反情生逼得出兵,他叫我埋伏弓弩于陈家谷,老夫一卒不遣,及彼杀败回来,见无伏兵,遂走入狼牙谷,撞死李陵碑下。七郎回取救兵,被老夫将酒灌醉,绑于树上,令众军乱箭射死。"寇准曰:"岂有是理! 太师莫把假话来诳我也。"仁美曰:"丞相处才说此话,若在他人,老夫决不吐露矣。"

寇准大怒,骂曰:"老贼,陷害忠良,欺君误国,冒奏朝廷,说杨家父子反了,大伤天理!"喝左右拿下。胡必显应声而入,当筵拿下仁美,喝令供状。仁美曰:"这老子发酒狂,叫我供状!"寇准唤:"雪云何在?"长老从窗外转入,递上口词曰:"领爷爷钧旨,太师说一句,贫僧写一句,并无差错。"寇准曰:"你不供招,复有何待?"潘仁美叹曰:"误被寇老赚我口词,怎生是好?"有诗为证:

> 城狐险恶立机深,旧好相逢尽吐词。
>
> 早识窗前誊口吻,樽前词话惜惺惺。

却说雪云长老将口词递上,寇相看毕,复命长老读与仁美听之。读毕,仁美曰:"醉人口中之词,何足为据!"寇准曰:"酒后道真言。"仁美曰:"你太原府尹,敢断我的事情?"寇准曰:"老匹夫,敢如此抗拒!"遂唤黄进取过诏来,宣与老贼听看。诏曰:

> 朕委参政寇准知太原府,勘问潘仁美一干诈奏杨家父子反情的实,取招申闻。

寇准曰:"你这老贼,我为府尹,实来勘问汝等奸伪之事!"仁美曰:"今无杨家亲人对理,缘何问得这场事情?"寇准遂唤一声:"杨郡马何在?"忽六郎自外入而言曰:"仁美老贼!你将吾父陷死狼牙谷,又射死吾弟,今日缘何不认?"仁美曰:"小匹夫,你潜回取家属,见囚系于狱,不能得去,遂向御前冒奏我等陷你。奸贼!当得何罪?"六郎曰:"这老贼,事情彰彰于人耳目,至此等田地,犹乱说话。"寇准曰:"此非勘问之所,带到府堂将刑具拷打一番,彼方肯供状。"遂命送到府中禁狱之内。

　　次日,寇准升堂,唤左右取出仁美,绑于阶下。又唤黄进曰:"汝假去请得刘、贺等来,只说酒席齐备,太师已去多时。速去速来,勿得走漏消息。"黄进领命,先到申明阁,会同王侁,至太医院见刘、贺言曰:"府尹爷爷相召,太师已去,立候三位将军。"三人遂随黄进到府,直入堂上,只见仁美绑缚在地,吓得魂不附体。寇准喝令拿下。三人趋前言曰:"相公拿下某等,不知为着甚事?"寇准曰:"我亦不晓何事,试听读诏便知。"遂命黄进取诏读之。读诏既罢,三人默然,垂首伏地。寇准曰:"害人适以自害,天道昭彰,岂可昧乎?汝等早早供招,免受刑具。"仁美曰:"唤杨景来,我与对理。"六郎在庑下听得这话,号泣而出,言曰:"你挟昔日射汝之仇,陷没吾父子全军,误国大事,怎生硬抵不认?"仁美曰:"你休胡说,我有证人在此。"六郎曰:"要甚证人!我自己在此,你还乱说。"仁美唤过数十军士,分付曰:"你将杨家父子反情,告于寇爷知道。"那几个军人跪下言曰:"告爷爷得知,元帅委系不曾陷害杨家父子,他反朝廷是实。如太师虚情捏奏,小军愿受诛戮。"寇准曰:"谁问你来!这些囚奴,都是老贼心腹,故来妄证。"喝左右将每人重打五十。六郎曰:"老贼不说起证人,我亦忘之。当时仁美射死吾弟,着陈林、柴敢丢尸于河。得此二人来证,彼方缄口无词。"

寇准听罢,将仁美监禁于狱,遣人往鸦岭营中查访二人消息。去人回报,鸦岭营中并无二人。寇准遂张挂榜文于外,但有人知七郎之尸埋于何处者,赏金百两。张挂数日,众人看榜纷纷,私相论曰:"若有知者,一场好生意也。"忽后面三人来看,向前揭了榜文。恰遇六郎,三人便揖。三人乃胡延赞、陈林、柴敢也,闻知勘问仁美,要七郎尸首为证消息,特径来揭榜。六郎引入府,见了寇准。寇准曰:"你二人将七郎尸埋于何处?"陈林曰:"埋在桑干河西南一株树下。"寇准即差数十人同陈林、柴敢去取七郎尸首。二人领众人到桑干河,掘尸不见。那众人道:"你二人干事,好不误人!若无尸首,怎去回话?"二人心下甚慌,乃泣曰:"不如寻个自尽。"言罢,正来撞树,忽东北树杪有一青脸人言曰:"仁美闻汝等来掘尸为证,先遣人将尸掘起,埋于此株树下。"言讫,其人忽不见。众人遂去那株树下掘之,果得七郎尸首。不数日,众人抬到太原,报与寇准知道。寇准押定一干人同去验尸,只见七郎满身是箭,七十二枝攒簇心窝。寇准大哭曰:"英雄良将,天胡不憗,遭此惨祸也!"后人看至此,有诗叹息:

世事炎凉几变更,历推无限泪交倾。

天荒地老形犹在,虎斗龙争血尚腥。

金谷有名烟漠漠,玉堂无主草青青。

英雄豪杰归何处?慨想何如一梦醒。

寇准验罢尸,遂唤仁美曰:"七郎何为而死?今复有何辞?"仁美曰:"非我也,乃王侁设谋以害之也。"寇准令刀斧手推出王侁斩之。寇准又曰:"设谋者王侁,行之在汝。且捏词诬奏杨家父子反了,此欺君也,当得何罪?"仁美低头不语。寇准喝令推出斩之。正欲来斩,忽使臣到,下马开诏宣读。诏曰:

> 勘问潘仁美既得其情实,监押赴阙拟罪。毋违!

使臣读诏既毕,寇准遂将仁美等解赴汴京。六郎曰:"此贼赴京,定行宽宥,冤仇难伸,怎生是好?"寇准曰:"欺君误国之罪,却难恕饶。郡马放心。"既至于京,次日,寇准具仁美口词并七郎箭伤身死,一一申奏于帝前云。


## 八王设计斩仁美

太宗看罢口词,怒曰:"老贼如此欺罔,罪该拟死!但念潘妃情分,姑免一死。"遂追还仁美等官,各杖一百,俱贬于雷州。封赠令公为卫国公,七郎为殿前指挥使、醴泉侯。胡延赞不合擅离军伍,降三级。杨景不合私离军伍,充徒郑州一年。陈林、柴敢不合领众落草,各杖八十,徒二年。断毕,文武皆散。

六郎出于午门外放声大哭,谓八大王曰:"臣父子见屈如此,何用命为!"遂欲撞死于午门。八王急止之,邀入府中坐定。忽报潘娘娘到。八王令六郎入后堂,亲出府接入。茶毕,潘妃曰:"老父年迈,路途磨灭,难保残喘。今日特来相告,望殿下垂念,安置于京。"八王曰:"娘娘请回,即入进奏圣上。"潘妃辞去,八王乃与六郎言如此如此,此冤即雪。六郎领计去了。

八王入奏帝曰:"臣夜梦景不祥,必主有横祸。乞陛下放独角赦与臣领去,以防后患。"太宗即书赦赐之。八王谢恩而退。忽近臣奏曰:"杨景将潘仁美三人杀了,今提头在午门外伺候。"太宗听得大怒,命拿六郎押赴法曹,枭首示众。八王曰:"陛下适行独角赦,赦除景之罪恶。"太宗曰:"斩仁美等,却原来八大王之计策也。"太宗遂宣六郎入殿,言曰:"念卿保驾功大,此罪悉行赦除。"六郎谢恩毕,竟往郑州去讫。

时太宗未立储君,冯拯上疏,乞立皇储。太宗怒,贬之于岭南,于后廷臣无有敢进奏者。七王见不立己,乃与王钦议曰:"帝年已迈,齐王等又谢尘矣。日前冯拯谏立东宫,遂遭贬窜。莫非为立长之故,欲与天下传八王耶?"钦曰:"毕竟是这意思。不然,何以不立殿下?圣上以遗言为重,若不蚤图,后悔何及。"七王曰:"汝有何谋,可以得立?"钦曰:"以臣计之,若不谋死八王,皇位决不可得!"七王曰:"此谋不可。八王帝甚宠爱,其谋不密,祸反及身。"钦曰:"臣有一计甚密。"七王曰:"汝试陈于我听。"钦曰:"殿下可命人往街坊上寻一个极巧银匠,打造鸳鸯壶一支,一边盛药酒,一边放好酒。趁此春日,去请八王来赏花,即将其壶斟上一杯药酒于八殿下前,又斟上一杯好酒于我殿下前,一齐举杯饮之。八王饮了药酒,立地即死。虽跟从之人,只说中风,那晓是药死!"七王曰:"此计甚妙。"遂遣人往街坊上寻好银匠。寻至城西,有一胡银匠极其精巧,乃唤入府中打造其壶。

既打毕,献上七王。七王看罢,谓王钦曰:"何日去请八王?"王钦曰:"先将银匠结果,以灭其迹。"七王允之。王钦命人将好酒灌醉胡银匠,令左右埋于后花园中毕。王钦谓七王曰:"殿下可遣人持书请八王,明日后园中赏花。"七王遂遣内竖赍书,竟往南府八大王前呈递。八王拆开看云:

> 门外春光无限好,明媚花共柳。值此官里有馀闲,不乐虚过了。敬邀哥王明日一叙契阔情,共把金樽倒。尚冀春风一惠临,宇第生荣耀。

八王看毕,着内使回话,明日准来。内使归见七王道:"八殿下允诺。"次日,八王车驾报到,七王亲出府门迎接。进府坐定,茶罢,七王邀入后苑花亭之上坐下,只见花开如锦,春光堪称。有诗为证:

> 阳和充塞海天涯,无处江山不物华。
>
> 绿偃午风生麦浪,绯红晓日绚桃霞。
>
> 燕抛玉剪裁春色,莺掷金梭织柳斜。
>
> 满眼韶光偏得趣,抽黄对白竞天葩。

七王曰:"弟与哥王虽是兄弟,然情甚疏旷,此心歉歉。故当此春光明媚,特请一会,少尽衷曲。《诗》有云:'戚戚兄弟,莫远具尔。'小弟今日此举,亦欲效古人之所为也。"八王曰:"这几日贱躯颇欠调和,酒却难饮,少叙片时可也。苟非兄弟之情,愚兄必却而不来矣。"七王曰:"哥王身体不快,正要痛饮,方才舒畅。"遂令侍从先酌一杯药酒于八王面前。八王病未甚愈,一闻药酒之气,慌忙将袖掩鼻。忽一阵狂风吹倒金杯，其药倾泼于地，红光迸起，左右皆惊惧战栗。八王即辞别回府。七王见谋未遂，又恐八王知觉，甚是懊悔。王钦曰："殿下休忧，谅八殿下不知情由，必不见咎。俟后再图，未为不可。"不在话下。

却说太宗忽一日得疾，危笃之甚。寇准、八王等入内问安。太宗见群臣至，谓之曰："先帝遵太后立长之言，传位与朕。不期朕忽疾作，恐难总理政事。今齐王等已殒，惟八王差长。朕乃遵太后之教，将位传与八王。"八王奏曰："皇太子青春已富，人心归顺，满朝谁生异论？愿陛下保重龙体，万万千秋。他日纵欲归政，亦当与太子也。倘陛下欲效先帝，将位与臣，臣必披发入山林矣。"太宗曰："卿不受，将奈之何？"思忖良久，乃问寇准曰："八王坚意不受，卿言朕诸子孰可以居天位？"寇准对曰："择君以主天下，不可以妇女谋，不可以中官近臣谋，惟陛下以行与事见其可以翕服万姓者，以位传之，庶乎可矣。"太宗又宣赵普独近卧榻之前，屏左右问曰："朕欲传位八王，八王不受，卿言何如？"赵普曰："先帝已误，陛下岂容再误！"太宗之意遂决。复召寇准言曰："朕本意欲与神器付八王，争奈八王不受。欲付元侃，卿言何如？"准拜贺曰："万岁！万岁！臣为天下得君庆矣。愿陛下不必再问外人，须早立之。"太宗又谓八王曰："朕没之后，卿宜丹心启迪汝弟。今赐铁券免死牌十二道，若遇乱臣贼子，卿即打死，毋得纵容。朕遍观诸将，杨景忠贞，可付兵权，后当重用，不可妄加斥逐。"八王拜受毕。须臾，帝崩，寿五十九岁，时改元至道三年三月日也，在位二十馀年。有诗为证：

　　太宗经世政惟勤,二十馀年德及民。

　　可惜乾符私授子,至今人道悖君亲。

　　太宗既崩,众文武奉七王元侃即皇帝位,是为真宗。群臣朝贺毕,尊母李氏为皇太后,封王钦为东厅枢密使,谢金吾为枢密副使,进八王爵为诚意王。其馀文武,各升有差。自是朝廷军政,皆决于王钦之手矣。

　　却说八王出朝,忽一人拦驾告状,大叫伸冤。八王问曰:"有何冤枉?"其人哭曰:"小的是胡银匠之子,日前新君欲谋千岁,召小的父亲入府打造鸳鸯壶。其壶打毕,被王钦谋死于府中。有此冤屈,无处伸诉,只得告乞千岁爷爷作主。"八王听罢,怒曰:"那日我见其酒倾地,火焰腾腾,心亦疑之。王钦果在筵中调度,这贼子好狠心肠!"遂接了状,命左右取银一锭,赏胡银匠之子,复回驾入到偏殿。

　　只见王钦正与真宗议事,八王向前奏曰:"臣适出朝门,偶有胡银匠之子告王钦谋死他父。臣接得此状,来与陛下看之。"真宗惊曰:"王钦未尝离朕左右,那有是为?兄王休听小人言也。"八王曰:"为谋臣故,而及于胡银匠,冤屈此人性命。但臣今事陛下,丹心耿耿,何听谗佞,谋害忠良?且臣要居帝位,尚在今日?"王钦奏曰:"八殿下恶臣与陛下议事,恃为皇兄,故妄捏虚情来奏,欺压小臣。臣既谋死了人,往日宜告先帝,何待陛下登位,始来相告?且世间那有这等胆大之人,敢向午门毁谤天子!"真宗未答,八王大怒,抽出金简,望王钦脸上一打,打着鼻准,鲜血长流,绕柱而走。八王亦绕柱赶之。真宗急救,言曰:"看朕情分,兄王饶他这次。"八王止步,指王钦骂曰："若再为奸宄，坏我国家，活活打死你这畜生！"言罢，愤怒奏曰："陛下休罪微臣，臣荷先帝嘱付，今秉公除奸，实为陛下社稷计，非私情也。"真宗深宽慰之。

八王既出，王钦跪于帝前大哭。真宗曰："八王顾命之臣，彼所言者，皆是实事，汝不应造言折辨。朕尚不肯忤之，况于汝乎！今后当避之可也。"王钦即谢归府，跌脚搥胸，恼恨八王，思报其仇。遂修书遣人，星夜送往幽州奏知萧后，说太宗已崩，新君幼弱，朝廷空虚，趁此动兵侵伐，则中原可得矣。

萧后得书，与群臣商议。萧天右奏曰："云川耶律休哥屡奏伐宋，今再乘其丧隙发兵，无有不克。"土金秀奏曰："宋太宗知人善任，守御边庭之士，必是智勇兼全者也。今若因王钦一书，即便伐宋，恐难取胜，虚费钱粮。臣思忖必先探其兵之强弱，才不误事。"后曰："卿言将何以探之？"秀曰："麻哩招吉之枪法，麻哩庆吉之刀法，与臣之箭法，极精无右。臣等愿举兵于河东界上，娘娘遣人赍书，约宋与臣等观兵。宋人若能抵敌，则迟迟进兵。否则，即动兵伐之矣。"萧后大喜，遂修书遣人赍往汴京。

辽使至汴，侍臣引奏。真宗展书看之：

大辽太后萧，致书于大宋皇帝陛下：兹闻有丧，关河阻隔，赠赙未施，奈何奈何。近缔盟好，千载盛事。今不观兵，徒为虚文。故遣驾下三臣，驻扎晋阳，期与会猎一番。庶乎两国之情相通，而四夷闻风慑服。谨此订约，照鉴。

## 兄妹晋阳比试

真宗览罢辽书,以示群臣。寇准奏曰:"北方刀箭是尚,彼来书期与观兵,臣料只是比试刀箭。乞陛下精选有能者与之一会,以消其窥觎之心。"真宗曰:"朕观朝中无甚良将,惟有杨郡马一人,今在郑州,亦未知其何如。"准曰:"陛下快遣使往郑州调回。"真宗允奏,即遣使往郑州征之。

使者既到郑州访问,郑州太守言杨郡马徒限已满,发放回京多日矣。使臣回奏真宗,真宗即遣人往无佞府征召。使臣到府,令婆接了旨,对使臣言曰:"吾儿自往郑州去后,并无音信回来。"使臣以令婆之言回奏。真宗闻奏,闷闷不悦,乃宣八王问曰:"杨郡马已回,隐匿不出,其奈彼何?"八王奏曰:"臣往无佞府中打探消息何如?"真宗曰:"事关紧要,卿宜用心访问。"八王辞出,竟往无佞府见令婆与太郡,诘问六郎事情。令婆曰:"吾儿在郑州,人无音信。今日殿下亲临,老妾敢相隐耶?"八王曰:"新天子即位,今有敕旨征召,趁此与国家分忧,岂不妙哉!沉匿何为?"太郡曰:"姑容数时,待遣人往郑州访之。"八王遂回奏不知下落。真宗忧形于面。

晋阳守臣表奏:"辽兵掳掠财物,杀伤百姓,甚为荼毒。乞早发兵防御。"真宗将表看罢,问曰:"谁人能退辽兵?"准曰:"贾能艺精,可以退之。"帝遂命寇准为正统军,贾能为副使,领兵三万,同往晋阳会猎。准等得旨,领兵望河东进发。

令婆闻寇、贾领兵会猎,乃与六郎言曰:"贾能何人,能退辽兵?吾儿当速往以救国难。"六郎曰:"儿意欲去,奈无一两人同行。"道罢,八娘、九妹言曰:"我姊妹与哥哥偕行若何?"六郎曰:"汝女流家怎么去得?"八娘曰:"假扮跟随士卒,人岂知觉?"六郎允之。辞别令婆,携二妹赴晋阳去讫。

却说辽将土金秀兵屯河东界上,劫掠无厌。忽报宋兵到,即与麻哩招吉等议曰:"今杨家之将尽皆凋谢,其馀谁敢与吾等比试!虽然,君辈亦宜竭力,不可使敌人得志,以丧我辽军威。"招吉曰:"谨领尊命。"金秀次日下令,立起红心把子,摆开阵势,以候南兵。

忽南方旌旗蔽日而来。宋兵既到,即于南方列阵。北辽土金秀全身披挂,立于阵中间,麻哩招吉居右,麻哩庆吉居左,一字摆开于北。南阵上寇准、贾能两马齐出。寇准曰:"华夷之分,已非一日。屡次兵相侵犯,扰我边境,此果何故?"土金秀曰:"俺娘娘以宋君新立,欲与会猎,而订息兵盟好。今新天子何不自来?"寇准曰:"吾新皇帝即位,与诸宰执论道经邦,尚且不遑,何暇与汝会猎,亲习尔等之陋俗乎?"土金秀未答,麻哩招吉大声言曰:"吾等不会论道,只会夺旗斩将,以定天下。汝阵有智勇之将,请出阵前与吾比试。徒事口角,浮谈何为?"

道罢,贾能舞枪纵马向前,喝声曰:"臊奴!好欺人,吾今与汝比试。"两下金鼓齐鸣。麻哩招吉与贾能交马十合,不分胜负。招吉佯败而走,贾能追之。招吉扭身回马一刺,贾能落马。招吉冲过阵来,宋军中忽一骑青骢骑来，一女将如风骤出，接战三合，被女将将红绵套索一抛，招吉遂被绊落马下，活擒而来。寇准大喜曰："汝姓甚名谁？"八娘答曰："妾乃杨令公长女，八娘也。"准曰："将门女子，亦劲敌也！"遂命记其名录其功。

土金秀见拿去招吉，大怒，欲出马交战。麻哩庆吉拍马出阵骂曰："南蛮！好好放出吾兄，饶汝残生。"遂抡刀直杀过来。宋阵上赵彦见了，亦舞刀接战。两合，赵彦不能抵搪，拨马走回本阵。庆吉赶来，宋阵中又走出一女将舞刀迎敌。数合，被九妹斜挥一刀，砍庆吉于马下，提头来见寇准。寇问曰："汝是谁？"九妹曰："妾亦杨令公次女，九妹是也。"准曰："汝等武勇出众，真乃皇上之福德所致也。"亦令录其名与功焉。

土金秀见砍了庆吉，大怒，跃马出阵言曰："宋人有能者，快出阵来比箭！"宋牙将杨文虎出马言曰："我与汝比之。"土金秀拈弓搭箭，走马连发三矢，皆中红心。众军一齐喝采。文虎亦走马射三矢，止中一箭。金秀曰："汝箭输矣，当还我招吉。"文虎曰："偶尔箭输，若比枪，则不输矣。汝敢来乎？"金秀怒曰："匹夫，好夸口！"即绰枪出马，交战数合，文虎被枪刺伤，败走回阵。金秀冲突过来，六郎望见，出马迎敌。金秀抵搪不过，回马叫曰："宋将且休比枪，请射红心。"六郎停枪笑曰："汝射无甚妙处，敢向军前骄矜逞能！"言罢，遂向胯后取出硬弓，走马一连三箭，俱中红心。南北军士，尽皆啧啧称羡。六郎曰："汝自夸箭高，我将此弓与汝射之，看射得中否？"着军士递弓与土金秀开之，金秀接弓开之，半毫不动，心下大惊，暗忖道："此乃神人降生。"正欲拨马回走，寇准出阵言曰："吾今以所擒之将还汝，汝归告太后，自后毋得生事扰边。若再如此，决不恕饶，屠戮汝类殆尽!"遂将招吉剥去衣服，赤身裸体放回北营。土金秀羞惭满面，回军去讫。

杨六郎入军中见准，准曰："设将军等今日不来，吾辈血染沙场早矣。郡马回朝见帝，老夫力保，奏封重职。"郡马相谢。准遂拔营回汴，入奏真宗。真宗闻奏，即宣郡马升殿，慰劳之曰："卿日前匿而不出，朕寝食俱废。今一闻郡马退辽，使朕喜而不寐。"六郎叩头拜谢。真宗问准曰："今当以何职授郡马?"准曰："宜授节使之职。"真宗乃下命杨郡马为高州节度使。郡马闻命，入朝辞谢，奏曰："臣昔败兵，其罪至重。荷陛下再造之恩，尝欲报复无由。今略建微功，敢受节使之职?"真宗曰："汝父子忠勤王事，先帝称念不已，欲重封赠，不期升遐，未遂其意。且今又有退辽之功，此职宜授，何为固辞?"六郎奏曰："荷陛下知遇之恩。欲授臣职，但佳山寨巡检可也，他职臣不敢领。"真宗曰："辞尊居卑，此何见也?"六郎曰："臣为巡检，却有三事：一者，臣本徒流，私到边廷，略立微功，遂授节使之职，是开幸进之端，而启人越分侵职也；二者，佳山与幽州相近，臣欲伺便，直捣贼穴，收其地土，以绝万世边患；三者，闻彼地有几个草寇甚有勇力，臣欲擒之，使其弃邪归正，以除民之害也。"真宗曰："卿忧国忧民，真社稷臣也。"遂可其奏，乃下命王钦拨军五千，与杨郡马领去，镇守佳山。

王钦领旨，到府查点军士，俱是老弱疲病，不堪征战者俱拨跟随郡马。六郎一见军士,怒曰:"佳山何等地方,此等无用军人,如何迎敌?"随行一军人姓岳名胜,因王钦尽拨老弱疲病之军跟随郡马,心下思忖:"此处难以立功,莫若跟杨郡马往佳山寨,以图进身更易。"遂生一计,将姜黄水搽脸:"待王枢密来查点,只说是个病军,必定拨我跟杨郡马也。"岳胜,济州人,生得面若凝脂,神清气朗,抡动大刀,万夫莫敌,人号为"花刀岳胜"。却说王钦一见岳胜脸黄,果然只道是个病军,乃拨跟随六郎。

岳胜见六郎说军人无用,遂出军前叫曰:"汝生将门,自谓无伦。我今愿与汝比试一番何如?"六郎曰:"可。"遂绰枪上马,交战数十馀合。六郎惊曰:"刺击之法,此人尽通,必用计擒之,以服其心。"佯败而走。忽马陷前蹄,掀落于地,岳胜骤马近前砍之,只见六郎头上一个白额虎现出,张牙来噬岳胜。吓得岳胜慌忙下马,扶起六郎言曰:"小人得罪,有眼不识本官,望乞恕饶。"六郎曰:"汝当竭力助我镇守佳山,吾自保奏朝廷,授汝之职。"岳胜谢而言曰:"小人来意,本欲跟将军以立功绩。幸得提携,犬马相报。"

六郎又得岳胜为部下,无限欣忭,遂回无佞府中辞令婆。令婆曰:"汝为巡检,岂不贻羞于汝父乎?"六郎曰:"佳山与辽相近,此处最好立功,他镇则不能矣。凡职只要立功绩,何论其崇卑哉。"令婆遂备酒饯行。饮罢,领军望佳山寨进发。

时值二月,路途好景。有诗为证:

迟迟丽日布韶光,春到人间景异常。

雨后江山增秀丽,风前花柳竞芬芳。

寻香戏蝶轻翻拍，求友娇莺巧奏簧。

景物撩人无限好，不妨收拾入征囊。

六郎行不数日，到了佳山寨。原守军士迎接入厅，拜毕，六郎言曰："辽人屡为边患，此地尤甚，故天子遣我镇守。汝等各宜恪遵号令，不然，军法施行。"众人诺诺而退。

次日，岳胜出寨游耍，遥见前面高山，树木茂密，乃问旧日军士曰："那一座山叫做甚么山？"军士曰："说起那里，惊破人胆。"岳胜曰："敢有狼虎居其中乎？"军士曰："过于狼虎。"乃以手指道："转那山去，地名胡村涧。进一二里路去，傍着山麓，名为可乐洞。洞中有一草头王，姓孟名良，邓州人，力大如山，无人敢敌。聚集强徒数百，劫掠为生，官兵不敢捕捉。如今谁敢正视其山？"岳胜听罢，竟进寨来，告知六郎。六郎曰："我知其人久矣，若得他来归顺，实壮军威。"岳胜曰："小人轻骑往探，看是何如。"六郎曰："此人勇猛，须谨防之。"

岳胜遂到可乐洞，只见孟良部下刘超、张盖等，与众喽罗俱在洞前斗宝。岳胜下马，抽出利刀，一径入洞，喝声："贼徒休走！"刘、张等只道是官军捕捉，各自逃生。岳胜赶向前去，砍死几个喽罗，血流满洞。岳胜思忖："还要写字为记，使其来佳山寨厮杀，方好拿他。"即以血书四句于壁云：

喽罗剑下亡，寄语休悲伤。

若问人何是，佳山杨六郎。

岳胜写罢上马，竟望佳山而来，不在话下。

## 六郎三擒孟良

却说孟良回洞，只见杀死喽罗在地，乃大惊问曰："是谁到此，杀死众人？"喽罗对曰："适一壮士，甚是勇猛，众人只道官兵来捕，俱各逃走，被他走入洞中，杀死众人。又以血书字于壁，请大王看之，便知端的。"孟良抬头看罢，言曰："乃杨景那厮！杀吾部下，却好大胆。此仇不报，亦枉为人。"

却说岳胜归见六郎，道知杀死喽罗一事。六郎曰："孟良回来看见，必定来此报仇。汝等须准备厮杀。"道罢，忽闻寨外呐喊。六郎与岳胜出寨视之，只见是孟良，其人生得浓眉环眼，面如噀血，状貌雄伟。六郎迎而谓曰："观汝之貌，甚是奇异。何乃弃理灭义，甘心为贼？自我言之，莫若归顺朝廷，立功显姓，垂芳后世，胜于落草万万矣。"孟良曰："自汝言之，汝以拜官受爵为荣矣。自我言之，我以居职享禄为辱矣。何言之？汝父子投降于宋，不得正命而死，手足异处，若禽兽然，有甚好处！我居此山，斩杀自由，何等尊贵！与汝较我，不啻霄壤隔也。此等闲事，且姑置之。我问汝来，素昔与汝无仇，杀我部下何为？"言罢，挥斧直取六郎。六郎挺枪迎敌，交战十合，不分胜负。六郎佯败而走，孟良拍马追之。岳胜从后喝声："休赶！"孟良遂回马来战岳胜。六郎拈弓搭箭，射中其马，把孟良掀落于地。军士向前生擒孟良归寨，绑缚于阶下。

六郎曰："汝自逞英雄无敌,今何被擒? 汝服我否?"孟笑曰："暗箭射马,诡计算我,非大丈夫所为,如何肯服!"六郎曰："放你去如何?"良曰："汝肯释放,我回去整兵再来与汝交战。不设暗计,明明白白,有手段平空拿我,徐即拜降。"六郎曰："汝要明白平空拿你,此有何难!"遂放孟良而去。

岳胜曰："孟良凶贼,为民之害。今既擒之,可用则收留之,不可用则砍之,与民除害。何为放他?"六郎曰："孟良,一人杰也,心颇爱之。当今英雄有几? 吾欲收此人为部下,必服其心,是以放之。汝等试看明日再战,吾又擒之。"岳胜曰："将军用何计策擒之?"六郎曰："孟良有勇无谋。离此山南五里之地有一深谷,峭壁石崖,进去便无出路。汝引骑军一千,伏于谷口。吾与交战,引他从山左傍而进,吾复从山右傍而出。待我一出,汝即杀来截住,不放他出。吾自有计擒之。"岳胜领军去讫。六郎复唤健军六七人分付曰："汝往那山绝顶上,扮作砍柴樵夫,赓歌酬和。孟良问路,汝等如此如此应之。"军人领计去讫。

六郎分遣已完,乃报孟良在寨外搦战。六郎出马言曰："今番仔细交战,若再被擒,却难纵放。"孟良曰："汝好大话! 昨误成擒,今定报之。"言罢,纵斧直取六郎。六郎约与交战数合,佯败,径望山南而走。孟良赶上言曰："汝又欲以暗箭来算计于我。"六郎不战,直走入谷,孟良亦赶入谷。六郎遂拨回马,从山右傍而出,孟良亦从右傍赶来。忽岳胜杀出,截住谷口。良惊曰："又中奸贼之计!"遂回马直进谷去。只见无有去路,四面壁立。遥见崖上有几个樵夫歌唱,乃叫曰："吾被杨景赚入谷来,汝等救吾出去,多将金银相谢。"樵夫遂将一条麻绳垂下,言曰："我等救大王,大王莫失信,要把金银与我。"孟良曰："我生平是个有信之人,但救得出,决不食言。"众樵夫曰："大王可把此绳紧系腰间,待我众人扯拽上来。"孟良曰："你等须仔细用心扯上去。"言罢,将绳紧紧缚于腰间,众人乃扯拽至半崖,停止不扯。良曰:"何故又不扯上去?"众人曰:"大王身躯甚重,吾等力尽,等再叫几个人来同扯,才得上来。"须臾,六郎、岳胜俱到崖上。六郎曰:"今番明白平空拿你。孟良,你肯服否?"孟良曰:"不是这等说。汝与我交战,从地下平空拿我,方见手段。"六郎曰:"要从地空中拿你亦不为难。今番又放汝去,敢再来战?"孟良曰:"今番亦非我战之罪,但肯放还,再整兵出战。如拿得我,倾心投降。"六郎曰:"这个使得。但再放汝而去,若从地空中拿住,却毋得含羞,又乱说话。"言罢,令军士吊上释之。

六郎回至寨中,言曰:"设计擒良二次,彼决不明出交战,惟夜来劫吾之寨,定须以计擒之。"岳胜曰:"孟良已遭二次之辱,今尚肯来自投罗网?"六郎曰:"今晚准来。"乃令众人于帐前掘一陷坑,将木浮搭于上,用土铺盖。又令军士远远埋伏,只留数十健军伏于帐前,伺良落坑,即出缚之。众人领计去讫。

是夕,六郎独坐帐中,剔烛观书。将近二更,孟良探逻之卒回报,佳山寨中军士俱各安寝,寂然无备。孟良喜曰:"这一次,将前二次之辱尽伸雪矣。"乃乘轻骑直至佳山寨。只见六郎一人在帐观书,昂昂然傍若无人之状。孟良举斧,拍马走入帐前,喝声:"匹夫休走!"

喝声未罢,连人带马,跌落陷坑之中。帐外健军一齐而出,用索绕良之身,捆缚扯将上来。部下三千馀人,被埋伏军士四下围裹而来。众喽罗见孟良落于陷坑,料难走脱,尽皆投降。健军押孟良于帐下,六郎谓之曰:"我今放汝,再整军士来战何如?"孟良曰:"羞恶之心,人皆有之。某虽为盗,良心岂尽丧乎!将军天神也,蒙放之至再,已不胜羞惭矣,尚敢复求去耶?愿倾心以事将军。将军肯容,感恩无任。"六郎大喜曰:"君肯投降,是吾之大幸也。"

次日天明,孟良禀了六郎,回洞召集刘超、张盖、陈雄、谢勇、姚铁旗、董铁鼓、郎千、郎万、管伯、关均、王琪、孟得、林铁枪、宋铁棒、丘珍、丘谦,共一十六员头目,俱引来拜见六郎。六郎大设筵宴。饮酒将阑,六郎曰:"方今北辽屡次犯边,我宋受害,不能除之,盖由将佐不得其人故耳。今此地犹为吃紧去所,吾自恨兵微将寡,常恐不能镇守,有负朝廷顾托之意。若汝等耳闻目击,有好名士,吾不惜千金聘来,同镇此地。"孟良对曰:"此去六十里外,有山名芭蕉山。山势险恶,内聚强人数百。为首者姓焦名光赞,生得面若丹朱,眼似铜钉,两颧突出,有万夫不当之勇。若要御辽,此等之人,不可不得。"六郎听罢大悦,言曰:"我亲赍礼物去招他来。"孟良曰:"此人性好食人,极其凶恶,将军即领部众同去,犹不能招之而来。"六郎曰:"吾推诚置腹,何愁不宾服?"孟良曰:"虽是诚能动物,依小人说,将军且休去,小人素与相善,待我去招来。"是日酒散。

次日,孟良辞却六郎,竟往芭蕉山招焦赞。焦赞正在寨外闲耍,一见孟良,乃曰:"孟哥哥何来?"孟良曰:"我今投降杨六郎处矣。吾观六郎,智勇兼全,尽堪为倚。且想落草,终无成就,故同他镇守佳山。倘后能立功,生享爵禄,死载简书,大丈夫志愿酬矣。吾今特来邀哥哥同去助他。"焦赞不答,直进洞去,披挂出寨,言曰:"我认得你,手中铁锤却不能认汝。"孟良见他来得凶狠,跳上马径回佳山,入帐告六郎曰:"此人顽梗,招之不来。明日将军领兵与之交战,众喽罗必定跟他出阵,巢穴空虚。又令岳将军领兵五百,悄地直到洞前埋伏。待他一出交战,徐即攻打其寨。小人领数十健军,从芭蕉山后攀藤附葛而上,直入寨中放火。复从里面杀出,将军外面杀进,两下夹攻,定要拿他。"六郎依其言。

次日,六郎领军直到芭蕉山寨前喊叫。焦赞引众喽罗出马迎敌,数合,六郎佯败而走。焦赞拍马赶来,六郎复回马交战。数合,又诈败而走。直诱得焦赞离山十里外来了。岳胜见他去远,竟到洞前呐喊。四围把守喽罗恐被岳胜攻破,俱赴寨前防御。不期孟良引数十健军从山后攀附而上,直入寨中放火,火焰腾腾,吓得众喽罗俱各奔走逃生。

却说六郎遥见火焰冲天,又回马与焦赞交战数合。见焦赞只管奋力迎敌,六郎挥鞭,指而笑曰:"克明全不知事!你的山寨,已被孟良烧了,尚在此苦苦贪战?"焦赞回头一看,只见烟焰迷空,乃大惊,拨马走回寨。六郎复从后追赶杀来。岳胜、孟良从山寨杀出。焦赞料敌不过,遂弃了马,走上山坡。那半山是宗水石,又生苔藓。六郎步军见焦赞走上山坡,一齐赶上山坡。焦赞赶得慌,爬到半坡,被苔藓滑跌下来。众军捉倒,捆缚回佳山寨中。六郎升帐,众推焦赞于阶下。六郎亲释其缚,谓焦赞曰:"有惊英雄,慎勿见罪。目今大辽侵犯边境,足下肯同征讨,即奏朝廷加封官职。尊意以为何如?"焦赞思忖:"天下有这般好人!若我拿得人来,只一刀,肯相释放?"听罢六郎之言,遂纳头便拜,言曰:"愿居帐下,幸乞收录。"六郎大喜,乃置酒设宴。有诗为证:

英雄济济萃三关,万里霜威不可攀。

心熟豹韬知变合,折冲却敌笑谈间。


## 六郎夜宴赓诗

却说杨六郎既得诸将,遣人赍表进奏朝廷,请授诸将之职,同镇三关,以防大辽。真宗览奏,乃与群臣商议。寇准曰:"杨景收服群凶,甚有益于朝廷。陛下当从所请,以安其下。且张大威声,震恐辽人,不敢南侵。"帝允奏,遣使赍敕,加杨景为镇抚三关都指挥使,岳胜、孟良、焦赞三人为指挥副使,刘超等一十六人,并授都总部头。敕命既下,使臣便赍往佳山寨宣读。六郎接旨,与众人望阙谢恩,乃款待使臣。使臣既回,六郎又遣人往胜山寨招取陈林、柴敢。不日到了。自是三关之上,扯起杨家金字旗号,威震幽州。辽人畏惧,边患少息。

时值八月中秋佳节,六郎与众将饮酒赏月。六郎谓岳胜等曰:"当此良宵,我欲吟诗消遣情怀,诸君幸勿见笑。"岳胜曰:"将军赐

教,铭刻五内,奈何去笑?"六郎又曰:"诸君能吟,亦联数句陶情,无
负此月华也。"岳胜等曰:"请将军佳制示下,小将当谨依命。"于是六
郎口占一律:

月下敲砧响夜寒,征人不寐忆长安。

雾迷北塞游魂泣,草没中原战骨酸。

直望明河临象国,谁将零露捧金盘?

何年卸甲天河洗,酾酹征歌岁月宽。

岳胜等曰:"妙哉,将军之诗。虽李杜更生,亦勿能过。"六郎曰:
"是何言也!"乃请岳胜等之句。岳胜又请孟良、焦赞先道。焦赞曰:
"岳哥哥先陈,次者孟良哥哥,次者赞,依序而来,勿得推逊。"岳胜
曰:"二位僭道了。"遂口诵一阕:

去年今日始离家,久戍边关倍可嗟。

别话想来深似海,归心动处乱如麻。

时维八月征衫薄,节近中秋酒兴赊。

遥忆济州州上月,清光依旧照琵琶。

岳胜吟罢,孟良亦陈八句:

天上旌旗卷暮云,人间鼓角送悲酸。

瑶池落日回青鸟,月殿浮云掩素鸾。

杨柳渐稀风瑟瑟,芙蓉已老露漫漫。

蛩声送送佳山戍,寂寞愁怀强自欢。

孟良吟罢,焦赞接声而吟五韵:

绿烟散尽碧空晶,涤海冰轮渐渐升。

人事此时知好尚，天心今夜见分明。

风波摇碎山河影，兔臼春残桂子馨。

世界大千归玉烛，剑光相与并玄精。

焦赞吟罢，六郎惊曰："初意子特一卤夫耳，今观此作，仿佛曹林，佳哉，佳哉！今夜独夺其趣矣。然当刮目相看，不敢以武弁概论子也。"焦赞称谢不敢当。岳胜等又问曰："将军二联，似有馀憾在焉。"六郎曰："然。吾父子八人归宋，遭逢辽贼谋逆，吾父为先锋讨之，被仁美陷于狼牙谷，撞死李陵碑下。后打听萧后将先父尸首埋于胡原谷，每欲取回，葬于先陵，奈无机密能干之人代为此事，心怀怅怅，不知何时遂也。故今晚吟咏之间，不觉真情暴露。"岳胜曰："将军念念在亲，乃大孝也。苍天感格，毕竟默佑。后日必定取回，不必忧虑，但当徐徐为之。"六郎曰："诚然，非目前可以取之也。"

是夕酒散，孟良因六郎言无人代取父骸，寻思："我不如今夜乘着月色，悄悄偷出营寨，密往胡原谷取得令公骸骨回来，少报三次不杀之恩。"于是收拾打扮停当，竟望胡原谷而去。次日天明，寨中军士来报六郎，不见了孟良。六郎大惊曰："昨宵席上欢饮赓歌，因何今早不见？"岳胜曰："彼乃贼流，在此受制，难以自由，遂逃去了。"六郎曰："此人性气刚烈，决不逃走，效鼠辈所为也。"众人亦持疑不定。六郎闷闷不乐。

却说孟良径到胡原谷，寻访令公骸骨，全无人知。忽路逢一递送公文者，孟良思忖这样人或知消息，遂番话问曰："杨令公骸骨原埋此处，今何不见了？"那人曰："向者太后不知因甚事，令人掘起，埋于红羊洞中去了。"孟良听罢,思忖道:"我敬为此事而来,若不得骸骨回去,徒尔劳苦。不如入幽州,看景图谋。"遂望幽州之路进行。将近城,偶逢一渔父,乃问曰:"汝今日入城去否?"渔父曰:"明早要去献鱼,如何不入城去?"孟良曰:"献鱼何为?"渔父曰:"明日是娘娘圣寿,递年要进贡鲜鱼庆贺,不敢违误。"孟良暗喜道:"遂我之谋矣。"乃曰:"我养马者,亦要进城。与公同赶进城去。"渔父在前,孟良在后,转过城南幽僻去所,孟良抽出短刀,将渔父杀死,剥了衣服,穿着起来,戴着牙牌提鱼入城。守门者盘诘,孟良曰:"我黄河渔父,进鱼上娘娘之寿,现有牙牌在此。"守门者见有牙牌,遂放孟良进城。

次早,太后设朝。文武贺毕,侍臣奏曰:"黄河渔父进鱼上寿,现在午门之外,不敢擅入。"太后召入,孟良献上其鱼。太后曰:"明日来受赏赐。"孟良拜谢而退。萧后令有司大排筵宴,文武尽欢而饮。有诗为证:

> 辉煌宫禁寿筵开,竹叶香浮琥珀杯。
>
> 深感主人情意渥,醉馀不觉玉山颓。

文武饮至漏下二更乃散。次日,文武入趋谢宴毕,忽近臣奏曰:"西羊国进贡大宋一匹骒骝良骥,路经幽州,被守关军人夺来。"萧后命牵入来看,只见碧眼青鬃,红毛卷纹,高六七尺。太后看罢大喜,命有司看养。

孟良闻知此事,密往视之,果见好匹良马,遂寻思先取骸骨,然后计较此马。抽身竟往红羊洞去。只见令公骸骨,将一石匣盛着在内。孟良取包袱出来,将骸内裹了。走到洞口,被番人捉倒,喝曰:"汝何人也？想必是个奸细。"孟良曰："小人是黄河渔父之子，日前献鱼上娘娘之寿，蒙赏父子酒食。吾父被酒醉死，欲带血尸回去，路途又遥，只得将尸来此焚化，包取骸骨归葬。"言罢大哭。番人见其哀恸情状，遂深信之，放出洞来。孟良既脱，亟归下处，将骸骨藏了。

次日，往药铺买了两个天南星，回下处椿捣成末，带入厩去。只见番人正在煮豆。孟良乃近槽边撒下其药，竟回去了。那马去吮槽，被药麻倒。及待喂马军人将豆来喂，那马不食。军人慌报司官，司官急奏太后。太后曰："马之不食，莫非汝等失调理也？"司官奏曰："非臣等失调理，但异乡之马来此，不服水草。乞娘娘出下榜文，招取能医马者来看何如？"太后允奏，即出榜文，张挂于外。孟良竟往揭之。守军引见太后，太后见是渔父，乃问曰："汝又能治马？"孟良曰："臣祖专门治马，故小人亦粗知其一二。"太后曰："此马我甚爱之，汝能治疗，平复如初，即封汝职。"孟良拜谢毕，同司官至厩中，假意看马。良久之间，乃曰："马初到此，不服水土，食豆太多，肚腹膨胀，故不食也。"因令军人将马捆倒，拿冷水洗其口，复把甘草末调水，灌了几碗，遂放起来，把草料与食。那马复食如故。

次早，司官进奏太后。太后闻奏大喜，即宣孟良升殿，言曰："卿医好此马，今授汝燕州总管之职，以彰医马之功。"孟良叩头谢恩，自思："我为此马而为此计，非为官职。"遂复奏曰："今蒙娘娘授职，感恩无地。但此马虽愈，病根还未尽除。若不调理，后恐再发，难以医治。臣愿带任所，驰骋几日，治疗断其病根，方保无虞。"太后曰："卿言有理。"遂令孟良带往燕州而去。孟良得旨，叩头谢恩。退到下

处,取了令公骸骨,辞了店主,跳上骕骦良骥,不去燕州,竟望佳山寨而走。有诗为证:

> 只身取却令公骸,慨想谁如彼壮哉。
>
> 槁木辽人机术巧,又将良骥带将来。

# 第 三 卷

## 孟良带马回三关

却说孟良跑马不去燕州，竟望三关而走。逻卒飞报幽州总督，总督急奏萧后。后大惊，随遣萧天右率轻骑五千追之。天右领旨引军，竟追孟良。孟良跑到半途，忽回头一顾，只见后面尘头滚起，自想必是太后发兵追赶，拍马奔走。至于三关地界，早有哨军遥望孟良跑马而来，忙报六郎。六郎急令岳胜等出马看是甚么缘故。岳胜等得令，披挂出马瞭望，只见孟良高声叫曰："辽人追赶甚紧，快来接战。"岳胜曰："汝上关歇息，我等迎接辽兵。"孟良入寨去了。岳胜摆开队伍。霎时萧天右横刀骤马而到，厉声骂曰："贼徒！盗我骟骊良骥，好好献还，饶汝等残喘。不然，踏平三关，方始回军。"岳胜曰："好贼奴，敢如此大言！"舞刀跃马，直取天右。交战十数馀合，焦赞从旁杀出，六郎又驱军从后掩杀。萧天右望见，拨马走回。岳胜等众，乘势追杀，北兵大败。直赶至澶州界上，乃收军而回。萧天右止剩下十馀骑回去。

却说六郎到寨中，乃问孟良曰："何为一人独往幽州而去？"孟良备道其情由。六郎曰："负累汝矣。"遂遣人送骸骨归葬先陵，又将骟骊良骥献上朝廷。使人到了汴京，近臣引奏真宗。真宗见马大悦，谓群臣曰："此马本来献朕,被辽攘夺而去。今又夺得回来,可见中国有人。卿等言将何以待杨郡马也?"八王曰:"当遣酒帛之类犒赏其众可也。"帝允奏。正欲遣人赍缎匹羊酒,赏犒佳山寨三军,忽近臣奏澶州守臣表章,辽兵进寇甚急,乞朝廷发兵御之。真宗看罢表章,问群臣曰:"辽兵侵犯澶州,当令谁人领兵讨之?"八大王曰:"佳山寨与辽相去不远,可敕令杨郡马领兵伐之。"帝允奏。遂遣使臣领旨,并赏犒之物,赍往三关而去。

使臣不日到寨,六郎等叩头领旨毕,乃将朝廷缎匹、表散诸将。六郎言曰:"今辽寇澶州,皇上命我御之。汝等谁肯领兵先行?"孟良曰:"祸自小将生出来的,愿先往迎敌。"六郎曰:"天右,辽之名将,汝引兵先行,须用计迎敌。"孟良曰:"马到擒来。"六郎曰:"汝亦紧防之,不可造次乱动。吾即引众从后杀来。"孟良领兵五千去了。又唤岳胜曰:"汝引兵三千,埋伏于澶州之后,待敌人战到半酣,可出击之。"岳胜领计去讫。六郎自统步军三千,随后救应。

辽卒飞报天右,天右与耶律第曰:"拐我娘娘良骥,今访得是三关剧盗孟良也。闻彼引军来与我接战,汝等助我削平三关,取得马回,定奏娘娘,重加旌赏。"耶律第曰:"谅此盗马小贼有何难敌,我等定要擒之,以慰主帅之心。"言罢,天右下令摆开阵势。只见宋兵如风骤到,孟良全身披挂,绰斧出马,立于阵前言曰:"贼奴不退,来送死耶?"天右大怒,骂曰:"偷马之贼,亦来出战,诚可羞也!"举枪直取孟良。孟良迎战数十合,不分胜负。番将耶律纵骑助战,忽岳胜一军从山后杀出,与耶律第交马。辽宋两军鏖战良久,天右勒马佯走,孟良骤马赶上，抢斧劈面砍去。只见金光灿烂，不能伤之。孟良见砍不入，大惊，拨马回走。辽兵赶来，宋兵四下奔走。天右赶了一程，见前面杀气连天，恐有埋伏，收军回营。

孟良回寨，见六郎道知砍萧天右之事。六郎曰："世间有此奇怪之人，待吾明日出阵，看是何如。"次日，六郎命陈林、柴敢守寨，令岳胜引刘超、张盖先战，又令孟良、焦赞引王琪、孟得、丘珍、郎千分左右而出。众将得令而去。

却说萧天右与部下言曰："孟良、岳胜英勇难敌，且部下皆是强徒，俱能厮杀。若但死战，徒劳无功。不如设计胜之。"耶律第曰："元帅有何计策？"天右曰："南去一谷，名曰双龙。内中只有一条小路，可达雁岭。但先得一人引骑军三千，埋伏谷口，待我赚宋人入谷，即出兵截住谷口。倘宋人冲突而出，多设弓弩射之，不消半月，宋人皆饿死于谷中矣。"耶律第应声曰："小将愿往。"天右曰："得汝去，尤为妙也。"耶律第领计引军去讫。又唤黄威显谓之曰："汝引步军三千，屯于雁岭之上。待我引军一出，汝即滚石下来，塞断其下之路。又要多张旗帜，使敌人不敢登山越岭。"黄威显领军去讫。

天右分拨已毕，忽报宋将寨外搦战。天右披挂上马，摆开阵脚。岳胜舞刀先出，大骂："砍不死的囚奴，尚敢出战！"天右大怒，挺枪直取岳胜。岳胜与战数合，孟良、焦赞左右冲出，天右力战三将，六郎从傍挺枪刺之。只见金光迸起，刺之不入。六郎思忖："此非人也，必是个妖物，须定计擒之。"只见岳胜等乱刺天右，天右败走，三人追之不舍。六郎恐三人有失，亦随后追之。被天右直赚入谷去。六郎见山势险峭,树木茂盛,急鸣金收军。忽谷口金鼓齐鸣,喊声大振。孟良等拼死冲突而出,只见万弩齐发,宋兵被射伤者甚众。孟良等遂退入谷中。

六郎曰:"汝等恃血气之勇,只管赶杀,不思被他赚入谷来,无计得出,将奈之何?"孟良曰:"那头有条小路可通雁岭,彼今走入此来,毕竟亦从那里出去。彼欺我等不知路径,我等亦趁此赶杀,从那里出去。"六郎曰:"既有小路,快杀出去。"及至雁岭,只见辽兵纷纷俱在岭头。擂木滚石,塞断其路。又见漫山遍岭,树立旗帜。焦赞曰:"此处难出,莫若还从谷口冲杀出去。"六郎曰:"不可,徒伤生也。辽贼锐气正盛,难以冲突,不如少停此中,俟其疲倦,方可杀出。"岳胜曰:"设若久居其中,内绝粮草,外无救援,辽兵乘虚杀进,那时人困马馁,何以为敌?岂不是坐以待毙?还依焦赞之言,奋力杀出是也。"六郎曰:"救兵到有,只是无人去取。"孟良曰:"何处有之?小将愿去取来。"六郎曰:"此去五台山三十里之遥,吾兄杨五郎在彼寺为僧。若请他来,此困立解。"孟良曰:"将军等在此忍耐,待小将偷出谷去,径到五台山请得他来。"六郎曰:"汝既肯去甚好。若见吾兄,请他火速相救。"孟良应诺,遂打扮与番人无异,辞别六郎,星夜偷出雁岭。陡遇番兵夜巡,被孟良砍之。取了军人之铃,绕营摇之,高声叫曰:"牢牢把把,莫交走了杨郡马!牢牢守守,莫交走了宋蛮狗!"时辽营并无人知之,随着孟良过岭而去。

孟良既走过了岭,星夜到于五台山。将进寺门,见一行者,孟良问之曰:"杨五郎师父在寺中否?"行者曰:"君是何人?问杨师父有甚事?"孟良曰:"某非他也,乃杨六郎将军差遣来的,烦为通报。"行者闻是五郎家中之人,即引入方丈,禀知五郎。五郎出来,相见毕,五郎问曰:"汝名谁?来此何事?"孟良曰:"小将孟良是也。近因杨将军招归帐下,同镇三关。今辽兵侵犯澶州,朝廷命杨将军讨之。不意被辽人赚入双龙谷中,伏兵截住谷口,不能得出。今粮饷已绝,救兵又无,故杨将军特遣小将来请师父,解此一厄。"五郎曰:"何不表奏朝廷,发兵相救?"孟良曰:"救兵如救火,待奏朝廷发兵,杨将军等皆饿死于谷中矣。特因师父这里相去甚近,故来拜请。乞师父念手足之情,暂屈一往,救出众军士,九原不忘。"五郎又曰:"我出家之人,誓戒杀生,岂可复临阵乎?且戎伍未亲,枪骑顿忘,去亦无益。"孟良哭诉:"乞师父以慈悲为本,此行救活众军,阴功浩大,胜念千声佛也,幸勿推辞。"五郎曰:"出家多年,已无战马,教我怎么与人迎敌?"孟良曰:"但师父肯去,要马不难。小将即回佳山寨取得马来。"五郎曰:"微躯颇重,寻常之马,难以乘载,惟八大王所乘的千里风、万里云,两骑得一,才可下山,去救汝等之危。"孟良曰:"此二马师父苦苦要之,没奈何,小将只得星夜往八大王府中借之。"五郎曰:"若有此马,我即下山,决不推辞。"孟良别了,竟望汴京而行。


## 孟良计赚万里云

不一日,孟良到了京中,直进八大王府中拜见八王,以借马解围之事,一一告之。八王曰:"杨郡马有书来否?"孟良曰:"郡马围困双龙谷中,小将今在五台山来,未有书信。"八大王曰:"既无郡马之书,马却难借汝。"孟良哀告曰:"小将非为私也,亦为朝廷祸患,舍死忘生,竭力接战,故有此难。乞千岁垂念朝廷分上,借我去罢。"八王曰:"汝既要马,速去讨得郡马书来。"孟良曰:"再去讨书,往回却要许多日子,岂不饿死杨将军乎?"八王曰:"这贼!叫汝去讨书又不肯去,却思量飘空来拐骗我之马也。"孟良曰:"安敢这等胆大,来骗千岁之马?"八王曰:"我素不认汝,今只据汝口词,就把马借去,决无是理。快走快走,再勿多言。汝再抵死不去,我将汝做贼拿送法司,定行问罪!"孟良见八王怒发,只得退往无佞府去见令婆。

既见令婆,孟良告曰:"杨郡马被困双龙谷中,遣小将往五台山求五郎师父相救。师父要八大王之马,方下山来。小将只得来京,与八王借之。那晓八王见无郡马之书,坚执不与。今小将无奈,只得来见太太商议,作个区处。"令婆听罢,哭曰:"吾夫与诸子降宋,皆没疆场,惟存此子。今又被困,倘有不测,使老身无依!"九妹言曰:"母亲勿忧,哥哥遭困,待我与孟良同去救之。"令婆曰:"汝念手足去救极好,但到彼地,须宜斟酌而行事,勿得有误。"九妹领诺。孟良曰:"既肯同去,请先出城外四十里驿馆等待。小将今夜往八王府中偷了马来,赶上同行。"九妹归房,收拾辞母,竟往驿馆等候去讫。

却说孟良悄地跳入八王后花园中,将近黄昏,抽身竟向敕书阁边放火。一霎时,火焰涨天,军校急报八王。八王大惊,急令人救之。守厩之人俱往救火去了。孟良乘众扰攘之际,走进马厩,偷取千里风牵向后花园,开了角门,竟跑出城。及救灭了火,看马之人来拴吊千里风,却不见了。看马者急报八王。八王怒曰:"被此贼徒算计,盗去了马。"唤人快牵万里云过来。八王跳上,挥鞭追赶。时已二更,孟良得马,走出了城,心下甚喜。正行之际,忽听得后面马铃声响,如风骤一般,须臾间赶到。只见八王骂道:"贼徒!快将马留下,饶汝之罪。"孟良大惊曰:"何来恁快!"遂生一计,推千里风于淤泥陷中,躲避林间瞭望。八王赶到,见马陷于泥泽,乃笑曰:"此贼计较千般,不得马去,又推落泽中以阻拒我赶杀他也。且待军校来。"心下又怕陷坏了马,乃跳下万里云,径向前视之。孟良觑见八王下马,忙跑出林来,跳上万里云,叫声:"殿下休怪,借此马去,退了辽兵,即送来还。"言罢,扬鞭勒马而去。八王跌足懊悔。须臾,军校到来,抬起了马。告知众人,被孟良如此如此赚去了万里云:"怎生是好?"军校曰:"爷爷勿忧,想他毕竟是真去救杨郡马也。不然,有甚要紧,拚命来盗此马?他若救出郡马,敢不送去?"八王听众军劝解,乃乘着千里风回府去讫。

次日平明,孟良会见九妹,说知盗马前后事情。九妹喜曰:"汝好机变!果好匹马!当速往五台山付与五哥,请他快来救应。我往澶州寨中等候。"孟良单马往五台山,见五郎道知借马本末,与九妹同来救应之事。五郎曰:"看汝之心,可谓忠勤报主矣。"遂点起头陀五六百人,扯起杨家旗号,竟往澶州而去。不日到了寨中,与九妹相见。九妹曰:"六哥受困谷中,想他坐若针毡,今夜即杀入辽营,以解其围好否?"五郎曰:"辽势浩大,不可轻犯其锋,待探信息,方可出兵。"

却说大辽游骑知五郎救兵至,急报萧天右。天右与诸将言曰:

"杨五郎骁勇莫敌,吾有一计,令彼自退,定要困死六郎等于谷中矣。"耶律第曰:"请元帅陈其妙计。"天右曰:"今捉得大宋之民,拣选面目似六郎者,枭其首级,悬于高竿,令军士等声言六郎等皆饿于谷中,不能动作,昨被吾军杀入,尽行诛戮。彼若见了首级,必自退去。"耶律第曰:"此计妙甚。"天右唤过所捉之民,拣一貌似六郎者,枭了其头,令军人悬之于竿,传说六郎被擒枭首,号令边关。

哨军听得,慌报五郎。五郎大惊曰:"吾弟困久,辽人乘虚杀入擒之,理可信也。"乃令九妹往观首级。九妹披挂出马,着人通知辽帅:"将首级来看,果是六郎,即便退兵。"天右听知这话,即令人挑出寨外,与宋人看之。九妹见面貌甚似,挥泪骂曰:"臊臭瘟奴!不报杀兄之仇,誓不回军。"遂回营告知五郎。五郎曰:"杨门抑何不幸!此子又被枭首。吾今亦徒尔下山。"惟孟良不信,乃曰:"此是假事。杨将军困于谷中,部下岳胜、焦赞,俱是虎将,怎不竭力救护,单单着他砍了本官一颗首级?且杀得这等干净,便无一卒逃回?"五郎亦然其言。

是夜天气清明,星斗灿烂。五郎步出帐外,仰观,只见将星朗朗照着双龙谷中,乃曰:"六郎不曾遇害。"次日谓九妹曰:"夜来观星,六郎定还在,但通不得一个信息,叫他从里杀出。"孟良曰:"小将愿往。"五郎曰:"必须汝去,吾始放心。"孟良辞别而去。九妹曰:"兵者,诡道也。彼今诳我,我欲往探,以破其谋。"五郎曰:"汝不可去,倘有疏危,是自罹于祸阱。"九妹曰:"不必罣心,自有方略。"

言罢,辞别五郎,扮作猎夫,游至天马山。深入其中,不识去路,沿山麓而走。恰遇辽兵数十来到,九妹抽身向山后而走。忽见一小庵,九妹即入其庵,庵主问曰:"汝是何人?来此山中何干?"九妹曰:"吾乃杨令公之女九妹是也。因吾兄被辽人困于双龙谷,吾今来探消息,不知路径,忽遇辽兵追赶,无处躲避,特投贵庵,望师父救我一命,结草相报。"庵主曰:"汝好胆大!何为孤身,深入此来?吾今不救,性命怎逃?"言罢,令卸下弓箭,取出道衣,穿起已毕,番兵赶到,捉住九妹。庵主曰:"汝等有何缘故,捉吾弟子?"番兵曰:"既是汝之弟子,缘何身带军器?"庵主笑曰:"此山狼虎极多,出则必带弓箭,防其所伤。适我往雁岭庵回,着令他往山后施主家去,约会明日同往雁岭庵赴佛会,故叫他带弓箭防身。"番兵听得这话,遂放了九妹,言曰:"汝弟子能射,必知拳棒,我要与他比试。若还不肯比试,定要拿见娘娘。"庵主曰:"吾弟子昔日无仇,今日苦苦相逼何也?"番兵曰:"近因辽宋交兵,娘娘传下令旨,各处关隘,俱要严加巡视,防备宋人打探消息。我等故疑此人是个奸细,故要比试。"九妹曰:"师父不必忧虑,凭他比试便了。"言罢,即出庵前相斗拳棒,数十番兵无一抵敌得过,番兵遂回去讫。九妹亦辞庵主而行。庵主曰:"汝来此艰难之甚,必探访得实落回去,亦不枉受这番危险。姑待数日,我与汝访之何如?"九妹领诺,遂止于庵不题。

## 张华遣人召九妹

却说张华家丁与九妹比试不过,沿途嗟叹不已。及回到府中,见张华丞相禀曰："小的偶往天马山打猎，逢一修行之人，武艺娴熟，我等十数人无一能敌之者。"丞相曰："既有此等勇士，我即遣人召来见娘娘，封他官职，协同伐宋，岂不妙哉。"遂遣人赍敕，竟往天马庵来。

使人到庵，见了庵主，道知张丞相来召之事。庵主问九妹曰："张丞相遣人召汝，怎生是好？"九妹曰："既丞相来召，当往应命。"庵主愕然，乃点首招九妹于庵后言曰："汝是宋人，倘人认得，一命休矣。缘何辄许赴召？"九妹曰："蒙君相待，至于如此，足感盛情。但此一行，自有斟酌。且这个机会，亦足以探吾兄消息。"庵主曰："此等机会，实危险可惧。日后遭祸，毋怨我也。"言罢，九妹遂辞庵主，同使人竟往幽州而去。

不日到了幽州，番卒引进张华府中。参见毕，张华问曰："汝姓甚名何？生于某处？"九妹曰："小人姓胡，名元，祖籍太原。幼年习文，屡试不第。后又习武，亦不能就。遂弃家庭，修行云游。昨承命召，不敢违迕，特来拜见。"张华见九妹声音清亮，言语激烈，丰神俊秀，喜不自胜。乃命九妹居于书房。九妹称谢。张华入后堂，见夫人言曰："月英长成，亦当婚配，未得其人。昨在天马山招一壮士，文武全才，吾爱之重之，欲将月英配他。夫人意下何如？"夫人曰："相公既允，妾复何辞。"张华大喜。次日，命人将招赘之事告知胡元。胡元曰："此事我深愿也，但俟杀退宋兵，回来成亲。"其人将胡元之言回答张华，张华曰："若能如此，老夫门楣愈有光矣。"即以胡元退宋之言入奏萧后。后大喜，下命封胡元破宋骠骑大将军，领兵三千，前往萧天右军营助战。

胡元得旨，谢恩退出，辞别张华，领兵竟到澶州，向西扎一寨。正欲参见萧天右，忽报杨五郎索战。胡元单骑，直跑出阵，大叫："宋将速退，免受其殃。"五郎见是九妹，大惊曰："贤妹如何领辽之兵出战？"九妹曰："闲话不叙，但乞五哥佯败。"五郎与战数合，佯败走回本阵。九妹亦不追赶，收军回营。番卒报知天右，天右大悦，遣人请入帐中，商议退敌之计。番营有认之者，密告天右曰："日前来看杨六郎首级就是此人，元帅须提防之。"天右大惊，遂喝众军擒下胡元。胡元乃曰："元帅拿我，我有甚罪？"天右曰："日前汝来看六郎首级，今日敢来诈降，以欺我耶！"言罢，喝令左右将陷车囚于营中。次日，遣军校解回幽州见萧后。后闻奏，即宣张华问曰："卿日前所荐之人，乃杨家之将。苟非军士认得，几败乃事。卿何用人如此不实？"张华曰："臣实不知，乞娘娘恕罪。"萧后遂将九妹发下天牢，候再擒宋人，牵出一齐枭首示众。有诗为证：

> 为兄失策困双龙，乔扮修行密访踪。
>
> 本欲破围全骨肉，谁知先自受牢笼。

却说五郎探知九妹消息，即与陈林等商议曰："六郎天幸无恙，但闻九妹被擒，囚于幽州狱中。吾当先往救之。"陈林曰："将军何策可以破之？"五郎曰："西番陀罗，辽之与国。吾今诈作陀罗国，举兵相助，萧后必信。那时军入幽州，攻破牢狱以救之也。"陈林曰："将军有此神算，毕竟成功。小将亦引军接应。"

五郎遂引军，悄地绕澶州界外入幽州，扯起西番陀罗国旗帜，遣人报萧后。后得报，命侍臣宣陀罗国统军主帅入见。杨五郎承命，进于关下。称呼毕,萧后曰:"途路风霜,劳顿元帅殊甚。"五郎曰:"吾主闻娘娘与宋兵交战,未决雌雄,特遣臣领兵助战。此君命所在,敢云劳苦。"萧后大喜,设宴相待,亲自举觞奉酒,赐赏甚厚。五郎酒至半酣,起身告曰:"蒙娘娘厚赐,明日即出兵以擒宋人。"萧后曰:"军士远涉疲劳,姑休息数日而行。"五郎称谢。酒筵既罢,五郎遂辞太后而出,屯兵于城南。乃暗传令军士俱要准备,乘番人不知,今夜杀入牢狱,以救九妹。

却说狱官章奴,知九妹是杨家府之子,隆礼相待,每欲放九妹,未会其便。是时九妹在狱卜课,遂谓章奴曰:"适卜课大吉,主今夜当离此狱。蒙君相待甚厚,不敢隐讳。"章奴曰:"我欲释君久矣,但恐君去,我受其殃。"九妹曰:"君随我走过南朝,即奏朝廷,高封君职以相报也。"章奴曰:"君肯带我同去,今夜即越狱而出,不宜再迟。"九妹整顿齐备。将近黄昏,只听得外面炮响连天,五郎引五百头陀从城南杀入狱而来。近臣急奏萧后:"反了陀罗国军民。"萧后闻奏大惊,急令紧闭午门。五郎独自一马当先,杀入狱中。忽遇九妹,正与章奴从狱中杀出。番人不敢抵敌,五郎、九妹在城中左冲右突,杀死番人不胜其数。复各处放火,嚷闹一晚。然后引军杀奔澶州而来。

天右不晓是甚缘故,兵从幽州杀来,却未准备,部下大乱,被五郎九妹杀进营中乱砍。耶律第出马迎敌,五郎与之交战两合,被五郎一刀,砍于马下。陈林、柴敢听知呐喊,想是五郎兵到,引军杀出。萧天右见宋兵声势昌炽,拍马逃走。五郎骤马追之。天右回战数十馀合,被五郎挥刀劈面砍去,只见金光灿起,五郎忖道:"吾师父曾说辽有两将,乃逆龙精降生,刀斧莫伤,不想就是此人。当时师父曾授我降龙咒一篇,若交战遇之,诵起此咒,无有不胜。"五郎即诵之。只见狂风大作,飞沙走石,半空中忽一金甲神人飞下。手执降魔杵一条,大叫:"孽畜,好好回去,饶汝之罪。"只见天右滚落马下,五郎提起大斧,用尽平生力气砍之。忽一道火光冲天而去。五郎遂挥兵杀进双龙谷中。

六郎听得谷口喊声不绝,知是救兵到了,驱军杀出。孟良一马当先,恰遇黄威显。交马一合,被孟良砍于马下。六郎与五郎合军一处,杀得番军尸横遍野,血流成河,夺得无数马匹军器。

六郎收军,还佳山寨与五郎相见。乃曰:"倘若哥哥不救,小弟等必饿死于谷中矣。"五郎曰:"九妹为访贤弟消息,被萧后囚于狱中。我昨诈为西番陀罗国,举兵相助,彼不知觉,被我杀入狱中,救出九妹。不然,九妹亦休矣。复后乘机杀到澶州,天右不知其由,吾兵骤至,彼无准备,部下大乱。吾军杀入,遂获全胜,救出贤弟等也。"九妹曰:"小妹在狱,有一狱官名章奴者,蒙彼相待甚厚。昨日放妹出狱,同持戟杀退番兵,不意被番兵所伤。此人之恩,痛惜无由报答。"六郎乃问被囚情由。九妹将庵主相待,及往幽州张华招赘之事,本末俱道一遍。五郎曰:"此亦是个贤人,当遣些礼物谢之。"六郎依言,遣人送金银各五十两往谢之。六郎于是设筵赏犒诸将,饮酒已阑,五郎曰:"贤弟与列位当竭力防御辽人,藩卫王室。老母在堂,九妹回奉甘旨。愚兄告别,仍往五台山去也。"言罢,兄妹遂辞别而行。六郎送出寨外作别。有诗为证:

同枝深幸脱灾归，聚首须臾又别离。

风急雁行轻拆散，孤飞形影各东西。

却说六郎回寨，写了退辽表章，遣人申奏朝廷，并万里云送还八王。使人既去，复令军士严整戎伍，招募英雄，以防大辽侵犯。时萧后被杨家之兵大闹了幽州，又萧天右等战没于阵，心甚不乐。乃敕耶律休哥等紧守关隘，不得妄动，以致宋帅侵害。自是边祸少息，三关之威，震动幽州。

却说真宗看罢六郎破敌之表，乃与八王议曰："杨郡马杀退辽人之功，当升其职耶？当赏其众耶？"八王曰："陛下姑赐其金帛，以犒赏军。伺后再立功绩，则升其职。"帝允奏。遂遣人赍金一千两，段匹十车，前往三关犒军。使臣领旨，赍物去讫。

是日朝散，王钦归府，自思："杨家英勇如此，吾即老死于汴，不能遂吾之志。吾想朝廷之上，惟谢金吾声势表里，不如请他来商议，设个计策，谋死杨六郎，方好行事。"顷刻间，差人请得谢金吾到。王钦出府接入坐定，茶罢，谢副使问曰："下官今日蒙王大人见召，不知为着甚事？"王钦曰："圣上宠厚下官，须生死难报，大人所知之也。奈八王嫉妒，深入骨髓。日前公出，到天波滴水楼前经过，未曾下马，被杨府家奴辱骂一番，惶恐难当。待奏圣上，又恐八王来做对头。思想起来，无如之何，只得辞官去，采樵于山，钓鱼于水，杜门不出，免人欺凌而绝耻辱也。"谢金吾曰："大人何自损锐气？今圣上所亲厚者，止有我二人而已。八王虽权势尊，朝政不属于彼。此亦何惧之有！若论杨府，惟存六郎一人。其馀皆死于非命。且先帝特立无佞府天波楼,不过使其舍死以御敌人,当今圣上何尝将此罣心!下官明日试往过之,无甚说话则亦已矣,若有一毫少及于我,即令手下拆之。"王钦暗喜。乃曰:"谢大人休要惹祸,若拆其楼,令婆肯与汝干休?必来进奏。圣上重念其功,为之作主,反受其殃矣。"金吾曰:"王大人放心,吾自生支节,以奏圣上,定要拆之。"王钦假意劝之至再,复留饮酒。至晚,谢金吾辞谢,王钦送出府门外而别。

## 杨六郎私下三关

却说谢金吾次日摆队,往无佞府前而去。将近天波楼,手下禀曰:"凡大小官员于此经过,俱要下马。请老爷下马过之。"谢金吾曰:"此非禁门,何下马之有!"喝令敲金鸣鼓而过。杨令婆正与柴太郡在厅前闲叙,忽闻府外金鼓喧腾,令人出府觑看。回报谢金吾端坐马上,喝令左右大张响器而过。令婆怒曰:"极品公侯,在此经过,下马恭敬,不敢轻慢。谢金吾职非极品,何敢如此欺凌!"言罢,遂唤丫头拿出朝服,整顿入朝进奏。

侍臣引见真宗,真宗赐坐于侧,乃问曰:"夫人今日亲造于朝,为着那件事情?"令婆跪下奏曰:"先帝垂念夫君诸子死于王事,特建无佞府、天波楼以旌奖焉。又着令官员人等经过俱要下马。今日谢金吾,喝令左右响张金鼓,端坐马上而过,观此夸扬势耀,非欺老妾,乃欺朝廷也。"真宗听罢,再三慰之。令婆退回府去。

真宗即宣谢金吾升殿，责之曰："先帝遗旨，汝何敢违？令婆适劾汝经过天波楼前不下马来，此系忤逆圣旨，拟罪当斩。"金吾奏曰："小臣何敢逆旨？但因日前敕命使臣赍金帛犒赏杨郡马，使臣领旨在身，从天波楼前经过，要下马来。小臣见之，说道不便。然天波楼前之路，实南北往来要道。凡朝贺圣节，特为陛下而来，又从此处下马，此楼更尊于陛下矣。且此是前朝使愚使贪之计，有何所重！臣欲会同朝臣进奏此事，想令婆知臣有此举，故先以欺朝廷进奏，以钳臣之口也。但臣荷陛下重恩，凡有不便朝廷之事，虽刀斧加身，亦必诤之。乞陛下先将臣诛戮，然后降旨，毁拆天波楼，以便南北往来而尊朝廷也。"真宗闻奏不语。王钦乘机奏曰："谢金吾之奏甚切时议，乞陛下为准理之。"真宗曰："卿言固是，亦须再详，又得来说。"谢金吾既出，王钦暗地辩论谆谆。真宗遂下令，着谢金吾毁拆天波楼。

敕命既下，杨府家兵闻知消息，急报令婆。令婆与柴夫人言曰："今朝廷轻信谢金吾、王钦之言，毁拆天波楼。倘被拆之，贻羞于夫君多矣。"柴郡主曰："此事必哀恳八王，转达天廷，才能止之。"令婆曰："须速往告之可也。"柴郡主即往八王府中。与八王相见毕，柴郡主曰："谢金吾妄生事端，无故进奏圣上，毁拆天波楼。不期圣上准之。妾今特来哀告殿下，转奏圣上，止息不拆，则杨门不独生者衔恩，死者亦感德矣。"八王曰："郡主不来说，我亦欲去奏之。但闻王钦私赞其事。今圣上所信者，此二贼子。彼谓此楼不便天下往来，故圣上深以为然。我今度之，虽去进奏，亦难挽回。谢金吾小丈夫也，郡主急归，与令婆商议，将金宝赂之，买其宽宥数时，等我遇便奏帝，或者可保其不拆。"郡主领命,归告令婆。

令婆曰:"若保全此楼,无限荣耀。须罄家藏,亦甘心焉耳。只谢金吾不受买嘱。"郡主曰:"闻得金吾与刘宪最心腹,遣人送礼,浼他递进,彼必然接受。"令婆即密遣人浼刘宪送谢金吾玉带一条,黄金百两。刘宪领物,送入谢府。金吾见杨府送礼,自矜曰:"杨府恃功骄傲,满朝文武无敢与抗衡者。非我今日,设此计策,岂识我谢某耶!"刘宪曰:"杨府今既帖服,大人可与之方便。且此事亦无甚紧要,朝廷毕竟不究,缓缓延捱,留之不拆,则落得杨府相敬受矣。"金吾听刘宪之言,遂受了礼物,令来人以不拆回覆令婆。令婆大喜,遣人告知八王。

不想金吾所受贿赂之物,王钦早已知之。王钦复密奏真宗,亟行毁拆。真宗闻奏,敕金吾火速毁拆。金吾不得已,引军校往拆之。八王听知,遣人报令婆:"圣意难回,可着人星夜往三关召回六郎商议计策。"令婆闻知,闷闷不悦,寝食俱废。八娘曰:"此事必须令人请回六哥,才可止得。不然,日后又生计策,来拆无佞府也。"令婆曰:"未有诏命,六郎怎敢擅离三关?"八娘曰:"六郎兵印权付部下代掌几日,悄地回来,事定即去,有何不可?"令婆曰:"此事全要机密之人行之,叫我遣着谁去?"九妹曰:"小女曾到三关,愿往去来。"令婆曰:"汝去极好,但要快回。"九妹遂辞母,望三关而行。

不日到了,入寨见六郎曰:"谢金吾冒奏圣上,毁拆天波楼。母亲遣小妹来请兄长,星夜回汴商议。"六郎曰:"满朝众臣不救,八王亦忍心而弗救耶?"九妹曰:"八王言谏不得,他着人来说,要请哥哥快回商议。"六郎不胜愤激，屏退左右，低声与九妹言曰："朝廷今无诏命，我敢擅离此地？"九妹曰："母亲亦曾虑及于此，八姊说道无妨，请哥哥把印与部下掌着，事定就来。"六郎听罢，即唤岳胜分付曰："母亲有紧急事，着舍妹来召我回，一看即来。汝与孟良等，谨防北辽奸细，遵依吾之号令。待焦赞回来，问我只说打猎去了，不可令他知之。"遂将印付岳胜，岳胜领受而退。六郎同九妹悄悄离了佳山寨，望汴而回。有诗为证：

> 权臣平地起奸谋，奏毁天波滴水楼。

> 郡马带星归去急，怕来慈母不禁愁。

六郎与九妹星夜回至半途，忽焦赞从林中跳出，叫曰："将军何为分付莫与焦赞知之？小将在此，等候多时矣。"六郎惊曰："冤家到了！"乃责之曰："汝何私逃至此？该甚么罪？"焦赞笑曰："将军亦私离至此，又该甚罪？小将闻京中最是繁华去所，平生未见，今日要跟将军同去看之，始慰吾之心愿。"六郎曰："真好恼也。我此来怕人知觉，且汝之性，甚不良善，若到京师，毕竟生祸。汝听吾言，可归三关，我回当独加重赏。"焦赞曰："小将不要赏，只要去看景致。若不许去，小将先往京中，传扬将军私离三关。"六郎怒曰："这畜生如此无礼！你去有甚勾当？"九妹曰："只他一人，哥哥带去，有何妨碍？但叮咛嘱付，勿使生事便罢。"六郎遂依其言，带焦赞同来汴京。

归到无佞府，见了令婆，拜毕。令婆一见六郎，两泪汪汪言曰："汝父子八人尽丧，止有汝一人。老母今日一见，忽觉疼上心来，搁不住腮边泪也。叫汝回来，别无话说，当日先帝，因汝父子有保驾之功,敕建天波楼,以旌奖焉。今谢金吾恃宠欺我杨门,冒奏此楼不便天下往来,圣上听信,下命毁拆。若不能止之,日后无佞府亦难保也。"六郎跪下言曰:"母亲休忧伤神,待儿与八王言之。我父子俱死国难,料圣上必竟垂念,而不毁拆。"柴郡主曰:"若得八王竭力维持,何愁金吾小辈!"六郎既与家眷俱相见毕,乃安置焦赞后面书房歇息,着军校伏事防守,勿令出府生事。

时焦赞路途辛苦,到府两日亦不觉得,连住了几日,拘禁得慌,与军校言曰:"我跟本官来京,止望遍城游玩景致,早晓这等监守,何似当初不来!汝等肯引我入城观看一番,多买酒食相谢。"军校曰:"放汝出去,只恐你们生事,那时连累我等,怎生了得?"焦赞曰:"好哥哥,带我出去,三生不忘。且我不生事便罢。"于是军校暗开后门,瞒着六郎,引焦赞入城游玩。果见一座好城,有诗为证:

虎踞龙蟠地有灵,长安自古帝王城。

红云日拥黄金阙,紫气春融白玉京。

孔雀徐开金扇迥,麒麟高喷御香清。

皇图巩固齐天地,四海黎元乐太平。

又后人叹息汴梁,作诗一首:

三百馀年宋祚遐,平原千里挹嵩华。

黄袍昔照陈桥柳,翠袖今埋故苑花。

南渡一龙能立国,北行双马不还家。

伤心漫写兴亡恨,汴水东流日夜斜。

### 焦赞夜杀谢金吾

焦赞与军校进了仁和门，只见人如蚁聚，货似山积。焦赞言曰："若非老哥放出时节，怎么见得这般热闹去所。"军校惊曰："汝好大胆！倘人听见盘诘，究出是三关逃军，拿去问罪，却不连累本官！"赞笑曰："道这一声，便有何害？"

忽行到酒馆面前，闻得作乐歌唱，肴馔馨香。赞曰："可进里面沽饮三杯而去。"军校曰："这里闹纷纷的，我等难以从容饮酒，当往城东望高楼偏僻去处，饮之可也。"焦赞闻他这话，遂邀军校，径往望高楼饮酒。饮至日色将阑，军校催趱回府。赞曰："此地难得再到，望老哥多饮两杯，今晚只在此店歇宿，明日回去也罢。"军校曰："明日本官见责，我等怎生分理？"赞曰："无妨，我自分解，不致罪加汝等。"军校见其性急，恐嚷闹被人知觉，只得依随。直饮酒至更尽方罢。

焦赞不肯歇息，邀军校乘着月色，东荡西游。游到谢副使门首，听得里面大吹细擂，作乐饮酒。焦赞曰："这个人户，好快活也。"军校笑曰："你不消说他，此正谢金吾之家，是汝本官对头，乃当朝第一幸臣，最有威势。今领着旨，来拆滴水天波楼。汝本官回来，为着这些事情。"焦赞先未知谢金吾之家也自罢了，此时一知，杀心顿生，谓军校曰："汝二人在此等着，待我进去，结果了这贼出来。"军校吓得战战兢兢，浑身麻了，言曰："汝生事出来，连累我等！可速转店安歇,明早回去,本官还不知觉。不然,我先回去报知本官,定行重责。"焦赞怒曰:"汝二人要去只管去,我今定要这般行也!"二人拖焦赞转至后面墙角边,焦赞说声"撒手",踊身一跃,跳过其墙。里面乃后花园也。悄地进到厨房,家人俱在堂上伏事饮酒,止有一个丫头在厨房整备酒肴。焦赞抽出短刀,向前杀了,提头走出堂中。只见金吾居中坐着,乐工歌童列于两傍。焦赞将那颗头照金吾脸上打去,金吾大惊,扑得满面是血,大叫:"有贼!众人快拿!"焦赞走向前骂曰:"奸佞贼,你认得焦爷么?"言罢,望金吾项下一刀,砍落其头。众人见了,各自逃生。焦赞恨怒不息,一门不分老幼,尽皆杀之,并未走脱一人。有诗为证:

> 静中察天道,天道好循环。
>
> 妄意将人害,全家一剑餐。

时夜三更,焦赞将筵中美酒佳肴饱恣一餐,临行思忖:"谢金吾一家被我杀了,他乃朝廷宠臣,肯干休罢了?必竟贻累街坊受祸。不如留下数句,与人猜详,庶不贻害他人也。"即将血大书四句于壁,诗曰:

> 四水星连家下流,二仙并立背峰头。
>
> 明明写出真名姓,仔细参详莫浪求。

题罢,复从后园跳出。去寻军校不见,乃躲于城坳,过了一晚。次日清晨,逃回杨府去了。

却说巡更军卒夜闻谢金吾府中被盗,亟报王枢密知之。王钦竟往谢府视之,只见老幼一十三口,俱皆杀死。壁上大书血字四句,乃

是凶身名姓。命人抄写,进奏真宗。真宗大惊,下命王枢密体访是
事。王钦奏曰:"臣缉访得杀死谢金吾者,乃杨六郎新招贼徒焦赞是
也。"真宗曰:"杨郡马镇守三关之地,那里有部将来此杀人!"王钦
曰:"日前私下三关,带得焦赞同来。乞陛下遣兵围住杨府搜捉,便
知端的。"真宗允奏,敕令禁军捕捉杨景与凶身焦赞。

旨命既下,禁军百十馀人领旨而行。时六郎正与令婆计议天波
楼之事,忽左右报夜来焦赞入城,越墙入谢金吾府中,杀死老幼一十
三口,今朝廷差禁军围府捕捉。六郎曰:"这个狂徒! 败吾家门。"道
罢,禁军一齐抢入,捉拿六郎。焦赞听得这个消息,手执利刀,一直杀
入。禁军见其凶恶,放了六郎,不敢近前捕捉。六郎喝声曰:"汝生
出这大祸,尚敢相拒朝廷捕耶! 好好自缚,去见朝廷请死。"焦赞曰:
"杀人是我本等的事,这一生也不知杀了多少,罕稀砍这一十三口而
已! 我今把这些狗奴杀了,待与将军回转佳山寨,看有甚人来奈我
何!"六郎怒曰:"汝做出逆天大罪,又说这等不法之话,今若不听吾
言,先斩汝首去献。"焦赞乃放下利刀,唯唯而退。禁军复欲来捉,六
郎曰:"不必汝等动手,吾自缚见天子。"六郎、焦赞俱自绑缚,随着禁
军,入见真宗。

真宗问曰:"朕未有召命宣卿,卿何私离三关,带领部将杀死谢
金吾一家? 应得何罪?"六郎奏曰:"臣该万死,乞陛下宽宥一时,伸
诉冤苦。臣父子荷朝廷厚恩,虽九泉不忘。近因主命毁拆天波楼一
事,臣母忧虑,遂成一疾,危在旦夕。惟恐死去不得面见,而饮终天之
恨。又因三关此时略安,偷暇来家视省即去。虽带焦赞同来,监守在

家。谢金吾全家杀死,黑夜难明,未必便是焦赞。乞陛下再行体访。如果是的,将臣等诛于藁街,以正朝廷宪典,敢求生乎。"

真宗闻奏,迟疑良久。王钦奏曰:"杀谢金吾者,的是焦赞。即其自将血书名姓,又可为证。乞陛下将杨景、焦赞押赴法曹,庶后人知警而不妄为。"真宗犹豫不决。八王奏曰:"事亦可疑,岂有自杀其人,而又肯自书其名姓乎?但六郎、焦赞不应私离三关,其罪甚重。特念镇守三关功绩,免其一死,别行发落。"真宗允奏,敕令法司拟杨景等之罪。六郎既退,王钦即遣人于法司处说,着令发配六郎等于边远凶恶地方。时掌法司正堂黄玉,与王钦最相善,依其来命,遂将杨景发配汝州,监造官酒,递年进献三百埕,三年完满,听调别用。焦赞发配邓州充军。黄玉拟定,申奏真宗。真宗依拟,敕令杨景、焦赞即日起行,又命王钦安葬谢金吾全家尸首。王钦领旨去讫。

却说六郎闻此消息,不胜悲悼,归辞令婆。令婆哭曰:"家门何大不幸,遂致如此!倘老身有甚吉凶,谁为敛骸骨?"六郎曰:"儿去三年便回,乞母亲休忧虑。且天波楼一事,儿与八王计议已定,他必保全不拆。焦赞杀了金吾,亦为朝廷除却一害。多感八王相救,不然性命难保,此又不幸中之幸也。"道罢,焦赞入见六郎,言曰:"闻朝廷发配将军于汝州,又问小将为邓州军。今特来请将军回三关寨,不必汝州去也。我一生好杀的是人,今日杀了谢金吾,却不是冤枉了他。此等奸佞之徒,我为朝廷除之,且不感戴,反把我来充军!然我所晓者,只是临阵擒军斩将而已,那晓得做甚军。"六郎曰:"谁敢违逆圣旨?汝且小心往邓州而去,到于彼地,伺候赦书赦除罪名,即有回三关之时。若再玩法得罪,则望生还三关,必不可得。"言罢,王钦差解军四十馀人,来趱六郎等起行。六郎先遣焦赞与解军起身去,乃辞别令婆,望汝州而行。八娘、九妹直送至十里长亭而别。

焦赞在半途俟候六郎。六郎既到,赞曰:"我此去,不日即归三关,报与岳胜哥哥等知之,立地兴兵来取将军也。"六郎曰:"休得胡为,我今不致于死,何消如此!汝当忍耐三年两载,即便相会,再休妄生事端。好听吾言,谨记谨记。"焦赞笑曰:"贻累将军前途,休要埋怨。小将相报,除死便了。"言罢分别,与解军投邓州去讫。六郎与随行军人,望汝州而进。

正值三秋之候,六郎途中口占八句:

> 浅水芙蓉花满枝,园林木落叶初稀。
>
> 何人疏懒堪为侣,到处风尘解化衣。
>
> 傍晚笛声江上起,欲寒天气雁南归。
>
> 秋来不尽生愁处,翘望孤云片片飞。

六郎吟罢,投店而宿。

次日早到汝州。公人将解文投进府中,呈与太守张济看之。张济看罢,批了回文,着落军人回去,即邀六郎入后堂,问之曰:"闻将军镇守三关,威震辽邦。吾等私谓将军非封国公,必授侯爵,今缘何又得发配之罪?"六郎遂将焦赞杀死谢金吾之事告之。张济甚加叹息,乃曰:"将军宁耐。此去城西万安驿,极好监造官酒,便以解京。多则一年,少则半载,朝廷必取回矣。"六郎称谢,辞别张济,竟到万安驿造酒去讫。

却说王钦遣人打听六郎已到汝州,乃请黄玉到府。坐定,王钦言曰:"日前问杨景于汝州,好了他些。"黄玉曰:"何为好了他?"钦曰:"彼罪应死,圣上不欲显加其罪,而实欲暗置之于死也。"黄玉曰:"此处是险地,监造官酒,关系最重。朝廷动用的物,微有差池,死罪难逃。明日大人可上一本,劾他私卖官酒。主上必怒,即赐死矣,无再可以得生之路。"王钦大喜曰:"高见,高见。若大人不言,下官何由得知?"于是黄玉辞别不题。

## 朝臣设计救六郎

却说王钦次日入朝,劾奏:"杨景在汝州监造官酒,未经一月,将酒私鬻,积聚金银,欲逃反也。乞陛下枭其首级,以绝后患。"真宗闻奏,大怒曰:"彼纵焦赞,杀死金吾一家,亦该死罪。朕念其功,姑配汝州。今又私卖官酒,是欺朕也,难以再恕!"即下命团练使胡延赞赍旨前往汝州,取六郎首级而回。旨意忽下,廷臣愕然。八王奏曰:"杨景忠贞,必无是为。陛下休听狂夫之言,而枉屈损坏忠良之将。"真宗曰:"杨景为恶,卿屡保之,故彼有所恃而轻藐国法,恣肆无忌。日前杀朕爱臣谢金吾一家,罪已不容诛矣。何况今日又盗卖官酒乎!再勿多言!"八王语塞而退。

是日朝散,寇准、柴驸马等俱集于阙下,商议其事。八王曰:"朝廷若诛了六郎,他日将奈辽人侵害何?我等当竭力救之。"言罢,于是遍求计于众人。寇准曰："老臣有一计策,不知殿下以为可否?"八王曰："先生有何计策?"寇准遂屏左右随从之人言曰："领圣旨者,幸是延赞。可嘱付他见汝州太守密与计议,拣选狱中罪人貌似郡马者,枭取首级来献圣上。着六郎逃走他处,日后遇有国难,我等保奏出征,将功赎罪,此计可否?"八王曰："妙哉此计。"遂悄地以计告延赞。延赞曰："小将自当方便,不必殿下嘱付。"言罢,即辞众官,赍旨竟赴汝州见太守张济,道知斩六郎之故。张济惊曰："冤屈陷人,罪业如山!杨将军到此未有几日,那里有这等事故?主上何不察如此!"延赞曰："此乃王钦贼徒设计劾奏,圣上愤怒之甚,八王力保不允。"言罢,遂附济耳,低声言曰:"今廷臣计议,着太守如此如此行事。"张济喜曰:"此计正合下官之意。值今国家多难之秋,若此人一斩,北番乘隙来寇,其奈之何?"言罢,令人请杨将军来府会话。须臾,六郎到府。礼毕,张济道知朝廷来取首级之事。六郎曰:"小将赤心报国,惟天可表。今本无此事,君王听信谗言,下命赐死,吾岂敢辞!当砍吾首级,回报朝廷便了。"有诗为证:

> 关塞功劳数十秋,非灾顿起实堪忧。
> 风雷逐地乾坤暗,霜雪漫空草木愁。
> 自许忠寒天子胆,谁将刀断佞臣头。
> 当年脱使英雄死,魏府何人破虏酋。

张济曰:"将军勿忧。适才计议如此如此,以救君也。"六郎曰:"若大人肯如此垂救,异日当效犬马之报。"张济曰:"将军何言!但得无祸,朝廷之福。"遂藏六郎于内室。是日,张济即唤狱官伍荣商议。荣曰:"狱中有蔡权者,拟定当决。其人面貌俨似杨将军也,斩之献上,无有不信者。"济令取出,视之果与六郎无异。遂分付伍荣多与酒食灌醉,令夜枭其首级,密包裹了,送入后衙来。伍荣依计,暮夜枭权之头见济。济遂令人请胡延赞,领首级星夜回汴去了。

张济请出六郎,谓曰:"将军可改换衣装逃避远方,以俟他年之赦可也。"六郎拜谢。时将五鼓,张济开了后园角门,六郎将平人衣帽穿着了,辞别张济,竟回无佞府中去讫。

却说胡延赞回到汴京,真宗正设早朝。延赞献上六郎首级,帝视之,并不猜疑。群臣无不感伤。八王奏曰:"今杨景既诛,乞将首级送于无佞府中安葬,亦见陛下厚待功臣之意。"八王恐人知觉,故欲敛其迹而有是奏也。帝允奏,着禁军送首级与杨府安葬。令婆举家哀恸至极,将首级安葬讫。

却说佳山寨岳胜等闻知六郎被诛,满寨大哭,声震原野。孟良曰:"今本官遇祸,我等守此无益,不如各散去罢。"岳胜曰:"汝言甚有理。"即令刘超、张盖创立一庙于山下,中塑六郎之像,傍塑一十八员指挥使之像,递年春秋祭祀。分遣已定,又将寨中所积之物尽数均分,遂毁拆三关之寨。是日,众人拜别而散。陈林、柴敢领本部人马,仍往胜山寨去了。岳胜邀孟良反上太行山,称为草头天子,部将封为丞相等职,依旧劫掠为生。是时焦赞在邓州,听知六郎遭戮,亦逃走了。

却说王钦见六郎已斩,喜不自胜,乃曰:"三关无此人镇守,辽兵可以长驱而进,我亦不虚拘此也。"乃修书一封,密遣人星夜送往幽州。使人既到幽州，侍臣引奏，萧后拆书视之：

> 臣违数年，欲报生成之德，每恨无由。入宋荷庇，职居枢密，宋君宠任，廷臣无两，言无不顺，谋无不从。略施一计，杨景成诛。此将已死，中原士卒俱木偶耳。娘娘兴师南下，取宋社稷犹反掌矣。逆寄孤臣，敬此申奏。伺后有机，驰书再报。

萧后看罢大悦，以示群臣。萧天左曰："杨景既诛，他将诚木偶人也。曩者土金秀等会猎河东，设非杨景，北兵直驱中原，谁复为敌！乞娘娘兴兵伐之。"师盖奏曰："此机固不可失，然未必便胜宋也。"太后问曰："卿何以知不胜？"师盖曰："宋统中原城池千百座之多，生齿数十万之众，岂无勇力智谋兼全如杨景者哉？恐一景死，而又有一景出也。十室之邑，亦产英雄，何况中原户籍如许之多乎！依臣愚见，当用计赚之。"太后曰："卿有何计？"师盖曰："魏府铜台，佳山胜景，天下第一。娘娘可令人广造美酒，夜间倾于彼地池塘。又使人将八宝冰糖，粘缀彼地树叶之上。十日一次，如此行事。复命本国军民人等，三三两两，互相传扬天降琼浆于树、甘露于池，声息必竟传入汴梁。今将此计通知王钦，令他愚弄宋君，引诱来此玩景，然后出兵擒之。大宋天下唾手可得矣。"萧后闻奏大喜，即修书付来使，通知王钦。下命师盖引军三千，造酒粘糖，密为其事。又命萧天左整顿军兵，以待征战。

不数旬，消息传入汴京。王钦私谓僚属曰："下官闻魏府天降琼浆甘露，列位大人闻否？"僚属曰："闻人传说已久，但未知的否。"王钦曰："果的有之。且圣君在御，则有此等瑞事，列位当表奏称贺可也。"于是次日贺表纷纷，言池水成醪，树贮琼浆，若饮食之，则能白日飞升。真宗看罢表章，问群臣曰："今魏府之地有此奇瑞，卿等探访果真，再得来说。"惟寇准、柴驸马、八王不信。寇准奏曰："魏府铜台与辽相近，臣恐是辽之诡计。天既降瑞，何独此处有之？陛下不可深信。"帝未语。王钦奏曰："此等之事，天下皆然，何足称瑞？是盖圣君至德感召所致，始有此等祥瑞。以臣愚见，千载奇逢。陛下当整六师亲往视之，一者巡抚边民，二者扬威以震北番，令他不敢正视中原。"真宗大悦，乃曰："卿见高出寻常万万矣。"即下诏巡狩魏府。八王谏曰："陛下龙驾若去，倘萧后知之，兴兵围困，再调战将，攻打澶州，陛下江山，能保不危乎？乞以社稷为念，勿轻信此等虚诞之事也。"真宗曰："朕命柴驸马、寇丞相领禁军守汴，何危之有？"八王见谏不从，怏怏而出。

次早降旨，敕令胡延赞为保驾大将军，光州节度使王全节、郑州节度使李明，各引部下为前后辅从。延赞等得旨，准备起行。越数日，真宗车驾离了汴京，八王以下文武大小官员随行。有诗为证：

凤辇飘飘出禁城，旌旗拂曙壮行程。

寻常山岳俱摇动，鼎沸奔腾万马声。

时冬十一月，朔风凛冽，天寒地冻。大军游游荡荡，不数日到了魏府，车驾竟入歇息。次日，真宗与群臣游玩，见林中树叶之上有白颗子，取下食之，即八宝冰糖；池塘之水，皆是米酒。八王奏曰："陛下轻信狂夫之言，来此观看祥瑞。驰驱车驾，百姓供给，劳苦何堪！今至于此，遍观景物，何祥瑞之有？此必番人之计，赚陛下来此，欲相谋害。若不早回，定落其圈套也。"真宗亦疑，因下命回汴。

北番已知消息，萧天左、土金秀引马步军兵十五万，霎时间将魏府团团围定。侍臣急奏真宗，真宗大惊曰："早不听八王之言，致有今日之祸。然将何计以脱此难？"八王曰："番兵蚁聚蜂屯，其气焰烈烈，急难与争锋。但号令严守各门，差人星夜回汴取得救兵来到，始可破此围也。"真宗允奏，下令严守各门，毋得妄动。于是胡延赞等分门而守。

时宋军在敌楼之上望见番兵围得水泄不通，声势震天，众有惧色。延赞按剑言曰："凡军之比敌，在谋之臧否，不在兵之多寡。今番兵虽众，利在速战。明日待我设一计策，定要杀退臊奴，汝众不可畏怯退后。"众军得令。次日请旨出战，乃定下计策，使光州节度使王全节引一军居左，郑州节度使李明引一军居右："待吾交马，战至半酣，汝等一齐杀出，定获全胜。"调遣已毕，出城列阵。

只见辽将土金秀跑出阵前，指而言曰："汝等见浅，已落彀中。早早纳降，庶几免死。不然，尽作无头鬼矣。"延赞曰："臊狗！亟走，尚留残喘。若凶顽邀驾，攻破幽州，寸草不留！"言罢，抡刀拍马，直取金秀。金秀举枪交锋数合，金秀力怯，拨回马走。延赞赶去，金秀拈弓搭箭，射中其马，把延赞掀落于地，被番兵活捉而去。王全节、李明见延赞擒去，不敢追赶，退入城去。宋兵溃乱，被番兵杀死不计其数。全节入见真宗，奏知："捉去延赞，番兵强盛难敌，今臣等败归本阵。"真宗闻奏大惊，手足慌乱。八王曰："陛下休忧伤龙体，可作急写诏，遣人赍往附近各处节镇，火速发兵相救。"帝允奏，即写手诏，遣使臣赍去讫。

# 第 四 卷

### 真宗出敕寻六郎

却说天左、金秀捉得延赞,用槛军囚了,商议再擒几人,一齐解往幽州献功。自是萧天左、土金秀、耶律庆分门攻击愈急,宋军惶惶股栗。

八王曰:"杨六郎,番人素所惧也。今陛下可效汉高祖解白登城故事,选军中精壮者假装六郎等一十八员指挥使,扯起杨家旗号,令他俱在城上往来。番人见之,必然退去,我军乘势杀出,即脱此难。"帝依奏,下令军士并依三关人马一样装束。次日平明,扯起杨家旗号。番人见城上金鼓齐鸣,炮响震天,焦赞、孟良、岳胜等于城上往来驰骤,却不知是假的,俱齐叫:"快走!此是六郎诈死埋名,赚我等之计也。"萧天左等俱拆营而走,王全节、李明一见,开门乘势追击,番兵奔走,自相践踏,死者无数。宋兵直追数里而回。

王钦见番兵退走,怒曰:"此辈懦夫,一似黄口孺子,心里恁地无胆,惧怕六郎如此!"遂密遣人亟报番将。萧天左等得报,叹曰:"假者尚且惧之,设使逢着真的,岂不惊破胆耶!"遂复回军围城。侍臣见之,急奏真宗。真宗问八王曰:"番贼参破此计,卿另有别策可以退之否？"八王曰："臣无计也。沿边救兵不至，京师又未知音，只此疲败之兵，那个敢去出战？如今无了六郎，北番猖狂，如此莫敌。"真宗曰："噬脐已无及矣。朕今率众亲出交战，突围而出，此谋何如？"八王曰："彼众我寡，如何为敌！陛下亲阵，徒损军士，不可得出。只紧守此城，以待救兵来到。"

番兵围了魏府二十馀日，城中汹汹，危急之甚。众拥真宗登城瞭望，只见番人在城下走马，势甚雄壮。八王曰："陛下要离此阱，除非杨六郎来到。"帝曰："悔当时愤怒，误斩此人。设使他在，岂容丑虏横逆如此。"八王曰："陛下可出赦书，普天下寻之，恐或有六郎也。"真宗目视八王而不语，徐退到御帐中，自思："八王何为有此言也？"乃与侍臣论之。侍臣齐奏曰："既八王有此口词，毕竟知得六郎还在。乞陛下准其奏，遣人赍赦往各处寻之。"次日，真宗问："谁肯赍赦，往汝州寻究六郎根由？"王全节曰："小将愿往。"帝付赦文与之。乃令李明先开门杀出，正遇番将耶律庆交战，律庆大败，全节乘势杀出重围，竟投汝州而去。李明退入，坚守不出。

却说全节既到汝州，入府见太守张济，道知："圣上被困魏府，军兵战败，延赞被擒，故众官保奏，赦除杨六郎前罪，着令领兵救驾。小将特赍赦文至此，望大人作急究之。"张济曰："杨将军已被胡延赞枭其首级，进献圣上，岂复有个生者在乎？今着下官从何处问？请将军速回，别召名将解围。"全节听罢，怅怅不悦，乃曰："既无六郎，圣上之危，似难摆脱。小将怎生复命？"张济曰："若论为臣，当竭力匡济君父之难。将军必欲寻究杨将军，当往杨府体访何如？下官敝治，实无有也。”

全节不得已，辞别张济，竟到杨府，参见令婆道：“圣上遭难，今行赦文，命小将赍来，赦除令郎前罪，着他火速领兵救驾。”令婆曰：“那日蒙圣上发下吾儿首级来家葬埋，今已化成尘矣，那里再讨一个生的！军情紧急，将军可速去奏帝知之。”

全节无奈，次日单骑奔到魏府，杀开血路，直至东门。李明望见，急开门接入。全节进奏真宗：“汝州并无六郎消息，复到杨府究问，令婆说道：‘当时枭首，众人共睹，今日何得复在！’”真宗听罢，长叹曰：“朕当日少思，枉杀英雄。今日遇难，堂堂中国更无一人如六郎能提兵调将，救护朕也。”言罢，问计于群臣。群臣奏曰：“似此等威势，虽诸葛复出，子牙更生，亦无如之何也。”真宗泪流满面，寝食俱忘。八王曰：“事势至此，亦已极矣。臣只得往杨府追究六郎，如果不在，即召藩镇兴兵来救。陛下与众将坚守此城，毋得妄动。”真宗曰：“卿当念手足之情，作急取兵来救，勿得有误。朕今困此，度日如年。”言罢，复命李明、王全节开门，杀透重围，保助八王出去。八王既出，二将复杀入城去讫。

八王赍赦径往无佞府中，见了令婆，说道：“圣上今受危困，正六郎展翅之秋。可令出来，商议兴兵救驾。”令婆曰：“日前王节使来到寒舍，老妾实隐匿不令彼知。今殿下亲到，尚敢相瞒？”遂唤仆人往后园地窖中唤六郎出到堂上，拜见八王。八王一见，执着六郎之手，且悲且喜，言曰：“妙计妙计，若非昔日，何有今日？郡马不在，圣驾谁能救之？”六郎谢曰：“殿下此恩此德，再生难报。”八王曰：“主上受困已久,今我领着赦郡马旨意一道来到,汝当趁此出力相救,以显报国之赤心也。"六郎曰:"闻佳山军士,皆已离散去矣,一时恐难聚集。须待臣前往彼地招之,方可去救。"八王曰:"事势甚急,汝速往招之。我亦去召集各处藩镇军兵往魏府,伺候郡马一同来攻。"六郎领诺,八王辞别去讫。

六郎谓令婆曰:"朝廷养我,譬如一马。出则乘我,以舒跋涉之劳;及至暇日,宰充庖厨。儿欲拜别母亲,云游天下,付理乱于不闻也。"令婆曰:"虽朝廷寡恩,八殿下相待甚厚,亦当思念。汝今如此,非独负八王,乃祖乃宗,令闻家声,被汝堕尽矣。汝若不去,气杀我也!"六郎是个行孝的人,见母吃恼,遂安慰令婆,拜别前往三关,去寻旧日部众。有诗为证:

> 负剑独徒行,三关集旧兵。
>
> 一心援主难,忘却旧冤情。

六郎一人途行数日,思忖莫若先往邓州,访问焦赞消息。既到邓州访问,并无下落。遂行至锦江口,只见一伙僧人唧唧哝哝而来。六郎问曰:"汝等要往何处?作甚公干?这等嗟怨?"僧人曰:"君不知其情由。此间有个颠汉,怒发之时要杀人吃,官军无奈他何。每常说他有个本官被朝廷冤枉诛了,各寺拿僧诵经超度,如有不去,放火焚寺,屠戮僧人。昨日来叫我等去作功果,追荐其主,我们只得前去。不然,一寺不得聊生。"六郎听罢,自思此必是焦赞。复问曰:"此人今在何处?"僧人曰:"居于邓州城西泗州堂内。"六郎曰:"汝等引我同去看之。"僧人引六郎到泗州堂,只见焦赞卧于神案之上鼾睡,声息如雷。六郎近前视之，果是焦赞，伸手摇之。焦赞爬将起来，睁开一双环眼，大声喝道："那一个不怕死的狗奴，这等胆大，却来惹着老爷！"六郎喝曰："焦赞不得无礼，我今在此，来召取汝也。"焦赞听罢大惊，慌忙向前抱住，言曰："本官是人耶鬼耶？想必是焦赞超度多次，今日显出灵圣来矣。"六郎笑曰："那有这般异事，白日鬼出相见？你且不必闲话，但随我到幽旷处一叙衷曲。"焦赞放手叩头，众僧掩笑而散。

六郎直引焦赞至城西桥边，道知："圣上遇难，今八殿下领赦来召我等领兵救驾，故我先来寻汝，同往三关，招集众兄弟前往魏府救驾。"焦赞听罢，大喜曰："我道将军被朝廷所诛，撇得我众人好不凄惶。那晓今日又得相会，真个快活杀我！"次日，经过汝州，入府拜见张济，道知八王领赦来取救驾之事。张济大喜，亦以王全节来由告知六郎。六郎曰："小将今往三关招集众人进兵，在此经过，不敢不进，相谢昔日救命之恩，即请告辞。"张济言曰："动劳将军过念。"遂送出城而别。

六郎与焦赞望三关进行，在途各诉其始终根由，不觉到了杨家渡。日正当午，遥望白浪滔天，两岸并无船只。俟候良久，全无一人往来，有诗为证：

　　途穷野渡边，雪浪拍遥天。

　　两岸芦花里，无舟一济川。

六郎停久，谓焦赞曰："汝往上流去，看有船否？"焦赞领命而去。行至上流，见有船只，遂问船夫曰："汝把船来渡我过去，与汝渡钱。"

船夫曰:"此船不是我的,乃杨太保之船,我敢私渡人过?你若要渡,须向前面亭子上见太保借之,方敢渡你过去。"焦赞听罢,径往亭子上去。只见一伙人在那里赌赛,焦赞近前言曰:"你那船只可借我渡过河去,船钱即相奉。"众人抬头,见焦赞生得形状古怪,又不小心称呼一声,皆不答之。焦赞复曰:"把船渡我过去,即送船钱。我又不白骗你的,如何不答?"那众人骂曰:"瘟奴侪!说甚么白骗?"焦赞大怒,伸出两拳,打得众人乱窜。正欲向前打那太保,太保直走向后去了。焦赞回见六郎,怒气未息。六郎曰:"你又去惹下祸来。"焦赞曰:"今番被那些狗侪欺我,明明有渡,不肯假借,且出言辱骂,恼发我的性子,被我乱打一番,众人俱各四散走了。"

六郎正在忧闷,只见众人纷纷执着长枪短棍赶来。焦赞曰:"将军少待,让我杀了这些贼徒,与民除却大害。"遂提刀杀去。那众人不能抵挡,走开去了。杨太保提刀从后走出,与焦赞连斗数合,不分胜负。六郎叫曰:"壮士,且休角力,愿通名姓。"杨太保停住利刀,立于垅上。焦赞亦罢为,不与之斗。太保曰:"我邓州人,姓杨名继宗,小号太保。汝何人也?要过此渡。着令手下强夺,是何理也?"六郎曰:"某非别人,乃令公之子杨六郎也。今圣上被困魏府,某要往佳山招集部众去救圣驾,特来借船过河。有犯尊威,恕罪恕罪。"太保听罢,抛了宝刀,近前拜曰:"大名久闻,无由拜瞻。今日幸亲,平生之愿慰矣。"六郎扶起,太保曰:"请将军敝庄一饭,如不弃,愿领部下随往救驾何如?"六郎曰:"固所愿也。但待我招集众将,遣人来请可也。"太保领诺。是夕,留六郎宿于庄上不题。

## 六郎毁拆赛会庙

却说杨太保次日将船送六郎过河,太保同行。登岸,六郎辞别杨太保,与焦赞望三关而行。时四月天气,途中日暖风和,有词为证:

翠葆参差竹径新,绿荷跳雨溅珠倾,湾曲茎,小荷亭。风约帘衣归燕急,水摇蒲影。戏鱼惊柳稍,残日弄微晴。

二人不数日行近三关之地。焦赞曰:"行得好疲倦,将军姑停于此,待小将往前面沽一酌来解渴。"六郎允之。焦赞直往前去,并无酒店。自思:"生命好苦,要些酒儿吃也没得!"正行间,只见一起人挑着几担物件而来。焦赞近前看之,只见是酒肉,遂问曰:"汝酒肉肯卖否?"那人曰:"你好不知事,一个祭神的酒肉,卖与人吃?"焦赞曰:"祭甚么神?远方行路之人,委实不晓,请明明说与我知。"众人曰:"前面立有杨六郎将军神庙,甚是显圣。我这乡村托赖福庇,四时八节,并无灾难。且凡有祈祷者,无不遂意。今日是赛会之辰,特往酬愿。"焦赞听罢,回见六郎,将其事一一告之。六郎笑曰:"岂有是理。"焦赞曰:"非小将吊谎,是那些人这般说,待与将军前去看之,便见端的。"六郎依其言,径与焦赞同往看之。

行不数里,果是一座好庙宇,高大威严。六郎徐步进庙看之,只见中间一座,塑着本身之像,两傍塑着一十八员指挥使之像,灯火朗朗明亮,阶前焚化纸灰,堆积如山。六郎指焦赞之像谓之曰:"此汝之像，真无异也。"焦赞笑道："将军更塑得相似。小将在邓州，要杀人吃，原来这里如此供养，使得我这等发颠。"言罢，遂一手推倒本身之像。复跳上中间神座上去，把六郎之像，一连推了几下，不倒，乃用力一撑，崩声大振。赛愿者见之，各各奔走。崇奉香火神祝，忙将铜锣敲动。霎时间，刘超、张盖带领二百馀人来到庙前。六郎一见，喝曰："汝众人做得好事！"刘、张大惊，纳头便拜曰："众人只道将军遇害，今日缘何又到此来？"六郎将诈死之事告毕，乃曰："今有敕书，来取我等去救驾，今日来招集汝等。"刘、张喜曰："既朝廷复有是举，请将军且到寨中商议。"六郎遂令人毁拆庙宇，推倒神像，同众人到虎山寨去。

六郎坐定，刘、张参拜毕，设酒款待。六郎问曰："岳胜、孟良今在何处？"刘、张曰："岳胜与孟良引部众反上太行，称王称帝，大为民蠹。"六郎叹曰："天无二日，民无二王。今只无我一人，汝等尽皆乱做。"言罢，分付刘、张准备枪刀盔甲伺候："待我亲到太行，招取岳胜等来，一同起行。"刘、张领诺。六郎仍与焦赞望太行山而行。

行了一日，只见红轮西坠，天色渐渐将黑。六郎曰："此去俱是长源深谷，人烟稀少。汝往前村寻问那家借宿一宵，明日早上山去。"焦赞领诺，直往前去，并无人户。转过山后，有一乡村。焦赞乃进村去，只见一户堂上灯烛荧煌，有一老人独坐慨叹。焦赞径进堂上，揖而言曰："他方之人，行至此晚，敢借公公贵宅一宿，当以重谢。"老人答曰："敝舍往日任客歇宿，今日有些勾当，却难相许。君当往别户借之。"焦赞曰："天色已黑，没奈何，万望公公方便。"老人曰："汝有多少人?"焦赞曰："只本官与我两人而已。"老人曰："既只是两人,请进歇了去罢。"焦赞即出,请六郎进见老人。老人见六郎相貌堂堂,遂问曰："君欲何往?"六郎曰："小生有些公事往太行山去。"老人一闻说太行山,两眉皱起,长吁一声。六郎问曰："公闻生言太行,即有不豫色,然何也?"老人曰："说起那太行山,老拙有不共戴天之恨。"六郎曰："有何冤枉,但说与小生知之,即待分剖。"老人曰："本庄俱是陈姓,皆一家也。此去太行山数里之遥,今山中有两个草寇,一名岳胜,一名孟良,称为天子。部下聚集五六万人,掳掠民财,为害极大。老拙无儿,止生一女。被孟良知之,着人来说,今要来强赘。老拙平生好善重义,只得允从,以安一方生灵。不然,放火杀人,无有止息。有此冤枉,何处伸之?"六郎笑曰："只是这些事情,请勿忧虑。孟良与小生有旧,待彼今晚到来,吾自有计退之。"老人曰："若得不污小女,老拙泉下,佩德不忘。"六郎与焦赞饭罢,出外房俟候。老者分付小厮安排筵席迎接。

将近二更,金鼓之声大振,一路灯火光亮,人报孟大王来到,陈老者出庄迎接。孟良进上厅上坐定,从人两傍列着。老人拜曰："大王光降,未及远接,乞恕愚老之罪。"孟良曰："自今已后,汝乃丈人,不须下拜。"老者称谢。乃着小厮抬过酒席,假意唤百花娘子出来把盏。使女回报："娘子羞惭,不肯出来。"老者曰："如今已是大王内眷,何羞之有?"仍令人促之。孟良见老者如此奉承,不胜之喜。六郎与焦赞隔窗张视,私笑语曰："他玩侮宪典,害民如此。今晚我们不来,真个被他骗去此老之女。"焦赞曰："待我出去打折他一支腿,看他还做得新郎否！"六郎曰："汝先出去抱着，待我便来羞他。"焦赞此时气得慌，乃几步跳上厅去，一脚踢倒筵席，两手将孟良紧紧抱住。孟良不曾防备，身子全动不得，但喝声："手下何在?"喽罗正欲向前去打焦赞，六郎厉声骂曰："不顾礼义之徒，缘何这等无耻? 强占人间女子，是何道理！"焦赞乃拖孟良出座，指而言曰："请汝开着驴眼，看是谁来到此！"孟良灯下见是六郎，慌忙拜倒，言曰："向闻将军遭害，今日缘何到此?"六郎曰："汝且起来，可急回太行山商议，整顿军马，前去救驾。"陈老者趋前问曰："先生大名? 愚老愿闻。"焦赞将其原由一一告之。老者纳头拜曰："将军威名，愚老久闻，如雷灌耳。今日不知何缘，得瞻先生尊颜。"遂唤其女出拜。六郎等见之，果是一个好女子，体态端庄，娇娆窈窕，堪比王嫱。焦赞笑曰："今看起来，孟哥哥没造化。若撞遇我们迟来一日，也落得受用一宵矣。"孟良喝曰："本官在此，休得胡谈！ 不知忌惮。"众人皆掩口而笑。百花娘子拜罢，退入房去。老者亲持杯劝六郎等酒，甚致殷勤。是夕，众人依次坐下，尽皆畅饮。直至天明，六郎辞别起行。那老者取过金帛，相谢六郎。六郎不受，乃与众人离了庄所，望太行而进。有诗叹孟良不得婚配为证：

> 孟良强欲效鸾凤，讵意良宵遇六郎。
>
> 婚牍芳名原未注，致令红粉两分张。

次早，孟良遣人上山报知岳胜。岳胜引众人接至半山，见六郎，拜伏于道傍。六郎令岳胜起来，直进山寨坐定。众将拜贺毕，岳胜进曰："昔日假传将军升遐，众人无主，各自散去。今日复得相聚，使我辈有主,何幸如之!"六郎曰:"屈情容暇日再叙,且将目前事故告汝知之。今圣上被辽人围困魏府,势甚窘迫,可作急整备器械,前去救之。"岳胜曰:"皇上不念将军,听信佞言,致于死地,寡恩极矣。将军素怀忠义,出力匡扶王家,此所以苍苍不昧,致使祸远身全。但依小将之见,不必去救圣驾,惟据此地称为天子,受多少快乐,有何不可?"六郎曰:"我家世代忠贞,美名万祀,岂肯自我坠厥休声耶!今据此处,不过为一草寇,其如后世唾骂何?"岳胜不敢再言,乃令大设酒席,庆贺相会。是日大吹大擂,众人酣饮而散。

次日,六郎遣人去召刘超、张盖等起兵来会。又问陈林、柴敢何在,岳胜曰:"二人仍屯胜山寨中。"六郎听罢,即遣人往胜山寨召取陈、柴二人。不数日,刘、张、陈、柴等俱到。六郎查点帐下旧日部将:岳胜、孟良、焦赞、陈林、柴敢、刘超、张盖、管伯、关均、王琪、孟得、林铁枪、宋铁棒、丘珍、丘谦、陈雄、谢勇、姚铁旗、董铁鼓、郎千、郎万,共二十二员指挥使,俱在部下,精壮军卒八万馀人。六郎曰:"佳山之众,今日仍在,克敌无疑矣。"言罢,遣人赴汴报知八王,期约进兵。又遣人往杨家渡报知杨太保,领军中途相会。

六郎分遣已定,即日扯起杨家旗号,旗上大书"杨六郎兴兵救驾"数字。一声炮响,大军离了太行山。但见刀枪焰焰,剑戟稜稜。兵马正行之间,忽报前面一队军到。六郎令人探视,回报乃杨太保也。遂与六郎相见毕,一同进兵。六郎在马上见军容可掬,有诗为证:

> 宝剑霜威纠纠雄,霓旌秋卷海天空。
>
> 一声长啸貔貅肃,云鸟奔腾碧玉骢。

## 六郎兴兵救驾

三军行不数日,忽遇八王亦引军十万来到。六郎下马,与八王相见,八王无限欣喜。六郎曰:"这番救驾之后,直捣幽州之地,殄灭丑类,始旋师也。"八王然之。是日驻兵澶州城中。次日,六郎谓岳胜曰:"主上被辽困久,汝为先锋,领兵五千,亟进冲杀一阵,先挫番人锐气。"岳胜得令去了。又唤孟良、焦赞曰:"汝引刘、张等,各领兵二万,分左右夹攻。当奋武扬威,杀入番军之中而去,吾即引大军来掩之。"孟良等引兵去讫。六郎与八王议曰:"臣先遣岳胜等前去,再与殿下率精兵继之,何愁番围不解。"八王曰:"郡马此等调遣,当日桓、文取威定伯亦不过此。"六郎辞不敢当。

次日,岳胜正催军速进,忽正北上征尘蔽天,一彪人马在道而行。岳胜谓众军曰:"须速进,赶上那一彪军,杀他一阵,斫几颗头来,挫折番人锋芒,是我你的头功。"言罢骤马,当先赶上,舞刀杀入其阵。番将刘珂不能抵敌,大败而走。宋军遂夺得一槛车,送入六郎军中。其槛车中之人,却是保驾将军胡延赞也。六郎一见,慌忙打破槛车,扶出拜曰:"叔叔遭槛,小侄深愧未能早救,罪万罪万!"延赞曰:"是何言也!天幸此处相会,不然,竟遭俘虏矣。老夫被擒之时,欲报圣上知之,怎奈囚于番营,无人申达。"六郎曰:"叔叔昔救小侄于汝州,今日吾使岳胜先来冲阵夺营,不期救叔于中途。天道循环,报应昭昭若此矣。"遂引见八王。八王曰:"此天子洪福所致,而使老将军遇救。"六郎下令诸军俱要兼程进发。

是时真宗在魏府与众臣悬望救兵消息,音信杳无。城中粮草已尽,臣下皆宰马而食。番兵得王钦通信,攻城愈急。幸兵权不在王钦之手,故众将不听调遣,死力相拒。却说刘珂败回,见萧天左报道大宋救兵到了,已将胡延赞抢夺而去。萧天左大惊,即遣人探是那里救兵到来。哨马回报说道:"旗上大书'杨六郎救驾',兵将来的甚是雄壮。"萧天左笑曰:"前日被他假装六郎等一诳,军伍惊张奔走,今日又不知是那里兴兵,冒充六郎名色来相欺哄,南人如此狡诈。但亦须紧提防也。"遂下令各营整兵迎敌。

分遣未定,岳胜军马风骤而至。番将耶律庆出阵先战。岳胜骂曰:"天兵已至,丑贼尚不速遁,延捱以待戮乎?"耶律庆亦骂曰:"城中军卒死亡将半,汝等又来送死。"岳胜拍马抡刀,直取律庆,律庆挺枪迎敌。交战数合,只见番兵围裹将来。孟良、焦赞分左右夹攻,杀入番阵。番将麻哩喇虎举方天戟出战,正迎着孟良。两马交锋数合,陈林、柴敢又率劲兵从旁杀到。是时,南北鏖战,金鼓连天。焦赞杀得性起,提着朴刀,在北阵上横冲直突,如入无人之境。恰遇番将刘珂,交马一合,被赞斩于马下。宋骑竞进,万弩齐鸣,北阵上番兵犹坚拒不走。萧天左奋勇来战,杨太保舞刀迎敌。六郎催动大军掩杀而去。番将队伍溃乱,萧天左败走。杨太保拈弓搭箭,射落天左于马下。土金秀望见,杀出救之。耶律庆料不能敌,斜刺杀出而走。岳胜追赶,向前一刀,挥耶律庆为两段。麻哩喇虎拍马逃走,被刘超、张盖用索绊倒其马,军士向前活捉而回。师盖正待来救,被六郎挥郎千、郎万出战,师盖措手不及,被二郎生擒于马上。孟良一马直突进东门,李明、王全节在敌楼上望见城下麚兵,知是救兵来到,开门杀出,杀得北兵大败而走。宋兵长驱追击,践踏死者、射矸死者,不胜其数。萧天左与土金秀杀得垂首丧气,星夜逃回幽州去讫。宋兵夺得营寨、马匹、枪旗、盔甲甚多。

八王一骑直入城中,拜伏真宗之前,称驾曰:"赖陛下洪福,取得杨郡马兴兵救驾,只见杀得番兵弃甲曳戈而走。"真宗曰:"朕脱此祸,众得生还,皆卿之功也。"遂宣六郎入帐。六郎拜伏于地请罪。真宗曰:"卿之前罪,悉行蠲除。今日赖卿救驾,功莫大焉。候朕回朝,重加爵赏。"六郎叩谢,遂奏曰:"天下难得者时,今番兵大败,魄丧魂消,又乘陛下车驾驻此,愈加威风。臣请率部众直逼幽州城下,尽取萧后地舆以归,永除边患,而成千载之鸿图也。乞陛下准臣此奏。"真宗曰:"卿言固是,但朕久出,将士疲困,待回朝再议征进未迟。"六郎遂退出军中,以所捉番将尽行枭首号令。

次日,帝命代州节度使杨光美为魏府留守,又下令各营准备行李班师回汴。军士得令,无不欢跃。文武拥护车驾,离了魏府,望大梁而回。大军不数日,到了汴京,车驾进入皇城。翌日设朝,群臣拜贺毕。真宗以文武久困魏府,劳心竭力,各各赏赐有差。特宣六郎升殿,真宗赏赐甚厚。乃谓六郎曰:"三关之地,昔卿镇守,北番不敢侵犯。今卿当仍领部众镇守此处,以捍御辽人。"六郎曰:"臣实愿再往佳山招募雄兵,以图伐辽。但未得圣旨,不敢擅行。今陛下有是敕命,臣愿遂矣。"真宗大悦,遂授六郎为三关总管、节度使之职。敕旨一道,自行斩杀,不请诏旨。六郎谢恩,自是复与文武列班朝贺。有诗为证:

> 鸡喔钟声出未央,千官鳞次散跄跄。
>
> 旌旗霄汉飞龙虎,乐奏箫韶引凤凰。
>
> 玉苑花飘迷晓色,金猊檀篆染馀香。
>
> 不才此际方称庆,再续鸳班豹尾行。

越三日,真宗于便殿设宴,犒赏魏府救驾将士。君臣尽欢而散。次日,六郎入朝谢宴,拜辞真宗,退归无佞府,拜别令婆起行。其子宗保年方一十三岁,欲随父同往三关而去。六郎曰:"佳山之地苦寒,汝不须去,只在家侍奉老太太。待年长成,去之未迟。"宗保方止。六郎离了家,与岳胜等跨上雕鞍,引军望佳山而行。有诗为证:

> 重寄分心膂,雄威奋爪牙。
>
> 三关今复往,声势净胡笳。

六郎引众,不日到了三关。入寨坐定,下令修整旧日营栅,分调岳胜等为十二团营,各领部兵,整枪刀衣甲听用。自是三关威声,仍前大振。六郎每日遣逻骑缉访北番消息,与诸将日议征讨之策,不在话下。

却说萧天左败归之后,萧后日夕忧虑宋国来伐。一日,与群臣议曰:"自魏府战败,南人得志。又打听杨景在三关招募英雄,人强马壮,此必有北侵之意。汝等亦须设计防之。"道罢,韩延寿奏曰:"若欲国势丕振,必须广揽英豪。窃见大辽将帅,俱已老迈。乞娘娘出下

榜文,招募天下勇士,授以帅职,防御宋人侵伐。"萧后遂命写榜,张挂午门。榜曰:

> 辽太后萧为招贤以靖国难事:尝谓兵之所重者将,将之所贵者谋。今值干戈日作,祸乱相寻,特出榜文,招募豪杰。或抱才猷隐于山谷,或怀韬略处于遐荒,或有搴旗斩将之勇,或有掠地攻城之能,不拘一技一艺,足以富国强兵,咸集幽州亲试。若果职,即授兵印。故兹榜示。

学士将榜文写罢呈上,萧太后览毕,乃命军校张挂于午门之外。有诗为证:

> 张榜募奇才,椿精变化来。
>
> 洞宾传韬略,宋国受兵灾。

却说大中祥符四年,蓬莱山钟吕二仙在洞围棋。钟离曰:"世人若不贪色,未必延年,然亦可以却疾。"吕洞宾曰:"人从欲中出来,谁不贪之?若能绝却,乃世之高士,修仙亦不难矣。"钟离又曰:"沉溺于酒,乱性乱德,举世纷纷皆是辈也。此又何故?岂人亦从酒中来乎?"洞宾曰:"酒之为物,亦能活血助气,但不可恣。弟子又尝闻酒中得道、花里成仙,酒色取用亦大。倘能节制,未为不可。"钟离笑曰:"我知之矣!为此之故,汝采战白牡丹、沉醉岳阳楼也。"洞宾不能答,自觉语非,弗敢与辩。忽然,南北一道杀气冲入云霄,众仙童惊讶,乃问曰:"师父,此主何兆?"钟离曰:"南朝龙祖,北番龙母,两国鏖战,杀气冲胜于汉。"仙童曰:"只一阵杀气,缘何如此凝结不散?"钟离曰:"以气数论之,有二年之久。"仙童曰:"但不知谁胜谁负?"钟离曰:"龙母,逆妖之类,逃生于番,横霸一隅。龙祖,天遣降生,以作下民君师。龙母不守其分,妄意抗之,兴兵侵犯,荼毒黎民,不久当为龙祖所灭。"仙童曰:"二龙争斗,万姓遭殃。若能救活众生,功德莫大。师父何不临凡,收回龙母,除却民患,有何不可?"钟离曰:"此亦天地一塞会,民物之劫数,岂偶然哉!我等但当顺听之而已矣。可违天时,妄意希图,以成一己之功德乎?"言罢,遂入丹房烧炼去讫。

## 椿精变化揭榜

钟离既入,洞宾思忖:"钟离师父笑我贪恋酒色,欲待与辩,系我之师。他又道龙祖灭龙母之事,我今显个神通,定要以人胜天,扶助龙母,灭却龙祖,那时看钟师父怎生说话!"乃唤碧萝山万年椿木精到来。椿精既到,跪下问曰:"吕师父有何分付?"洞宾曰:"吾今付汝六甲天书,上中二卷,不必看之,惟下一卷,乃行兵列阵、迷魂妖魅之事,汝细玩之。即今北番萧后出榜招募英豪,欲与南朝争锋。汝可变化,降临幽州,揭了榜文,提兵伐宋。待灭中国之后,收汝同入仙班。"椿精拜曰:"厮杀则能,但兵书之中文义奥妙,实不知之。"洞宾曰:"汝去揭下榜文,我来主谋用事。"

椿精遂别洞宾,摇身一变,化一道金光,轰烈如雷,降下北番幽州城外。缓步行到午门之前,只见四方勇士云集看榜,无有一人揭之。椿精向前,叫声:"此榜待我揭了他。"众人视之,见其面若涂墨,眼似火珠,身长丈馀,两臂筋肉突起,颜极怪异。守军见其揭了榜文,即引见萧后。萧太后看见，大惊曰："世间有此怪异之人！"乃问曰："汝是何方人氏？"椿精曰："小人住居碧萝山，姓椿，名岩。"太后曰："汝有何能？"椿精曰："一十八般武艺无所不谙，随凭娘娘亲试。"太后大悦，即与文武商议，封他官职。萧天左奏曰："壮士新到，才略不知高下，娘娘当权受一职。待后立功，才可以重职封之。"后允奏，乃封椿岩为幽州团营都统使。椿岩谢恩而出，不在话下。

却说宋真宗因魏府受困，常欲报复。忽一日，召集群臣计议。八王奏曰："陛下一统中原，幽州一隅之地，取之何难。但今驾回未久，且再休养士卒数年，讨之未迟。"帝未语，忽阶下一人出班奏曰："时可为而为之，无有不胜。今正可为之时，乞陛下兴兵伐之可也。"此是谁？乃光州节度使王全节也。真宗问曰："卿果何见，说时可为也？"全节曰："曩者圣上被围魏府，军士未曾伤损，番之军马十丧其七。以此论之，彼衰我盛，时可为矣。孟子曰：'虽有镃基，不如待时。'且臣又有一计，可使萧后拱手听命。"帝曰："卿有何策？"全节曰："幽州壤地，不过千乘。乞陛下敕澶州一路、雄州一路、山后一路，臣从汴京再提一路，共四路军兵并进，区区千乘都邑，岂能当乎？"帝依奏，即日敕令，三路出兵征辽。使臣赍旨往三处去讫。帝又以全节为南北招讨使，李明为副使，领兵十万前进。

全节领旨，即日引兵离了汴京，望幽州而发。时值春初天气，风景融和，有诗为证：

> 花妆锦绣柳牵风，艳冶江山逞异容。
>
> 踏景寻芳多得趣，恍然人在画图中。

三军不日到了九龙谷，扎下大寨。北番巡哨，星夜走回幽州报知帅府。帅臣即入奏曰："中国今起四路军兵北伐，声势极其利害。"萧后大惊曰："不料即日兴兵来到。"乃问群臣："谁敢领兵前去迎敌？"道罢，椿岩应声出曰："娘娘勿忧，臣举一人，退宋之兵如风卷浮云，霎时间耳。"萧后问曰："卿举何人，能退宋兵若此之易？"岩曰："臣师父姓吕名客，行兵胜于吕望，擒将高于轩辕，有泣鬼惊神之智，呼风唤雨之能。"萧后曰："今在何处？"岩曰："见在午门之外，未敢擅入。乞娘娘宣入问之，便见其详。"萧后即宣吕客升殿。

太后一见吕客，形貌奇异，自思此人必是奇才，乃问曰："我与宋君争衡，卿今应募而来，有甚妙策明教，愿奉社稷以从。"吕客曰："臣来相助，娘娘转臂之间，中国版籍尽夺之矣。"后曰："卿要军马几何？"吕客曰："若与宋人斗力，彼犹能抗拒一二。待臣排下一阵，使彼攻之不破，始肯愦志归降。且娘娘必遣人往五国借兵助战，方可胜宋。"太后曰："卿要借那五国之兵？"吕客曰："可遣使臣赍金帛，往送辽西鲜卑国王耶凡庆，与他借兵五万。彼必见利动心，发兵相助。又遣一使进黑水国，许以成功之后割西羌之地与之，令他助羌兵五万。又遣人赍官诰往森罗国，敕赐国王孟天熊，令他发兵五万相助。又遣一使往西夏国，见国王黄柯环，告知中国之兵甚为利害，复喻以唇亡齿寒之语，令彼发兵五万相助。又遣一使往流沙国见萧霍王，借兵五万相助。此五国之兵若一借来，臣按兵法调遣，排下七十二座天门阵，使宋人一见胆战心惊，有谁敢与为敌？那时不愁他不宾服矣。"萧后大悦，乃曰："卿真有御侮之才。幽州有托,吾复何憾!"即日封吕客为辅国军师、北都内外军马正使。吕客谢恩而退。

于是萧后遣五个使臣赍金帛往五国而去。当日,使臣各领旨分投五国,去见五国国王,道知借兵之事。五国国王得赐金帛,俱皆欢悦。鲜卑国王差黑靫令公马荣为帅,森罗国王差亢金龙太子为帅,黑水国王差铁头黑太岁为帅,西夏国差黄琼女为帅,各国俱助精兵五万,不数日俱集幽州城外。近臣奏知萧后,萧后宣吕客问曰:"五国之兵已到,军师何以调遣?"吕客奏曰:"此行非等闲也。乞再召回云州耶律休哥、蔚州萧挞懒等,尽起九州之兵与臣调遣,定须夺取宋之江山而回。"后允奏,即下敕调回云、蔚二州军马,又命靫靼令公、韩延寿为监军都部署,统率精兵五十五万,并听吕军师调遣。韩延寿得旨,即出教场中操练三军。越数日,云、蔚二州军兵皆到。吕军师曰:"韩监军先引本国军马前行,吾即率五国军马后来。"北番军马离了幽州,直望九龙谷进发。有诗为证:

　　腾腾杀气触长空,闪闪旌旗映日红。

　　摆列征途军令肃,神仙自不与凡同。

韩延寿领兵到了九龙谷,扎下大寨。次日,吕军师统率大军来到。入帐坐定,召集诸将言曰:"三月初三,乃丙申之日,干克其支,择定此日,吾出排阵。各部将官俱要听令,违者枭首,决不轻恕。"韩延寿曰:"军令所在,君命有所不受,何人敢违!"吕客遂取纸一张,画成一图,付与中营总旗,引军五千,离九龙谷半里之外平旷去所,依图筑起七十二座将台;又另筑五坛,按方竖立青、黄、赤、白、黑色之旗号,内开往来通道七十二条,作速筑造回报。中营总旗得令,引军按图筑立。不数日,台坛悉筑整齐,回报吕军师。吕军师亲往巡视一遍,回到军中,召诸将言曰:"明日乃丙申也,各营俱要整肃,听候调遣。"

次日,三通鼓罢,各营军马齐齐摆列帐外。吕军师升帐,出令鲜卑国黑鞑令公马荣,引本部军兵排列于九龙谷正路,排作铁门金锁阵。分军一万,各执长枪,把守七座将台,号为铁门。又分军一万,各执硬弓铁箭,把守七座将台,号为铁拴。再分军一万,各执利剑,把守七座将台,号为铁棍。马令公得令,炮响一声,引军于正路排列。有诗为证:

> 铁门金锁阵图开,晃晃戈矛绕将台。
>
> 变动随宜机莫测,攻冲除是八仙来。

吕军师又遣黑水国铁头太岁引本部军兵,前去九龙谷之左,排作青龙阵。分军一万,手执黑旗,把守七座将台,号为龙须。又以一万军,分作四队,各执宝剑,把守七座将台,号为龙爪。又分军一万,各执金枪,把守七座将台,摆作龙鳞之状。铁头太岁得令,引军分布去了。有诗为证:

> 龙本一神物,排阵肖其形。
>
> 任是英雄将,蘧然胆战惊。

吕军师又令流沙国苏何庆,引部下去九龙谷之右,排作白虎阵。分军一万,各执宝剑,把守七座将台,号为虎牙。又分军一万,各执短枪,把守七座将台,号为虎爪。又令耶律休哥引兵一万,把守前面六座将台,号为朱雀阵。又令耶律奚底引兵一万,把守后面六座将台,号为玄武阵。绕围左右,列作犄角之势。苏何庆等得令,各引部兵而去。有诗为证:

> 阵势威严比白虎,前排朱雀后玄武。
>
> 中藏玄妙啸生风,浮世何人敢正睹。

吕军师又遣森罗国金龙太子,引军守中座将台,号为玉皇大帝,坐镇通明殿。又令董夫人装作梨山老母,分军一万,各穿青、黄、赤、白、黑服色,绕中座将台而立,号为五斗星君。又着二十八人披头散发,绕中座将台前后而立,号为二十八宿。又令土金牛装作玄天大帝,又令土金秀引军一万,手执黑旗,排作龟蛇之状,把守天门之北。金龙太子等得令,引兵去讫。有诗为证:

> 旌旆云屯拥玉皇,星君罗列阵堂堂。
>
> 宋人无策能攻破,万种忧愁积寸肠。

吕军师又令西夏国黄琼女,引军俱执宝剑,立于旗下右傍,号为太阴星。凡遇交兵,赤身出阵,手执骷髅,放声大哭,变作月孛凶星。又令萧挞懒引军各穿红袍,立于旗下左傍,号为太阳星。又令耶律沙率本部军兵巡视四方,结作长蛇之势。琼女等得令,引兵分布去讫。有诗为证:

> 号令太阴星,交兵放哭声。
>
> 太阳为党助,谁复敢相迎。

吕军师又令萧后之女单阳公主率兵五千,各穿五色袈裟,号为迷魂阵;内杂番僧五百,号为迷魂鬼。又令往民间捉七个怀孕妇人,倒

埋旗下,遇交战之际,将旗麾动,收摄敌人精神。单阳公主引兵依法
而治。有诗为证:

> 阵图玄妙独迷魂,阴雾濛濛白日昏。
>
> 更有一般情惨处,神号鬼哭不堪闻。

吕军师又令耶律呐选五千健僧,手执弥陀素珠,号为西天雷隐寺
诸佛。又以五百僧屯列左右,号为阿罗汉,并居七十二天门之前。耶
律呐得令,领众排列去了。有诗为证:

> 战鼓声敲霹雳轰,四围万马自奔腾。
>
> 洞宾排就屠龙策,不是钟离孰抗衡。

## 六郎明下三关

却说吕军师分遣完毕,令椿岩与韩延寿督军出阵,每阵中进退接
战,并观红旗为号。七十二座天门阵变化莫测,昼则凄风冷雨,夜则
鬼哭神号,果是仙家作用,谁能窥其万一。

次日,椿岩与延寿议曰:"今阵图排列已完,可令人往宋营下战
书,约他出兵看阵。"延寿依其言,即遣骑军往宋营下战书。王全节
览罢,批书回之。次日,引李明等出九龙谷平旷处列阵。只见正北一
座阵图,如山隐隐,却似生成的一般,乃大惊曰:"番人素无队伍,今
日列阵,如此神妙,军中必有异人主谋,我等且不可轻敌,以伤锐
气。"道罢,辽将椿岩、韩延寿二骑飞出,厉声叫曰:"宋军若要出战,

即便出马。若要斗阵,汝试说我今日这个阵图叫做何名?"王全节曰:"汝那小小阵图,有何难识! 吾今且不言之,待我明日来破与汝看。"遂两下收军讫。

王全节回至军中,谓李明曰:"我行兵半生,那样阵势不识! 特未见此阵也。当画图申奏朝廷,拣选识者来辨,才可攻打。"李明曰:"将军所言,正合我意。请即行之,不宜迟延。"全节乃按排阵形势,画成一图,遣骑军星夜往汴,奏知真宗。

真宗看罢,即与示文武,并无一人识之。寇准奏曰:"详观阵图,玄妙无穷,或者三关杨郡马识之,其他将帅无有能识之者。"帝即遣人往三关召取杨郡马回京。使臣至三关宣诏毕,六郎接了旨,谓诸将曰:"圣上有旨来宣,吾今当往赴命。"遂着陈林、柴敢守寨,乃引岳胜、孟良、焦赞二十员指挥使统领三军,离了三关,望汴京而行。有诗为证:

宝匣藏锋有几春,太平无计请长缨。

忽闻狼火风烟急,誓斩楼兰报圣明。

军旗飘扬,不日到了汴京。六郎率部众于城外,号令不许骚扰百姓。次早朝见真宗,真宗曰:"朕命王全节征辽,不意辽人排下一阵,全节等不识,乃按阵画成一图,进奏寡人。寡人遍示满朝文武,并无一人识之。朕想卿乃世代将门之子,阵图俱各精达,此阵卿必识之。今试观看,名为何阵?"六郎接过阵图,观之良久,奏曰:"北辽素无此等高士,今偶有这样奇异之阵,使臣晓夜不安。必待臣亲提军马,临阵观看何如? 今只看图,实不识之,不敢妄对。"帝允奏,赐六郎金卮玉酒,即日起行。六郎谢恩而去。

次日回无佞府拜辞令婆,引部众离汴京,望九龙谷进发。哨马报知王全节,全节听知杨家兵到,愁怀顿释,乃与李明等出寨迎接六郎。六郎下马,与全节并步入帐。坐定,全节曰:"小将领旨到此征讨,不想臊奴排下一阵,奇异无比,小将等并不知其为何阵。天幸将军到此,毕竟知之,可以攻破无疑矣。"六郎曰:"圣上曾以阵图出示小将,小将亦不识之,须待自出阵观,方见端的。"全节曰:"将军之言是也。"乃令整酒接风。

次日,六郎下令岳胜等披挂出阵。三通鼓罢,宋军踊跃而出。北将韩延寿见是六郎来到,自忖道:"这人将门之子,此阵他必识之。"乃下令各营俱要依红旗指挥,随时变化迎敌。军士得令,一声炮响,阵图排列,势如山岳隐隐。六郎于马上停视良久,谓诸将曰:"我于阵图无一不曾学过,未尝见此阵来。好道是八门金锁阵,又多了六十四门;好道是迷魂阵,又有玉皇殿。如此纷沓,怎敢攻打?只得回军再议。"遂命岳胜等收军,番人亦不追赶。六郎回到军中,与全节议曰:"此阵果排得奇妙,小将亦不知为何阵。"全节曰:"将军不识,其馀不足言矣。"六郎曰:"当遣人奏知,御驾亲来,计议进兵。"全节即差人赴京进奏。

真宗闻奏,与群臣议曰:"其阵杨郡马不识,非等闲也。朕当亲往观之,以议进征之策。"八王奏曰:"陛下今肯亲监军士出战,成功可立而待。"帝意遂决,下命寇准监国,大将胡延赞为保驾大将军,八王为监军,遣使召取沿边将帅,俱要赴九龙谷听用。使臣领旨既去,各处得旨,俱发兵往九龙谷俟候去讫。

却说车驾离了大梁,望幽州进发。大军不数日到了九龙谷。杨六郎、王全节等接驾入寨。众将朝毕,帝宣六郎入帐,问其阵势何如,六郎曰:"阵图异常,臣罕见也。请圣上来日观之。"帝下令明日看阵。六郎退出,分付各营准备保帝明日看阵。

却说番人听得宋君亲到,韩延寿与椿岩议曰:"宋君车驾亲来督战,军士英勇十倍。今我等亦当奏请娘娘车驾亲来监战,则诸将知所尊畏,大功更易成也。"岩曰:"汝言有理,请即行之。"延寿写表遣人回幽州奏萧后。萧后闻奏,即与群臣商议。萧天左奏曰:"此战取中原大计,关系极重,娘娘当准其所奏。"后悦,因令耶律韩王监国,萧天左为保驾将军,耶律学古为监军,即日驾离幽州,望九龙谷进发。韩延寿迎接入寨,奏知宋人不识阵图及宋君欲亲出阵观看之事。后曰:"卿等尽心竭力,若得中原,定行裂士分茅。"延寿拜命而出。

次日,三通鼓罢,真宗车驾拥出,将佐前后摆列。萧后亦亲出阵,遥见黄纛下真宗高坐马上看阵。萧后跨着紫骅骝,立于褐罗旗下,高叫:"宋主一统中原,贪心不自知足,屡欲图我山后九郡,实无奈何。今特来决一雌雄。若破得此阵,山后尽献。不然,还要尽图陛下城池也。"真宗答曰:"汝貊狄硗瘠之地,纵献于我,有甚裨益!但汝等不尽殄灭,边患无日止息。每每兴兵,坐此故耳。朕今亲到,尚欲饮马幽州,扫空巢穴。今逢此小阵,而不能破耶?"言罢,挥军还营。萧后亦回军去讫。

### 宗保遇神授兵书

却说真宗看了阵图,回营召集诸将议曰:"朕观其阵,变化多端,今卿等皆不识之,将奈之何?"六郎奏曰:"臣想此阵,六甲天书下卷有之。臣止学上中两卷,方欲学下卷,臣父被潘仁美、王侁等陷死狼牙谷,遂失其传。此阵妖遁不一,若欲攻打,不知从何而入,从何而出。想臣之母或得闻其概,乞陛下召来问之。"帝大悦,即遣胡延显赍敕命星夜回汴,召取令婆。

延显领旨,径赴无佞府见令婆。宣诏毕,令婆拜受,款待延显,乃问阵图之由。延显答曰:"日前圣上亲出观阵,亦不识之。彼臊奴得志,出言不逊,因此特来宣召老夫人观阵,计议进攻之策。"令婆曰:"既圣旨来召,敢不赴命!明日即行。"胡延显辞出。次日,令婆谓柴太郡曰:"老身今往九龙谷观阵,若宗保回来,勿以告之。"太郡领诺。分付已毕,遂与延显离了无佞府,径往幽州而行。

却说杨宗保正打猎之际,忽人报有天使来召令婆看阵。宗保闻言,慌忙拍马奔回。回到府中,即问太郡曰:"令婆何在?"太郡曰:"入宫中见娘娘商议国事去了。"宗保笑曰:"母亲诳着孩儿。"言罢出府,跳上骏马,竟进城中体访令婆消息。行至北门,见军校问曰:"汝见令婆在此过否?"军校答曰:"早间同天使赴幽州御营去了。"宗保听罢,亦不回府,勒骑随后赶去。

　　一路探问，皆道过去已久。宗保追赶而去，不觉日色渐渐将黑，且不识路，径入一穷源僻坞，两边树木茂密，并无人户居住。宗保大惊，欲待转去，林深路窄，昏暗沉沉，东西莫辨。正慌急间，忽前面一点灯光透出。宗保心忖道："那里灯光之处，必是人户。"乃随着光影而去。既到其所，只见一宇，俨似庙廷。遂拴了马，叩户数声。忽有人开门，引宗保进去。乃是一妇人巍然独坐于殿上，两旁侍从美丽无比。宗保鞠躬于阶下，那妇人问曰："汝何人也？有甚缘故，暮夜叩我之扉？"宗保道知其情。妇人笑曰："汝令婆一人耳，那知仙家作用。即赴军中，亦是枉然。"因令左右具酒款待。宗保跑得腹中饥渴，开怀饮之。又献出红桃七枚、肉馒头五个，宗保亦尽食之。妇人复取出兵书，付与宗保，言曰："吾居此地四百馀年，世人未尝睹面。我与汝有宿缘，致使今宵会晤。"遂将兵书逐一明明指示。其晚那妇人所赐之饮食，皆仙丹也，宗保吃了，心下豁然明敏，其兵书一指点，洞彻无遗。授毕，乃曰："汝将下卷再详玩之，内有破阵之法。汝去扶佐宋主，擒捉番贼，不枉今宵之奇逢也。"宗保拜受毕，但见东方已白，妇人令左右指引宗保出路。宗保辞别，行不数步，那左右曰："此去十里之遥，便是九龙谷。"言罢，忽不见。

　　宗保在马上且惊且疑。出了深林，只见坦然一条大路，宗保遂问路傍居民曰："此山何名？"居民曰："此一座山乃红垒山也。"宗保曰："内有人烟否？"居民曰："无有。但人传言，原日有个擎天圣母娘娘在内，如今庙宇俱已倒败，惟有基址焉。"宗保听罢，默然自思："此真天缘奇遇。"有诗为证：

幽谷迷行处,天缘偶会奇。

兵书明授与,一一剖玄机。

却说令婆随胡延显到了九龙谷,径入御营,朝见真宗。真宗道知不识北番阵图之事,令婆曰:"老妾曾得先夫传授几卷兵书,但不知此阵有否,容妾出阵看之。"帝允奏。令婆辞出,次日与六郎登将台瞭望其阵,但见兵戈隐隐,杀气腾腾,红旗一动,即换其形。令婆曰:"此阵未尝见也。"又取兵书对看,亦无此阵,谓六郎曰:"此阵莫道是老母不识,即汝父在,亦不识也。"六郎曰:"似此奈何?"令婆曰:"我杨门不识,他人愈不识矣。"言罢,下了将台,与六郎等回到军中。

正在忧闷,忽报宗保到。六郎怒曰:"戎伍之中,不知他来何干?"道罢,宗保入来,见父怒气未息,乃曰:"爹爹这等烦恼,莫非不识此阵图乎?"六郎曰:"谁问汝来?好好回去,若再多言,定行鞭笞。"宗保笑曰:"我去到不打紧,有谁破此阵图?"令婆闻言,唤近身傍,低声问曰:"汝能识此阵乎?"宗保曰:"待去一看,便知分晓。"令婆遂唤岳胜等保护宗保登将台看阵。岳胜等得令,遂辅从宗保登台瞭望。宗保左顾右盼,良久之间,谓岳胜等曰:"此阵排得果然奇妙,但亦有不全之处,可以攻之。"岳胜等曰:"今营中将帅如云,无一人能识,小将军何以知之?"宗保曰:"待回军中道之。"

众人下了将台,岳胜入见六郎,言曰:"小将军深知此阵,言破之不难。"六郎笑曰:"小孩童作耍说话,汝何信之?"岳胜即出。宗保入见令婆,道知阵有可攻之隙。令婆曰:"且莫说可破,汝既知之,名为何阵?"宗保曰:"一言难尽。此阵一座座俱是按名把守,自九龙谷北东上起，直接西南一派，内有七十二座将台，将台之傍有路往来相通，名为七十二座天门阵。左边黑旗之下，阴雾沉沉，乃吞迷人魂之所，下面倒埋孕妇。能为祸害，惟此一处，实难破之。其设立未备之处，乃中将台玉皇殿前，缺少天灯七七四十九盏，青龙阵上少了九曲黄河，白虎阵上少了虎眼金锣二面、虎耳黄旗二面，玄武阵上少日月皂罗旗二面，这几处乃是可攻之隙。若能依法调兵打之，如汤浇雪，霎时消除矣。"令婆曰："我的乖乖，汝何由知此阵局？"宗保将追赶失路、遇神授书之事从头告之。六郎以手加额曰："此圣上洪福所致，故使汝得此奇遇。"

次日，六郎进御营奏帝，言其阵名并可攻之处。真宗大悦，言曰："卿既识此阵，急遣兵攻打可也。"六郎曰："待臣出与宗保议之。"帝允奏。六郎退出军营，唤宗保计议。宗保曰："闻他丙申日布阵，取其干支相克。吾当用支干相生日，出兵破之。"六郎然之，遂下令诸将俟候出阵。

却说王钦闻六郎说阵图排得不全，即遣心腹人星夜入番营报知韩延寿。韩延寿得报大惊，急奏萧后。萧后即宣吕军师入帐问曰："卿排其阵，缘何又有不全之处？"吕军师曰："是谁来说？"萧后曰："宋人道排得不全，破之甚易。"吕军师自思："彼军中能识此阵者，亦非凡夫矣。"遂奏曰："非臣不肯排全，但欺宋不能识之。今彼既窥破，臣将不全之处一一加添，纵使神仙下降，无能为矣。"后曰："卿宜快添，勿被敌人攻破。"吕军师即出军中，下令于玉皇阵上添起红灯七七四十九盏，青龙阵上布起九曲黄河，白虎阵内左右建起二面黄

旗,中间设立金锣二面,玄武阵上竖起日月皂旗。阵图全备,浑如铁桶。有诗为证:

> 图局神人未布齐,英雄幸有可攻机。

> 一从奸贼传消息,不许凡人着眼窥。

却说杨六郎因宗保遇神授兵书,识破其阵,心甚喜悦,乃下令诸将,并依宗保指挥。择定其日,奏帝出兵攻阵。帝闻奏,下敕各营并进,杨六郎营中听用。宗保复引岳胜等登将台观望。但见天门阵原不全处,尽皆添设,无一丝可攻之隙,遂大叫一声:"好苦!"跌倒台上。岳胜等大惊,慌忙扶下将台,转入帐中,报知六郎。六郎急令人救醒,问其缘故。宗保曰:"番阵不全之处,今皆添设全备。若欲破之,除非天仙降临凡世。"六郎听罢,昏闷倒地。众人急救起来,嘿嘿不醒人事。令婆放声大哭,众将皆慌,宗保曰:"婆婆且休号哭,快请八王来计议。"令婆乃收泪,着人请得八王到营。令婆道知其由,八王曰:"既郡马暴疾,当速奏圣上知之。"八王即辞别令婆,入见真宗,奏知六郎得疾之故。帝大惊曰:"若使杨郡马不测,则此阵谁能破之?"八王曰:"陛下休忧,乞出榜招募名医治之。"帝允奏,即出榜文挂于辕门之外。

却说钟离见洞宾时去时来,神思恍惚。待其既出,遂拨开云雾视之,只见他降临番地,与萧后排下一阵,助他灭宋。乃叹曰:"此畜生,气何不除如此!昔日怒斩黄龙,今日因我说他之过,遂动气竟去扶辽灭宋,以灭我之口也。设我不去解围,倘此畜生灭了宋君,犯却天条,怎生恕饶?且于我仙班中分上不好观看。"遂乃降临宋营,只见辕门外张挂募医榜文，直向前揭之。军校报入御营，近臣奏知真宗。真宗宣进，问曰："卿姓甚名谁？居于何处？"老人曰："臣居来逢庄，姓钟名汉，奉道半生，人皆呼为钟道士。今因杨将军得病，臣特来医治。"帝见其表表威仪，暗思此人必能医治，乃令钟道士往视六郎病症。须臾看了，即回奏曰："臣能治之。"帝曰："卿将何以治之？"钟道士曰："臣视其症，只要两味药，调服即愈。"帝曰："那两味药？"钟道士曰："此两味药，有一味甚难得。"帝曰："卿试言之。"钟道士曰："却要龙母头上发，龙祖项下须。"帝曰："出于何处？朕遣人求来。"道士曰："若论龙须，陛下项下有之。龙母之发，必向萧后头上求之。"帝曰："此时正与争衡，怎么求得？"道士曰："若求不得，病则难疗。"八王奏曰："杨郡马部下皆多智之士，陛下可出密旨，说有人过辽求得萧后发者，重加赏赐。"帝允奏。钟道士退出讫。

### 孟良入辽求发

真宗因八王所奏，遂密写旨付八王。八王领旨，径到六郎营中看视，乃与令婆计议其事。令婆得旨，即唤岳胜入来，与之言曰："圣上有密旨在此，说有人往番营求得萧后发者，回来必重加赏赐。我想起来，则有一个消息可以求得，只是无一个机密之人前去。"岳胜曰："不知老奶奶有何机栝，可以求得？"令婆曰："闻萧后将女招赘我四郎为婿，若有人以信通之，此发必竟求得。"岳胜曰："军中有孟良者，可以去得。"令婆召孟良入，与言其事，孟良慨然领诺。是夜，入见钟道士，问要发多少，道士曰："不拘多少。但还有两事，汝一并干来。"孟良曰："有那两事？"道士曰："萧后御厩中有匹白奇骥，可偷来与宗保乘之。又御苑中有九眼琉璃井，其水番人化来，布于青龙阵上九曲黄河之内。汝将粪土填中一眼，其龙被污，即旱无水。彼无处取水，此阵不足破也。"

孟良得令，径偷过番营而去。忽焦赞从后赶上，孟良回头见之，恨声曰："冤家！你来何干？"赞曰："因哥哥一个独行，我心不安，特来陪伴。"良曰："干此等之事，全要机密，如何同汝去得？"焦赞曰："只有哥哥机密，而我便泄露耶？死便就死，定要同去。"良无奈，只得与他同去。

及到幽州城中，酒店安下。次日，良谓赞曰："汝在店中停止，我去打探驸马消息便回。切莫出街，被人识破，有误大事。"焦赞领诺。孟良装作番人，入到驸马府中见四郎，道知本官染疾求发之事。四郎曰："我府有人缉探，难以容汝。且暂出外，待吾思计救之。汝过数日来领。"孟良领诺，仍复回店中歇息。

却说四郎夜间转辗思忖，忽生一计，大声喊叫心腹疼痛。公主大惊，问曰："驸马心疼，原日有的？近日新添？"驸马曰："原日有的。"公主急召医官调治，全无应验，愈叫疼痛。公主曰："驸马原日怎生得此疾来？"驸马曰："幼年战争伤力，衄血于心，每尝作痛。"公主曰："先日曾医治否？"驸马曰："先日曾得龙发烧灰调服，好了数年，今不觉陡然又发。"公主曰："龙发何处得之？快使人去求来治疗。"驸马曰："中国才有，此地那里去讨？但得娘娘龙发，或者可代。"公主曰："此则不难。"即遣人前往军中见萧后，道知驸马病发，要龙发治疗之事。萧后曰："驸马之疾，此而可治，吾何惜哉。"遂剪下一握，付与来人。来人星夜回幽州，将发递进府中。驸马假意取些烧灰服之，其痛立止，公主大喜。次日，驸马正以所剩之发藏下，只见孟良入府，即付与之。孟良接了发拜辞，径转店中，付与焦赞，乃曰："汝速拿此发回营，救取本官，我干完了事就来。在途仔细，勿得有误。"焦赞领了发，星夜奔回九龙谷不题。

却说孟良那晚悄悄地入御苑去看，只见果有九眼琉璃井，遂将粪土沙石填塞中眼毕，抽身出了御苑，直走到一寺门前坐着。捱到天亮，径往御厩看马。只见番人正在喂马，孟良打番语云："娘娘有旨，遣我来牵此马出教场训练，明日骑出与宋对阵，庶不误事。"养马者曰："拿旨我看。"孟良来时，得江海送萧后假旨一张带在身傍。那人一问，孟良徐即取出示之。那人见印信是真，遂不疑其为假旨，即牵马与孟良。孟良骑出教场，勒走一番。将近黄昏，打马径往九龙谷而跑。及番人知觉，随后追赶，孟良已走五十里矣。

孟良得马回到军中，见钟道士道："已干了三事回来。"道士曰："汝到有些胆略。"遂进真宗御帐，奏剪龙须和合。真宗欣然剪下，付与钟道士。钟道士即将和之，调酒灌下六郎口去。霎时间，六郎苏醒，康泰如故。真宗闻钟道士治好六郎，不胜之喜，乃宣入御帐，言曰："赖卿治好郡马，特封一职，以酬汝劳。"钟道士曰："贫道山野愚夫，胸中空空，上不能致君，下不能泽民，何敢居职旷官！"真宗曰：

"卿何谦退若是！以朕观之，子才不亚周、召矣。"钟道士曰："荷陛下知遇之恩，待臣再与杨将军同破此阵，以报万一云尔。"真宗喜曰："卿能建此功绩，朕当勒名鼎石，垂之于不朽也。"道士曰："此阵无穷变化，一有不备，难以攻打，容臣指示宗保行之。"帝允奏，遂权授钟道士为辅国扶运正军师，凡在营将帅，不必奏闻，并听调遣。

道士谢恩而退，来见六郎。六郎拜谢，钟道士曰："此亦君当有此小厄，今幸安痊，可与令郎破此阵图。"六郎即唤宗保拜钟道士为师。宗保拜毕，钟道士曰："吾见军中人马缺少，不足调遣，难以破敌。"宗保曰："何以处之？"钟道士曰："须遣人再调各处军兵来营听用。"宗保曰："师父说要调遣何处军马，任凭使人召来。"钟道士遂令胡延显往太行山，召取金头马氏引本部军兵前来御营听用。又遣焦赞回无佞府，召取八娘、九妹、柴太郡来营听用。又令岳胜往汾州口外洪都庄，调回大将王贵来营听用。又令孟良往五台山，召取杨五郎带领僧兵来营助战。分遣已定，胡延显等各领令而行。

# 第 五 卷

## 孟良金盔买路

却说孟良不日到了五台山,见五郎道破天门阵一事,乞下山来相助之意。五郎曰:"前者澶州救吾弟后,回到山来,一心皈依佛教,扫除尘缘,那肯复临阵伍,伤吾之行!汝今又来缠害,何也?"孟良曰:"此非小将己事,上命差遣,不敢不来。望师父念本官勤劳王事情分,勿辞一行。"五郎曰:"萧天右、萧天左乃二逆龙精降生,天右已被我除之,天左尚在。此孽障不比天右,若还我去,必竟调我战他。我今思忖,惟木阁寨后有降龙木二根,得左一根与我为斧柄,便能降伏此人。汝若能求得此木,徐即下山,不然,去亦无益。"孟良曰:"师父果若要之,小将敢辞劳苦?只得前去求来。"五郎曰:"汝速去求来,吾亦准备下山。"孟良辞别五郎,竟往木阁寨而去。

却说木阁寨主,号定天王,名木羽。有一女名木金花,又名木桂英。生有勇力,曾遇神女传授神箭飞刀,百发百中。有一日与众喽罗打猎,射落一鸟。有诗为证:

结队纷纷出寨东,分围发纵势豪雄。

龙泉光射腰间剑,鹊血新调手内弓。

犬带金铃飞草际,鹘翻锦翅没云中。

平原十里秋风冷,沙草萧萧半染红。

木桂英游猎之间,只见一鸟飞过,拽弓射之。那鸟应弦而落,怡落于孟良面前。良拾之而去,行未数步,忽有五六喽罗赶来,叫声:"好好将鸟还我,饶汝一死。"孟良听得这话,停步不行。喽罗近前来捉孟良,被孟良拳起脚踢,打得那些喽罗抱头乱窜,奔忙报知桂英。桂英与众喽罗追赶孟良。孟良听得后面喧嚷,知是贼众赶来,取出利刀,挺立待之。忽桂英到,大骂曰:"这狂夫! 敢如此胆大,却来俺这里逞英雄也。"孟良亦不打话,舞刀来战桂英,桂英举剑迎之。连斗数十合,孟良见喽罗拥来,恐被所伤,遂扭身奔走。桂英与战,见其刀法熟娴,疑是诈败,遂不追之,只与众人退守隘口。孟良进退不得,遂谓喽罗曰:"吾将所拾之鸟还汝,汝开路放我过去也罢。"喽罗曰:"汝才逞英勇,如今缘何就小心了? 但汝来错了路,谁不知道要过木阁营,须留金与银。倘无钱买路,休道一日,就是一年也过去不得!"孟良闻说,自思:"我来与他求木,连性命也难保了。"只得取下金盔递与喽罗,以作买路之资。喽罗奉与桂英,桂英既得金盔,令开路放他过去。

孟良急奔回寨见六郎,道五郎要斧柄,及将金盔买路一事,尽行诉说。六郎曰:"此等泼妇,甚是可憎。"宗保曰:"儿愿与孟良同去取来。"六郎曰:"恐汝不是其敌。"宗保曰:"随机应变,爹爹不必罣虑。"那日与良引军二千,竟到木阁寨外呐喊。木桂英闻知,乃全身披挂,引众鼓噪而出。宗保曰:"闻汝寨后有降龙木二根,乞求一根与我为斧柄,待破阵之后,遣礼相谢。"桂英笑曰:"汝要求木,胜得手中宝刀,莫说一根,两根俱奉。"宗保与孟良言曰:"狗妇出言如此不逊,待我捉之,自往砍伐,何必恳求于彼!"乃挺枪直取桂英。桂英舞刀相迎。交战十数馀合,桂英卖个破绽,拍马佯败,走过山隅。宗保乘势追之,桂英抽身转回,拈弓暗放一箭,射中其马。宗保落马,桂英近前活擒而去。孟良随后赶上救应,寨上矢石交下,不能前进。孟良曰:"我等不可退去,必要寻个计策,救出小将军回营。"众军依言,遂扎住于阁下。

却说木桂英捉得宗保入帐,令喽罗紧紧绑缚。宗保厉声曰:"要杀便杀,用此苦刑何为!"桂英见其生得眉目清秀,齿白唇红,言词激烈,暗忖道:"若得此子匹配,亦不枉生尘世。"密着喽罗将匹配之事道之。喽罗道知宗保,宗保寻思半晌:"我要求彼之木,今不应承,死且难免。莫若允之,以济国家之急。"乃曰:"蒙寨主雅情,愿从其命。"喽罗以肯就回报桂英,桂英大喜,亲释其缚,扶起宗保相见,令左右整酒款待宗保,对坐欢饮。

酒至半酣,忽寨外喊声大振,人报宋兵攻击甚紧。宗保曰:"蒙寨主与生既效鸳凤,事同一体,乞开门说与部下知之,以安其心。"桂英然之,令喽罗开门,以此情说知宋兵,放孟良一人入帐来见。孟良见宗保与桂英对席而饮,曰:"小将军在此无限喜乐,却把我众人胆亦吓破矣。"宗保将成亲之事道知孟良,孟良曰:"军情紧急,待暂辞别,容后日再来成就何如?"宗保哀告桂英,桂英曰:"郎君要去恁紧,明日即当送行,不敢久相淹留。"次日,宗保与桂英求降龙木,桂英曰:"郎君且回,待妾送来,以作进身之资。"直送宗保至山下,俱有恋恋难舍之意。宗保曰:"我倘遇难请救应,幸勿推辞。"桂英领诺而别。有诗为证:

> 郎才女貌两相宜,洞府摇红烛影辉。
>
> 一夕恩情山岳重,临岐不忍遽分离。

宗保引众军回见父亲,言曰:"不肖去木阁寨与桂英交锋,误被暗箭伤马,遂擒儿而去。复蒙不杀,强逼成亲,儿亦无奈,只得允从。今特来请罪。"六郎曰:"得木来否?"宗保曰:"未有。桂英道他亲自送来。"六郎大怒曰:"我因王事倥偬,起处不遑,汝今求木,又未得来,乃贪私欲而忘君亲。予何不幸,养出此不肖之子,要他何用!"喝令推出斩之。左右以宗保正在绑缚,令婆闻知,急出言曰:"宗保虽犯军令当斩,但目下正要破阵,且姑留以备用也。"六郎曰:"若非婆婆相救,决不饶汝。权囚禁于军中,待破阵之后取出问罪。"孟良跪下告曰:"请将军息怒。小将军之事,诚不得已。既被其擒,已为笼中之鸟,又且欲求其木,此时安敢不从!乞赦其囚禁。"六郎竟不允,将宗保囚了。宗保所以被囚者,六郎恐其贪恋新婚,而不用心破阵也。

次日,孟良密入禁中见宗保,言曰:"适见钟道士,言小将军有二十日血光之灾。今在此受禁,亦准折了。没奈何,只得忍耐。"宗保曰:"父亲冤屈我也! 吾之所为,汝尽知之。但我在此想来,桂英甚好才能,得他来相助,大有利益。汝今再往见之,一者求木,二者叫来助吾出阵。"孟良领诺,辞别而去。

## 木桂英活擒六郎

次日,孟良领宗保之言,径往木阁寨见桂英,说知小将军被囚,特来请助之意。桂英曰:"悬望汝主不来,正要着人相接,汝今到来请我,我如何离得此地!速归拜上本官,他不放小将军出来,吾即引众来相攻击。"孟良听罢,愕然曰:"寨主既与小将军成了佳偶,正宜引军相助,何故出此不睦之言?"桂英怒曰:"夫之不幸,即妾之不幸。夫为我囚,彼即我也,乃我之仇敌矣,吾安得而不引众以攻之哉!再勿摇唇,试看此刀利否?"孟良曰:"今日天晚,容小将歇宿一宵,乞念本官情分何如?"桂英曰:"这个使得。"孟良遂退出寨前安歇。孟良忖道:"若不下个毒手,如何能勾他去相助?"立定主意,候至二更,密往寨左,放火烧之。正值九月天气,狂风大作,霎时间烟焰张天,四下烧着。喽罗大惊,齐出救火。孟良提刀,进到寨后,砍了降龙木。复入寨中,将家眷杀了一半。孟良恐被众人知觉,负着降龙木,竟往五台山去了。

比及救灭了火来,知是孟良,四下搜寻,人道已去多时。复入寨看,只见杀死家属。桂英大怒,即点集部众,杀奔九龙谷而去,报此冤仇。行了数程,有一喽罗进前言曰:"孟良行此策,见寨主不肯下山相助,彼实无戕害之意。且今山寨已烧得零落,家小又杀伤了,不如举众相助大宋,一则完成佳偶,二则代朝廷立功,多少是好。何必与他厮杀,自伤和气!"桂英沉吟半晌,乃曰:"汝言亦有理。"遂引众回去,收拾寨中粮草物件装载于车,扯起木阁寨令字旗号,引众竟赴宋营而来。有诗为证:

　　　　紫箫声断凤凰台,缅想离情恨满怀。

　　　　不是毒心焚却寨,怎能勾引下山来。

　　宋军望见木阁寨旗号来到,忙报六郎。六郎怒曰:"此泼妇引诱吾儿,殊为可恨。今日又来勾引,待吾砍之,以绝后患。"即引军出阵,大骂曰:"贱人!好生退去,也自干休。不然,枭汝首级。"桂英大怒,忖道:"我好意引兵来助,今反受他凌辱!"亦不打话,拍马直取六郎。六郎举枪,与之交战。数十余合,不分胜负。桂英佯败而走,六郎纵骑追赶,喝声曰:"走那里去!"桂英拈弓搭箭,射中六郎左臂,翻落马下,桂英勒回马捉之。此时岳胜、焦赞等,皆不在军中,无人救应。桂英乃将六郎绑回原寨。

　　正行之间,忽山坡后旌旗蔽日,一彪僧兵来到,乃杨五郎与孟良也。桂英列开阵脚。孟良拍马近前,望见六郎被捉,大惊,叫曰:"将军因何成擒?"六郎未答。桂英问曰:"此何人也?"孟良曰:"汝乃翁也。"桂英惊曰:"汝若不来,险伤大伦。"亟跳下马,令人急解其缚,乃拜曰:"误犯大人,万乞赦罪。"六郎曰:"不须下礼,汝且起来相见。"五郎等一齐合兵,回至九龙谷。六郎令人放出宗保,与桂英同拜令婆。令婆不胜欢喜曰:"此女真吾孙之偶也。"因令具酒,与五郎等接风。

　　酒至半酣,人报岳胜、胡延显等召取各处兵马皆到。六郎大喜,即出寨迎接。王贵、金头马氏、八娘、九妹等齐入帐内。相见毕,六郎请王贵,拜曰:"叔父驰驱风尘,乃小侄累及,幸勿罪也。"王贵曰:"贤侄与我同一王臣,何云累及!"王贵等皆拜见令婆毕,六郎设酒款待。众人尽欢而散。

次日,六郎入御营奏曰:"今诸路军马俱已到寨,特请圣旨,号令破阵。"帝曰:"既诸军皆到,卿宜乘机而行。自今以后,不必俟朕之旨,任卿调遣。"六郎领命,退出军中,与宗保商议破阵。宗保曰:"破阵须要择好日辰,目下数日不利,钟师父亦言姑待两日方好。儿今先引诸将看其破绽。"六郎允之。

次日,三通鼓罢,宗保全身披挂,扬旗鼓噪而出。番将黑鞑令公、韩延寿耀武扬威,跑出阵前。见南阵上众将拥着一小童子,端坐白骥之上。延寿认其马是萧娘娘所乘的白骥,大喝一声,恰似雷震。宗保忽然落于马下。众将慌忙救起,扶转军中。入帐坐定,钟道士将白汤滚下一丸药,即时安妥。六郎问坠马之故,众将答道:"正对阵之际,番人厉声一喝,小将军遂落马下。"六郎听罢,叹曰:"还未交战,但闻声息,战栗如此,安能望其成功!竖儿不足以谋大事。"钟道士曰:"此非宗保惧怯,不能接战。特因其年幼小,将军必奏圣上筑坛拜他,授以重任,赐他一岁,始能出阵破敌。"六郎依言入奏真宗。

真宗与群臣商议,八王奏曰:"当允六郎之奏,重封宗保之职,始能调遣三军,以破辽也。"真宗曰:"当封何职?"八王奏曰:"辽宋胜负,在此一举。今日封职,不可如往日授他将之职,苟简呼遣而已。"真宗曰:"必如何以封之?"八王曰:"昔日汉高祖拜韩信为帅,使军士知所尊敬。今日亦仿汉高之行可也。"帝允奏,下令军士于营外筑起三层将台,四方竖立旗竿,按方色扯旗,礼仪法度,一如汉制。不一日筑完,回奏真宗。真宗斋戒沐浴,择吉日引群臣同到将坛之上。真宗登坛,宣宗保升坛。宗保跪下。真宗焚香祝告天地毕,真宗亲为挂大元帅印,封为吓天霸王、征辽破阵大元帅。宗保领旨谢恩毕。帝谓众臣曰:"朕以宗保年幼,特赐一岁,以作满丁之数。"八大王奏曰:"陛下既赐一岁,臣等亦赠一岁,凑成一十六岁,令满过丁年,使他出阵,有万倍之威。"真宗大喜,即下敕赐宗保一岁,众臣赠一岁,差军校捧金牌敕书,送归营寨。宗保再拜受命,与军校先回营去。真宗始下坛,同群臣转于御营。

翌日,宗保坐军中,下令各营听候攻阵。请钟道士入帐,商议进兵。钟道士曰:"番阵之内,中间道路曲折极多,必先得一粗心大胆者进去巡视一番,回来说与众军知之,然后可以攻击。"宗保乃问曰:"谁敢去巡视天门阵?"焦赞应声曰:"小将愿往。"宗保允其行。

焦赞退归本帐,与牙将江海议曰:"我今要去巡视番阵,君有何策教我而行?"海曰:"若无萧后敕旨,如何进去看得?君今要往,必须假借萧后敕旨夜巡,方可去得。"赞曰:"那里讨着印信?"海曰:"此事不难。我父曾为萧后掌印之官,遗有印式,被我依样刻出。日前孟将军去偷良骥,亦是我把印信与他。今我仍将此印,印着一张假旨,与君前行,管取巡视回来。"焦赞大喜,遂与海索了假旨,星夜离了本营。

去到天门阵,先视铁门金锁阵,只见番将马荣,雄威赳赳,立于将台之上,部下把守如铁桶一般。见焦赞问曰:"汝何人也?敢来此巡视!"赞曰:"我奉娘娘敕旨,来此夜巡。"荣曰:"敕旨何在?"赞即取出示之。荣看罢,开阵放赞过去。赞遂过了铁门阵。又到青龙阵,铁头太岁厉声言曰:"此何去所,汝来此夜行?"赞曰:"娘娘有旨,遣来巡视。"太岁请旨看毕,放赞过了青龙阵。赞入其中遍视,道路丛杂,又闻四面金鼓之声,心甚惧怯。又到白虎阵,守将苏何庆喝声:"是谁来此看阵?"赞道:"领娘娘敕旨夜巡。"苏何庆讨旨看了,遂开阵放赞过去。赞慌忙走到太阴阵,见许多妇人赤身裸体,绕台而立,阴风习习,黑雾腾腾,不觉头旋脑闷,心神恍惚。黄琼女手执骷髅,将焦赞截住。赞喝曰:"吾奉娘娘敕旨巡视,汝何得拦阻?"琼女索旨看毕,放赞过去。

焦赞雄心顿消,十分慌乱,不复思进观看里面之阵,乃从傍边走出阵来。跑回营中,入见宗保,说知阵图,其中如此如此。宗保听罢,即请钟道士商议。钟道士曰:"惟有太阴阵极难破,下令先破此阵,其馀可以依次而攻。"宗保问曰:"太阴阵上,妇人赤身裸体而立,此主何意?"钟道士曰:"彼按为月孛星,手执骷髅,遇交战之际,哭声一动,则敌将昏迷坠马。今破此阵,必先擒此妇也。"宗保曰:"谁人可往?"钟道士曰:"金头马氏前去,可以成功。"宗保下令,遣金头马氏:"汝引精兵三万,从第九座天门阵攻打入去。吾自有兵来接应。"金头马氏领兵去讫。宗保又请八娘曰:"姑姑可引军马一万,直逼太阴阵外俟候,待彼军一出,乘势杀进。"八娘领计去讫。宗保分遣已定,与钟道士登台瞭望。有诗为证:

蓬岛神仙侣,临凡辅宋君。

坐筹知胜败,先独遣红裙。


## 黄琼女反辽投宋


却说金头马氏引兵从第九座门呐喊攻打。黄琼女听得,赤身裸体出阵迎敌。马氏一见,乃骂曰:"汝乃西夏国王亲生之女,引军助人战争,指挥不得自由,而受他人指挥,是无能也。且妇人所以异于男子之行藏者,特掩敛身躯一事耳。今汝不识羞耻,现露父母遗体而出阵,耀武扬威,纵使成功,亦受人之唾骂,不知明日何颜回见父母兄弟?"琼女被马氏骂得默默无言,羞惭满面,跑马回入阵中去了。马氏见阵上杀气腾腾,刀枪晃晃,亦不追赶,遂与八娘合兵而回。

却说黄琼女回到帐中,自思:"我来助他,令我赤身露体,真个羞辱无限!曾记当年邓令公为媒,吾父将我许配山后继业六郎,只因邓令公丧去,遂停止此姻事。今闻统宋大军乃六郎也,是我旧日姻配,不如引部下投降于宋,续此佳偶,扶助破番,报复此等耻辱,岂不妙哉?"计议已定,次日密遣部军送书入马氏营去。马氏得书,报知令婆。令婆曰:"彼今不言,我亦忘之。昔在河东时,果有此议。盖因邓令公弃世后,遂不曾成其亲事。"马氏曰:"此女昨被我耻辱一番,今日来降,料非虚情。老太太可与令郎商议。"令婆遂召六郎入来,道知黄琼女为旧日结姻之事,今日遣人下书,要来投降,以寻旧好。

六郎曰："来降则可,会亲则难。此时交兵之际,何暇于此!待破阵之后,又得计议。"令婆曰："汝言差矣。彼因亲事,方肯来降,汝若迟迟为词,他心怀疑,不肯来矣。当今用人之际,彼一来降,此太阴阵不攻自破。且宋添一羽翼,而辽增一劲敌,此等机会,一举两得,甚为大幸。依老母之言,允之可也。"六郎从母命,即修书与来人回转,约期明晚里应外合。阵图一破,请入军中毕姻。

黄琼女得书,不胜之喜。次日,将近黄昏,下令众军整点齐备。忽阵外金头马氏率本部攻打太阴阵,喊声大振。黄琼女听知宋兵已到,引众从里面杀出。巡阵黑先锋忽到,与马氏交锋,只一合,被马氏斩于马下。北兵大乱。黄琼女与马氏合兵一处,杀出北营而去。及韩延寿、萧天左引兵来赶时,马氏已回到营矣。二人懊悔无及而回。金头马氏带黄琼女入军中,见令婆言曰："今得黄琼女归降,又杀了黑先锋,大胜北番一阵。"令婆大悦。召六郎入来。黄琼女与之相见毕,各营军官一齐贺喜。

次日,宗保入禀六郎:"昨蒙钟师父指示阵图,攻打出入之路,甚是分明。后日乃是甲子,可以破阵。乞大人奏知圣上,亲来监战。"六郎曰:"汝用心定计进兵,吾即奏帝知之。"宗保退出,见钟师父问曰:"明日出兵,破何阵为先?"钟道士曰:"铁门金锁阵,乃咽喉紧要之所,先须破之。次则便及青龙阵也。"宗保曰:"可遣谁去破铁门、青龙两阵?"钟道士曰:"铁门阵可遣令正桂英一往,青龙阵要劳令堂柴太郡一行。"宗保曰:"桂英无辞。吾母有孕在身,如何去得?"钟道士曰:"但去无妨,今正要以孕气压胜此阵之妖孽也。"宗保领诺,入见六郎,道知调遣之事。六郎曰:"军令安敢有违。但汝母有孕,恐致疏危,怎了?"宗保曰:"钟师父道无妨,但着孟良扶助而行。"六郎允其说。宗保遂密书破阵计策,付与太郡、桂英。太郡、桂英领计而行,各引精兵三万,一声炮响,二支兵鼓噪而进。

却说木桂英领兵三万,将到番阵,分兵一万,号令各执火炮、火箭之类,候入阵交锋之时,炮箭齐发;又分军一万,着令从九龙谷正北打入,抄出青龙阵后,接应柴太郡之兵。众军领计而行。木桂英驱军呐喊,分左右攻打铁门金锁阵。番将马荣望见,离却将台,引众如天崩地裂而下。桂英约退一望之地,赚得马荣近前,交战二十馀合,不分胜负。桂英正战之际,其一万部兵,各望通道攻进。铁门兵一时进至,被宋兵放火炮、射火箭,伤损不计其数。铁拴、铁棍一十四门精兵俱来救应,被宋兵蜂涌而进,北兵遂乱其阵。桂英奋勇杀进,大喝一声,钢刀起处,马荣头已落地。宋兵乘势攻入,杀死番兵无数。有诗为证:

> 铁马金戈破阵图,马荣力怯竟遭诛。
>
> 苍天此际扶明圣,致使佳人立大谟。

却说柴太郡引军三万去到青龙阵,分付孟良曰:"汝引军一万,先攻九曲黄河,杀从龙腹而出。吾引兵攻打龙头,绕出阵后,与桂英会合。"孟良得令,领兵先进。郡主既遣良去,令军大喊,攻打龙头。守将铁头太岁引兵离将台直来迎敌。郡主交战数合,不分胜负。忽杀到中间,一声炮响,孟良引军截出,北兵大乱。铁头太岁复来迎战,柴太郡乘势催军进击。龙须、龙爪一十四门精兵齐出,柴郡主与孟良前后力战。将及半午，郡主用力战久，动了胎息，忽觉肚腹疼痛，渐渐难忍。郡主遂大叫一声："好苦！"部下军士无不失色。须臾坠下马来，产一婴孩，昏闷倒地。铁头太岁见郡主落马，拍马来捉。忽阵侧一彪军马，如风骤到，乃木桂英也。望见郡主在地，努力相救，近前与铁头太岁交战数合。铁头太岁被郡主生产腥气所冲，忽拍马而走，被桂英忙抛飞刀砍去，遂化一道金光冲霄去了。番兵大乱。孟良乘势乱砍番军，不计其数。桂英下马，扶起郡主，将所生之孩包裹了，放在己之怀内，复扶郡主上马，然后自跳上马杀出，遂破了青龙阵。有诗为证：

> 太郡威风不等闲，忽然胎堕阵图间。
>
> 桂英一马如迟到，险被妖魔短剑餐。

桂英大获全胜，回见令婆，道知破阵之事，郡主生产平安。令婆、六郎等大喜，乃安置郡主于后营休息。

却说北番韩延寿听知宋人又破了二阵，急召椿岩计议。岩曰："虽破此两阵，岂复能破我迷魂阵耶！待其再来，尽数戮之。"延寿曰："也难说这个话儿。阵图已被他破了三个，想彼军中亦必有智谋之士，勿得轻觑其为无用，将军可提防之。"岩曰："吾自有主张，不劳元帅忧心。"言罢，径与吕军师商议去了。

却说哨马来报知宗保，北兵阵图提防甚是严切。宗保曰："彼虽提防完固，被吾打破三阵，已挫折其锐气矣。今再依序攻打，何愁不胜。"言罢，乃请钟师父进帐，计议进兵。钟道士曰："当调兵攻打白虎阵，白虎阵一破，再看机而行。"宗保曰："此行可遣谁去？"钟道士曰："此阵令尊可以破之。"宗保领诺,徐即进告六郎。六郎曰："必我亲出,始能激励诸将。"宗保退出。

次日,六郎全身披挂,引骑军三千,杀奔北营,攻打白虎阵。宋兵喊声大振,势如潮涌。椿岩登将台,将红旗麾动。番帅苏何庆遂开中座阵门,领兵迎敌,正遇六郎耀武扬威来到。两骑相交,战上二十馀合,何庆佯输,勒马回走,宋兵乘势杀进。忽将台铜锣响处,黄旗闪闪,陡然变成八卦阵,霸贞公主引精兵围裹将来。六郎进入其中,只见门路纷纷,不知进退,被何庆催兵复回,围困六郎于阵。六郎左冲右突,不得其路而出。败军慌忙回报宗保。宗保大惊,言曰:"是我失其计策!"即唤焦赞谓之曰:"汝快引兵三千,从左侧攻入白虎阵内,将石打破两面铜锣,使虎无眼,则不能视。吾自有兵来应。"焦赞引兵去讫。又唤黄琼女谓曰:"汝引军五千,从右侧攻入白虎阵内,砍倒黄旗二面,使虎无耳,则不能听,其阵必乱。"黄琼女领兵去讫。又唤木桂英曰:"汝引骑军一万,从中门杀进白虎阵内,以救吾父。"桂英领兵去了。宗保分遣已毕,自引岳胜、孟良等接应。

却说焦赞一闻本官被围,声振如雷,率兵从左进攻。番将刘珂镇守虎眼,只见宋兵杀到,即下台迎敌,交马两合,被赞一刀砍了。杀散馀军,拍马走近台边,将铜锣打得粉碎,乘势杀进。却说琼女杀从右傍而入,恰遇番将张熙,交战一合,被琼女一刀砍于马下,遂近台前,将黄旗二面砍倒。与赞合兵,一齐抄出白虎阵后而去。苏何庆见阵势已乱,急来救应。木桂英杀入,与何庆交战二合,何庆力怯,绕阵而走。桂英拈弓搭箭射之,何庆应弦落马,被乱兵砍死。霸贞公主见夫落马，急来救应，不防后面黄琼女杀到，将铜锤从背脊心一打，霸贞公主口吐鲜血，单马走归本国去了。六郎闻得外面金鼓之声，思忖必是救兵来到，乃从中冲杀而出，正遇焦赞，合兵一处，砍杀番兵犹如切瓜，遂破了白虎阵。有诗为证：

> 白虎安排阵势巍，六郎攻打奋雄威。
>
> 旗锣砍倒无眸耳，顷刻尘清奏凯归。


## 令婆攻打通明殿阵

六郎破了白虎阵，宗保等迎接而回。次日升帐，诸将俱入拜贺。六郎曰："阵图果是玄妙，战至半酣，又变一阵，遂迷出路。若非救兵来到，险遇其害。"宗保曰："今爹爹破了白虎阵，可乘势进兵，攻打通明殿，则其馀阵图，破之无难矣。"六郎曰："阵中变化不一，汝须仔细调遣，勿得轻视，有误大事。"宗保曰："爹爹放心，儿已有成算矣。"乃请过令婆、八娘、九妹，谓之曰："敢劳婆婆与二位姑娘领兵三万，攻打通明殿。其殿有个梨山老母，婆婆一去，先要擒捉此妇。"言罢，令婆领兵而出。乃令八娘、九妹各引军一万前进。宗保又请王贵进帐言曰："敢烦老将军领军一万，从通明殿正中而入，以救应令婆之军。"王贵领军去讫。宗保分遣已毕，引诸将登台瞭望。

却说令婆引众呐喊，杀奔通明殿而去。椿岩见令婆杀进阵来，摇动红旗。梨山老母，董夫人是也。董夫人望见红旗摇动，拍马来与令婆交战。战了数合,董夫人勒马回走,八娘、九妹两翼夹攻,一齐赶入阵去。忽然,阵内金鼓齐鸣,番将围合而来,将令婆等困于其中。王贵急引兵从殿正中杀进去救令婆,恰遇北番巡营元帅韩延寿来到,拈弓搭箭,指定心窝射去。王贵应弦而倒,部下军兵被番人杀死大半。败军走回,报知宗保。宗保大惊曰:"伤损圣上爱将,此恨怎消!"即遣桂英引军五千前去救应。桂英得令,领兵去了。又令杨七姐,六郎女也,引步军五千,直入殿前打破红灯,令敌人不知变动。七姐引兵去讫。

却说木桂英望见阵内杀气腾腾,团团围定,纵骑突进,正遇董夫人力战八娘、九妹。八娘、九妹渐渐衰危,木桂英架箭当弦,射中董夫人之目,坠马而死。桂英催兵杀入,救出九妹、八娘、令婆等,合兵杀出。只见杨七姐打破了红灯,绕出通明殿后,与令婆等会兵一处,杀进阵内而去。韩延寿见宋兵威势甚锐,不敢接战,勒马退回去了。

宋兵遂夺得王贵尸首回寨,宗保等接见,无不悲伤。时王贵之妻杜夫人亦在行营,见夫阵亡,号泣不止。六郎曰:"婶娘请止悲哀,侄今去奏知圣上,重加旌表,以报其死。"夫人遂收泪不哭。六郎乃进御营奏道:"叔父王贵,乃出阵射死,其情可矜。乞陛下旌表,以励后人。"帝闻奏,感伤不已,乃允其奏。即宣杜夫人入御帐,抚慰之曰:"王令公,朕之爱将。今者战殁,朕甚悲悼。但幸有子,封为无职恩官,月给俸米八十石,候年满丁,入朝袭父旧职。封汝为忠义夫人,谥赠王贵为忠义成国公,钦赐金银缎匹一十二车。"敕旨既下,夫人谢恩而退。次日,杜夫人辞别令婆等,径回洪都庄去了。

　　却说宗保请钟道士入帐，商议进兵之策。钟道士曰："今虽破数阵，还有迷魂阵，极难攻打。当调汝伯五郎率僧兵前去，方能破之。"宗保曰："弟子在将台上瞭望，正北吕军师之营隐隐如山，此处弟子深忧，不能破之。"钟道士曰："汝不必多忧，待吾亲破此处。"宗保大喜而退。

　　次日宗保升帐，乃请五郎，谓曰："烦伯父领僧兵先出攻打迷魂阵，侄调兵来接应。"五郎即引头陀僧兵五千，呐喊杀入迷魂阵去。正遇番将萧天左接战，交马十数合，天左佯败，引五郎入阵。单阳公主纵马舞刀，直取五郎。五郎与战两合，公主拨回马走，五郎驱兵追之。只见五百罗汉一齐杀出，被头陀僧奋勇力战，将五百罗汉杀死一半。耶律呐在台上望见宋兵势锐，急将红旗麾动。忽阴风习习，雾气漫漫，一阵妖鬼，号哭而出。头陀僧兵尽皆昏闷，头疼脚软，不能前进。五郎大惊，急念神咒解之。然后引兵走回，报知宗保。

　　宗保曰："我忘之矣。师父曾言，此处有妖怪，吾当按法破之。"遂遣人于附近乡村，寻得四十九个小儿来到，尽皆戎装，令他各执杨柳枝条几根。复请五郎到来，谓曰："今日再烦伯父领此小儿进去攻打，若遇妖鬼出来，即令小儿将杨柳枝迎风打近前去，其妖鬼三魂七魄，尽皆散去。妖魂一散，徐令健军五百，直去红旗台下掘出孕妇尸首。如此而行，则破此阵必矣。"五郎领计去讫。又唤孟良曰："汝引军一万，打入太阳阵去，抄出其后，接应本军。"孟良得令，领兵去了。

　　却说五郎奋勇耀威，引众复攻迷魂阵。单阳公主不战而退，随着宋兵入阵，只道仍前迷昏其军。五郎挥兵直杀进去，耶律呐麾动红旗,妖气迸出。五郎急令小儿,将杨柳枝迎风乱打近去,妖气顿消。五郎即令五百健兵,急掘孕妇尸首。耶律呐见之,慌忙下台逃走。五郎骤马赶近前去,一斧砍死。五千佛子溃乱奔走,头陀僧兵举戒刀追上,杀得寸草不留。单阳公主吓得措手不及,被宋兵活捉归寨。萧天左愤怒不胜,提兵杀来。五郎冲出接战,未及五合,五郎忖道:"此孽障,若不抽出降龙棒击之,怎能胜他!"遂将降龙棒照着天左脸上一击,天左躲避未及,遂击中其肩。天左露出本形,乃是一条黑龙。五郎举斧砍为两段,分作两处飞去。于是五郎既砍了萧天左,令军士收阵。却说孟良引军攻打太阳阵,番将萧挞懒望见,骤马接战。两合,被孟良一斧砍为两段,杀散馀军,直抄出阵后,接着五郎,合兵一齐杀出,遂破了迷魂阵。有诗为证:

七十二座天门阵,惟有迷魂惨毒甚。

不是五郎下山来,难将妖气悉扫净。

五郎收军回营,解送单阳公主入军中,见宗保道知破阵杀天左之事。宗保大喜曰:"此阵破了,尽扫胡尘,擒萧后必矣。"遂命押出单阳公主斩首号令。"木桂英劝曰:"此女容貌端庄,且萧后亲生,不如留之以为使令。"宗保允其言,遂放了单阳公主。乃提调诸将出阵,唤过胡延赞曰:"汝装作玄坛,攻打玉皇殿。孟良装关元帅,焦赞扮殷元帅,岳胜扮赵元帅,张盖扮温元帅,刘超扮马元帅,汝五人分左右攻破他北天门。"延赞等得令,各领兵五千而去。宗保分调已毕,与六郎登将台观望。

却说胡延赞呐喊扬威,杀奔玉皇殿去,恰遇金龙太子。两马相交,战了数合。太子佯败,引赞入阵。孟良、焦赞等乘势杀进,恰近将台真珠白凉伞下,只见杀气炎炎,不敢逼近。延赞率众,绕阵而杀。忽土金秀将真武旗摇动,岳胜拍马先进,陡然天昏地暗,不辨东西,岳胜遂被番卒生擒而去。比及焦赞知之,欲杀入救时,番兵四面围合而来。延赞见番众势锐,引众杀回,归见宗保,道知阵中之事。宗保查点军将,折却岳胜、孟良二人,慌慌无计。忽小卒报孟良、岳胜回寨。宗保召入问之,岳胜曰:"小将杀进阵去,只见土金秀将旗摇动,遂昏暗迷路,竟被番兵所擒。苟非孟良假作番人相救,几丧残生。"宗保曰:"阵内所能变化,惟七七四十九盏天灯、二十八宿将官。必用计去之,才破得此阵。"遂唤孟良曰:"玉皇殿前真珠白凉伞,汝明日攻进先去砍之。"又唤焦赞曰:"明日入阵,砍倒二面日月真武皂罗旗,吾自有兵接应。"孟良、焦赞领兵讫。

宗保入禀六郎曰:"玉皇殿上玉皇大帝,必要圣驾亲与交锋,始获全胜。又请大人出马,从右侧攻打白虎殿,再请八王出马,从左侧攻打青龙殿,不肖引兵从中杀进,攻其正殿。今乞大人进奏圣上知之。"六郎听罢,即入御帐,奏请圣驾亲出临阵。王钦密奏曰:"将帅俱集于此,何劳陛下亲出?倘有疏危,将如之何?只命诸将足矣。如不克敌,督责元帅。"此王钦见宗保屡破北阵,故此沮之,欲使其不能成功也。真宗因钦之言,迟疑而不下旨。八王慌忙进奏曰:"锦绣江山,岂臣子之所有哉!今将佐出力死战,皆为陛下争之。当此一决胜负之际,退逊不去,诸将解体,陛下大事去矣。乞陛下大奋天威,勇往直前,诸将目击,威风自长,敌人见之,披靡而退。且宗保行兵如神,百战百胜。陛下无以疏危为虑也。"帝意乃决,遂下令亲出临阵不题。

## 钟离收回洞宾

次日,三通鼓罢,孟良、焦赞两骑直杀近玉皇殿去。孟良砍倒真珠白凉伞,焦赞砍倒日月皂罗旗,正遇土金秀、土金牛二人杀到。两下鏖战,孟良愤怒,将金牛一斧劈死;焦赞将金秀斩于马下。番军被宋兵砍死,不胜其数。六郎在后,催军攻打入阵,先射灭四十九盏号灯,其阵遂乱。二十八宿将官一齐杀出,被孟良、焦赞尽皆杀之。金龙太子见阵势溃乱,勒马逃走,被真宗架起翎箭,射中左肋,坠马而死。宋兵纷纷杀入阵中。宗保将火箭射上玉皇殿,烧着其殿,火焰滔天,烧死番兵无数。与孟良等合兵一处,遂破了玉皇阵。有诗为证:

大纛高牙玉皇殿,动摇闪电无穷变。

金龙伤箭人冥途,帝王勤劳功业建。

宗保既破了玉皇殿,遂下令诸将竭力克敌。着孟良攻打朱雀阵,焦赞攻打玄武阵,胡延赞攻打长蛇阵。军令才下,孟良奋勇当先,引众杀入朱雀阵,正遇番将耶律休哥挺枪来迎。战上数合,不分胜负。忽阵后一声炮响,刘超、张盖杀到。休哥力怯,遂弃将台而走。孟良乘势追击,遂破了那朱雀阵。却说焦赞攻进玄武阵,遇着耶律奚底,交战十数合,奚底败走,被焦赞赶上,一刀斩了,杀散馀军,遂破了玄武阵。六郎率众攻打长蛇阵。耶律沙见阵势俱乱,不敢迎敌,拖刀绕阵走出。宗保阻住去路,两马相交,未及数合,孟良、焦赞等从后杀到。耶律沙进退无路,遂拔剑自刎而死。

宗保下令攻打吕军师之营。韩延寿见天门七十二阵被宋兵摧灭将尽,慌入问计于吕军师。吕军师怒曰:"黄口孺子,敢如此无知!吾自往擒之。"即引本营劲骑杀出,势如河翻海沸。椿岩念动咒语,霎时间天昏地暗,走石飞沙。宋兵眼目尽开不得。宗保君臣父子诸将伏于马上,心下十分惊恐。番兵四面砍来。宋人正在危急之际,钟道士望见,几步到于阵前,将袍袖一拂,其风飘转,吹倒番军,日复光明。椿岩见是钟道士,慌忙回报吕军师曰:"钟仙长来矣,师父快走!"道罢,化一道金光去了。钟离见洞宾,喝曰:"小辈可恨!前言相戏,汝即怀忿,降凡助番,伤损生灵无数。倘我不来,汝助番人杀了宋君,犯却天条,其罪怎生逃脱!好好同归蓬莱,逍遥物外,何等快乐!管此闲非,耽烦受恼则甚!"洞宾无言可答,于是遂与钟道士驾着祥云,升天而去。

却说萧后之营,左右前后尚有七个仙姑阵、四个天王阵未破。宗保下令八娘、九妹、木桂英、令婆、杨七姐、金头马氏、黄琼女引军攻打七个仙姑阵,又令五郎、岳胜、孟良、焦赞引兵攻打四个天王阵。众皆得令,引兵攻打去了。

却说八娘等杀却番将靼靼令公等七人,杨五郎等杀入阵去,将耶律尚、耶律奇、兀术儿、不花颜儿四将尽皆杀了。韩延寿见军势消灭,忙奔入奏萧后曰:"四下皆宋兵矣,请娘娘快走!"太后惊曰:"吕军师何在?"延寿曰:"不知何处去了。"后听罢,慌张无计,遂载小车与韩延寿、耶律学古等望山后走回幽州。六郎知之,催众将亟进追之。焦赞奋勇向前赶上,大叫曰:"羯狗速降,饶汝之死!"延寿回马,与焦赞交战数合。延寿因牙将皆被宋兵杀死,心甚惧怯,枪法慌乱,被焦赞乘其破绽,奋力拨开延寿之枪,向前活擒而归。孟良等竞进,番众拽戈弃甲而走。学古等保着萧后从僻路遁回幽州去了。

杨宗保不一月间,将南台七十二天门阵尽皆破了,杀死番兵四十馀万,骸骨山积,血流成河。有诗为证:

胡虏秋高胆气横,杨家英勇耀边城。

杀场血染征袍赤,白骨平原积满盈。

六郎追赶萧后不及,遂收军还营,大获全胜。次日,宗保升帐,查点各处军马,并所获番人的器械马匹、所捉之将。忽步卒解韩延寿入帐,捆缚丢于阶下。宗保指而骂曰:"臊羯狗!不安本分,凭恃强阳,侵犯边境,戕贼生灵数十馀年。岂知今日天假我手擒捉,以除其患,为下民立命乎!不然,无时酿祸,民岂得其生哉。且汝居北番,自恃为英雄莫敌,今日何以被吾擒之?"延寿曰:"不必絮絮叨叨,请速加刑!今日我被汝擒,汝谓汝英雄矣,倘易其地,则英雄又在我矣。汝谓我害生灵,汝杀了我家四十馀万军兵,独非害生灵乎?"宗保闻言大怒,令左右推出斩之。须臾时,枭了首级号令讫。宗保令记功官录诸将破阵功绩,乃不见钟道士,遂问诸将见否。却有一卒入禀钟道士喝骂吕军师如此如此,与驾云飞去之事,宗保曰:"汝何以见之?"其卒曰:"蒙元帅差着小的服侍钟道士,昨日跟随他入阵,是以见之。"

宗保曰："原来却是汉钟离与吕洞宾也。"嗟呀不已。复分付诸将各依队屯营,俟候圣旨。诸将得令退去。自是军声大振,四夷惊骇。

却说六郎以众将功绩奏知真宗,真宗曰："朕班师回京,廷议升赏。"六郎又奏曰："便宜机会,自古难得。今趁番人之败,乞陛下敕旨,命诸将长驱而进,直捣幽州,取其版籍,以绝万世之祸根也。"帝曰："军马劳苦太甚,且再休息几年,计议进征未晚。"六郎遂退出营去。越二日,帝下命澶州三路军兵,仍前各归原镇,又令坚筑关隘于九龙谷,命王全节、李明领兵镇守,其馀征辽将帅随驾回朝,听旨调遣。圣旨既下,三军尽皆欢悦。次日平明,军分三队,真宗居中队,六郎在前队,宗保在后队。三军离了九龙谷,悠悠荡荡,望汴而回不题。


## 王钦诳旨回幽州

却说真宗回到汴京,文武迎接入宫。次日设朝,群臣贺毕,帝宣六郎至御前,抚谕之曰："日前破辽之阵,俱卿父子力也。姑待数日,朕行重赏。"六郎奏曰："破辽阵图,陛下洪福所致,诸将效命之功,臣父子安敢独受其赏。"帝曰："今卿不矜不伐,真社稷臣也。"乃命设席,宴犒征北将士。杨家女将,皆与其席。是日君臣尽欢而散。次日,六郎趋朝谢恩,帝赐黄金甲二副,白马二匹,红缎二十二车,金银各千两。六郎当日固辞,帝曰："微物少酬破阵功绩,何必辞为?待朕再与群臣议升卿父子与诸将之职。"

六郎遂受其赐,领归无佞府,见令婆道知圣上所赐之事。令婆曰:"圣上恩典,可谓厚矣,吾儿当耿耿在念。然三关之地,番人不时侵寇,汝当复往镇守,以防御之。"六郎曰:"母亲所言是也。"因令具筵赏犒部下。岳胜等二十馀员战将坐于左席,黄琼女、木桂英以下二十馀员女将坐于右席,杨令婆、柴郡主、杨六郎、五郎、宗保俱中坐。是日张乐侑酒,众人开怀尽饮。酒至半酣,杨五郎起谓令婆曰:"沙门法戒,不肖未完,今日特告母亲,拜别膝下,仍往五台山而去。"令婆曰:"修缘功果,此是好事。随汝自往,吾何阻拒?"五郎遂拜辞令婆等,领头陀僧兵回五台山去讫。酒阑席散,诸将皆退。次早,六郎趋朝谢恩,奏帝愿领部兵仍往镇守三关。帝闻奏大悦,即降旨命六郎仍前镇守三关,杨宗保监点禁军,巡视京城。六郎辞帝,退归无佞府,拜别令婆,引部将岳胜等径赴三关去讫。

却说王钦归至府中,思忖自入宋国一十八年,未与萧后干得些子功绩,遂心生一计,入奏真宗曰:"臣蒙陛下厚恩,未有寸报。今北番败归,想必重畏中国之威。乞降旨一道,臣奉去谕之,使其纳降,以杜后日边患。陛下准臣干此事,居官食禄亦无愧也,不然,其如素餐何!"帝曰:"卿肯委身以为此事,其忠极矣,安得不从。"即下令差武军校尉周福领兵一万随行。周福得旨,遂整兵同王枢密赍敕旨,离汴京望幽州进发。

行至城外十五里总驿,王钦问曰:"不知有几条路可通北辽?"福曰:"有两条通之。"钦曰:"是那两条路?"周福曰:"一从黄河而进,一从三关而进。"王钦曰:"今从何处而进?"福曰:"今从三关而去。"王钦听罢，忖道："若从三关而过，六郎岂肯相饶？他有斩杀自由，敕旨在身，毕竟擒而戮我。不如瞒着周福，我单骑从黄河而去。"遂谓周福曰："适想起来，忘了公文，回去取来。汝领军马只管向前进发，不必等候。"福不知是计，即引军先行。王钦竟从黄河而去。及到太原府，令人报知知府薛文遇，薛文遇即出郭迎钦进府。相见毕，文遇问曰："大人至此，有何公干？"王钦曰："圣上令我往大辽来取纳降文字，贤太守可遣船只送我过去。"文遇遂令军校，将官船送王钦过河。王钦过了河，辞别文遇，望幽州而去。

却说周福引军，将近三关地界，被六郎逻骑拦住，问曰："是谁领兵过此摆道？"军士称道："是钦差王枢密前往北番干公务事。汝是何人，敢来邀截？"逻骑曰："我本官得八王信息，说王钦要逃走入辽，我等在此等候多日，今果不谬。"众人向前，将周福绑缚了，报知六郎："捉得奸贼王钦到了！"六郎大喜曰："此贼因我举荐，位至枢密，屡谋作乱，而向帝前谮我，可厌之甚。我每欲擒他，彼倚着圣上之势，无处下手，岂知今日自投罗网！"乃令捆绑来见。众人得令，将周福绑缚，丢于帐前。满营军士闻是谋害本官之人，个个咬牙啮齿，恨不得砍为肉酱，尽皆执枪执刀，摆列两傍。周福惊得面如土色，哑口无言。六郎反覆视了几回，乃曰："此人不是王钦，汝等何故拿之？"周福方应声曰："小将周福是也，乞将军饶命！"六郎问其经过之由，周福曰："蒙圣上遣小将同王枢密往北番讨取纳降文字，不期枢密忘了公文，复回取之，着令小将先行。不知将军部下因着何事，擒捉小将？"六郎笑曰："欲捉王钦，误捉汝也。汝被他笼络了，岂有领圣旨出行,而会忘了公文?此贼必先知风,故生此计策,往黄河去了。"言罢,令人放了周福,入帐相见。六郎曰:"汝记昔日河东交兵,吾遭潘仁美陷害之事否乎?"周福曰:"小将记之,切切在怀。"六郎曰:"汝乃吾之旧知,不必惊恐。"六郎在河东交战时迷路,得周福引出,故相识也。

## 六郎筵宴周福

却说六郎放了周福,令左右具酒食款待周福,通宵尽欢而散。有诗为证:

> 渭北春天树,江东日暮云。
>
> 清宵一樽酒,相叙旧知音。

次日,六郎送周福过三关讫。

却说王钦到了幽州,先着近臣奏知萧后。萧后宣进,一见王钦,大怒,骂曰:"奸佞之贼,恨不生啖汝肉,以雪其愤!每思无计可获,今日自来送死。"喝令推出斩之。军校得令,将王钦绑了。耶律休哥奏曰:"娘娘息怒。王钦此来,必有议论,待其陈说可否,斩之未迟。"耶律学古亦奏曰:"王钦如笼中之鸟,无处逃避。乞娘娘放还,问其来由,再行定夺。"后怒少息,乃命放还,问其来意。钦惊得魂不附体,停止半晌,乃言曰:"臣别娘娘而去,非不尽心,奈彼处未有好机会,故难建其功。今宋人又欲发兵出征大辽,还说尽取山后九州而归。臣虑番邦无有能抵敌者,故臣设计进奏宋君,请得敕旨回来,与娘娘商议,欲就内中图事。今娘娘反以奸佞责臣,而加诛戮,岂不冤屈臣耶?"萧后闻奏,回嗔作喜曰:"卿图中原之策,姑试言之。"钦曰:"今大梁城中,征战良将俱各调遣镇守他处去了,只有十大朝臣在京。娘娘可写书:'愿纳九州文字来降,但王钦官卑职小,难以任此大事,须遣十大朝臣到于飞虎谷交纳,后日有可凭据,始不相征伐也。'娘娘以此言诳得他来,围而捉之。既捉其大臣,遣人告宋君,要他中分天下,始放还大臣。宋君必以大臣为重,不得不与。那时得了地土一半,再议进兵图全宋也。"后曰:"以此意道知大宋,谁人可去?"钦曰:"小臣愿去,使宋君不疑。"后即令文臣写书,与王钦带往汴京而去。王钦辞别萧后,离了幽州,星夜驰驿。到于中途,恰遇周福,道知萧后肯纳文字,但要十大朝官来接。福大喜,即与王钦由黄河归朝。

不一日到京,进奏真宗,言曰:"万岁命臣入番,以旨意示萧后。萧后畏威,愿纳九州图籍,献与陛下。但言此等大事,非朝廷大臣前来领受,其后必生异议。臣恳恳陈其利害,彼言纵辩论有理,其奈汝官卑职小何!必得十大朝臣于飞虎谷交献九州文书,庶几将来廷臣钳口,而不进征辽之表,才成久坚之盟,以免征伐之苦。故令臣以此复命。"真宗闻奏大悦,即下旨,令朝中大臣俱赴飞虎谷领受交纳文字,即日起行,毋得违命。

却说寇准、柴玉、李御史、赵监军一班大臣,俱赴八王府中商议。准曰:"此乃王钦之计,陷害我等。列位怎生区处?"柴玉曰:"圣上命下,只得委致其身,一行便了。"八王曰:"我想此去,必由三关经过,待与杨郡马借军,扮作仆者,扶助前行,缓急有所资也。"寇准等皆然之。次日,十大朝臣入辞真宗,真宗曰:"息止边患,万年之计,在此一举。卿等慎之可也。"

八王等领旨出朝,离了汴京,望三关进发。先遣人报知六郎。六郎令孟良、焦赞迎接于中道。八王与朝臣将近梁关,即三关也,一彪军马拦路,军校回报八王。八王大惊,急近前言曰:"何人敢在此拦路?"孟良认是八王,滚鞍下马,伏于道旁言曰:"本官遣小将等在此伺候。"八王遂与众官直入三关。又见一彪军马来到,却是六郎迎接八王。八王一见,喜不自胜。

既入军营,十大朝臣依序坐下。六郎摆列筵席,十分整齐。众官举觞称谢,六郎曰:"薄治不恭,幸勿见罪。"遂问曰:"殿下与列位大人至此,果何见谕?"八王曰:"圣上欲取北番九州,王钦奏帝不须用兵,但乞敕旨前往幽州见萧后,陈其利害,索取九州献纳文字,便可得也。圣上听信谗言,即降旨付之。王钦领旨,到幽州见萧后。萧后允从,但说盟书,却要十大朝官前赴飞虎谷接受,其盟议始坚,后日才不反背而加征讨也。圣上见奏,遂命我等前去接领九州文书。吾恐此是王钦之计,特来与郡马借部下助行,以防其不测也。"六郎曰:"日前小将接见殿下之信,欲擒此贼以除后患,不意彼从黄河而去。今彼既用此诈术,小将当策兵赴援,务取丑虏图籍,方才罢手。"八王听罢,大喜曰:"得君调度军兵救护,吾何惧哉!"是日众官尽欢而饮。

酒筵既散,六郎遂唤岳胜、孟良、焦赞、林铁枪、宋铁棒、董铁鼓、丘珍、王琪、孟得、陈林、柴敢、姚铁旗、郎千、郎万、张盖、刘超、李玉等二十馀人近前,分付曰:"此行关系最重,汝等须谨防番人谋害十大朝臣。"岳胜曰:"将军遣行,敢不遵命!但恐辽人认得我等,怀疑不肯交纳文书,岂不耽误大事?"六郎曰:"吾有一计,使他不识。汝每俱装作随行伴当,各挑箱子一只,内藏军器。又用竹筒一个,内去其节,藏着刀枪。辽人来问,只说不服水土,将此筒带吾本乡之水来吃。若无事则止,倘有不测,临机应变用之。"岳胜等领计而退。

八王次日辞却六郎,与众官离了三关,竟往飞虎谷而进。时值寒冬,鸿雁悲鸣。十大朝官至九龙谷,见两傍骸骨堆积,八王叹曰:"昔日在此交兵,杀伤生灵。今日见此骸骨,不由人不痛心。"有诗为证:

> 骸骨如山积,黄沙古战场。

> 西风残照里,怅望泪双行。

十大朝官过了九龙谷,将近飞虎谷,北番游骑飞报幽州总兵耶律学古。学古入奏萧后,萧后即遣耶律学古为行营总管,引精兵一万,前往飞虎谷迎候。学古得旨,领兵竟往飞虎谷正北下寨。次日,亲往谷中巡视一遍。回到军中,谓牙将谢留、张猛曰:"汝二人领兵,前去此谷东南平旷之处扎下一寨。大排筵席,以待宋臣。"谢留等领计,安排整顿去讫。


## 学古领计陷宋臣


耶律学古调遣谢留已毕,忽报宋国十大朝臣已到。耶律学古带着数十人出到谷口,接见八王。八王马上欠身施礼曰:"王钦回言,汝娘娘愿献九州与我大宋。我等今日特来接受文字。汝可速将交纳,以结千载之欢。"学古曰:"交纳国之大事,如何这等轻易?明日请到筵中献纳。"八王允之而别,遂于正南安下营寨。

耶律学古回到帐中,召集谢、张商议曰:"汝等谁善舞剑?我明日欲向筵中唤出舞之,假意侑酒,尽诛宋臣,始不负娘娘命令。"谢、张领计而退。学古又召太尉韩君弼谓之曰:"汝领劲兵一万,埋伏谷口。候有变,即出截住,不许走了宋臣。"君弼领兵去讫。

分遣已毕,乃遣人持书往宋营请十大朝臣赴宴,面议纳降文字,两下军士人等,不许身带寸刀随行。八王得书,亦回书与番卒去了。寇准曰:"王钦此贼好狼心肠!尽将我等置之死地。倘不在杨郡马处借得部下同来,吾等要一个生还,也是不得能勾。"八王然其言。乃曰:"明日赴会,看他设何计策。"言罢,众官俱退。

次日,耶律学古亲出帐外接候,遥见尘头飞起,宋臣俱跨马来到。学古迎着,见未带军马兵器,心中暗喜,忖道:"遂吾愿矣。"即邀宋臣进营。相见毕,依次坐定。茶罢,八王曰:"萧娘娘今肯归顺大宋,极有识见,一则不失为一国之主,二则干戈偃息,民得安生。且两国和好,实万世之良图也。"学古曰:"此等事待从容议之。吾与列位会合,亦千载奇逢,略饮数杯,以通和好之情。"于是令人奏乐侑酒。

却说柴驸马坐于左筵正席,学古举酒及之,乃问曰:"得非柴先生乎?"柴玉曰:"然也。"学古曰:"曾记昔年我国将天字图来示宋朝,被先生改作'未'字。我娘娘闻之发怒兴兵,遂成仇隙。今日不期又相会也。"柴玉即应声曰："我只道汝有何高论见教，原来却是这样浮谈！然我主应天顺人，一统中原，因汝北番地土硗薄，故置之度外，不加征讨。讵意汝君臣屡为边患，戕害生民。前者震动皇威，将天门阵打破，汝众倒戈而逃。那时我国杨元帅欲驱军马，直捣幽州，尽取汝辽图籍，以绝后患。幸我主仁慈，不忍生灵久困锋镝，班师回朝而去。今萧后若知顺逆之理，不为狂夫所惑，倾心事大，犹得为一邦之主。不然，堂堂中国，士马如林如虎，岂容逆类称孤境外，而不剿灭之哉？改天字之图，实出我主之意。然此亦往事，谈之何益！"学古被柴玉说了一篇，深有忿色。

饮了数杯，又问右边正席寇准曰："咸和年间，我国将锦被暖帐来与宋主，先生沉匿不奏，遂致兵甲相寻。以理论之，岂忠君忧国者之所为乎？"寇准厉声应曰："我欲主上清心寡欲，论道经邦，敢以玩物簧鼓主志？此一举也，正忠爱之至，谁敢指其非乎？今日我等特为汝主献纳九州文字，结好吾宋而来，何必哓哓往事为哉！"学古曰："九州文字，另日交割未迟。但今日蔬酌简甚，筵中无以为乐，帐下有能舞剑者，入舞一番，以劝列位老爷多进一瓯，岂不妙哉？"

道罢，谢留应声而出，手执长剑，挥舞筵前。八王曰："汝昨日之书，说道不许身带寸刀，今又令人舞剑，何其言行之相背乎？"道罢，孟良激怒，向前言曰："一人舞剑不好观看，必得二人对舞，方才为美。我今愿对舞之。"道罢，挥剑与谢留对舞。耶律学古见孟良意气昂昂，自思此人英勇殊甚，料留非本对，遂曰："两相对舞，恐乖和好之盟，不如射箭取乐。"孟良曰："不知要如何射之？"谢留曰："走马穿杨,人所习见,须奇巧射之,方见手段。"孟良曰:"要怎么射,叫做奇巧?"谢留曰:"将一个活人缚于柱上,连发三矢,能避之者,便见妙手。"孟良听罢,暗笑曰:"此贼设计害我!我显个手段除了此贼,以挫番人锐气。"乃应声曰:"这个使得。但谁为首先射?"谢留曰:"我先射之。"孟良慨然允诺,自令人缚于柱上,叫曰:"凭汝三射,怎么射来。"八王等看之,面面相觑,皆有惧色。谢留离筵前二百馀步,拈弓搭箭,先指孟良之口放箭一枝,被孟良张口咬住。又放第二枝向项下射去,孟良见箭到,略斜转其头,将箭一打,其箭遂落于地。谢留慌张,指定心窝再放一箭,不想孟良有护心之镜,射之不入。十大朝官见射之无伤,连声喝采,令人解了其缚。孟良曰:"借汝与我试箭。"谢留自恃目力之高,思要尽接三箭,以夸其能,亦命人缚于柱上,叫孟良射之。孟良心生一计,头一箭,遂将坏翎之箭射之,不中。谢留自思,此人只会舞剑,不会射箭,不甚着意防备。乃曰:"凭汝射那两箭,吾何惧哉?"孟良暗忖:"这贼合该死矣。"遂取过好箭,指定咽喉一射,谢留应弦气绝。有诗为证:

> 勇猛谢留似虎狼,筵前自恃目高强。

> 孟良巧发雕弓处,忽觉须臾一命亡。

耶律学古见射死谢留,大怒曰:"汝等要来讲和,何敢如此大胆,射死吾之部将!"大叫:"军士何在?俱各出来,将宋人尽数擒之!"只见筵前转出五六百骑番将杀来。焦赞、岳胜等不胜愤激,各开箱子,取甲穿起,拿出竹筒,长枪短剑,一齐接杀。耶律学古见有准备,抽身走了。众骑军被孟良等杀死一半,遂夺马匹乘着,保助朝臣而走。及到谷口，忽一声炮响，韩君弼伏兵齐出，将谷口截住。岳胜恐北兵紧困，后愈难出，遂鼓众奋勇杀出。只见番人弓弩齐发，箭如飞蝗，不敢近前。有诗为证：

狞犷奸回计策奇，截途羽箭似蝗飞。

孟良不遇延朗放，朝士何由得出围？

八王见走不出谷，惊慌失色。寇准曰："此等灾祸，未离汴京已知有矣。今亦无奈，只得暂停于此，徐图计策可也。"八王曰："斯言固是。但今粮草缺少，朝廷又不知我等被困，无有兵来救应，番人重重密布，久久困守，却不生生饿死于此谷乎？"孟良曰："殿下勿虑，待番兵稍怠，小将偷出谷去，奔回三关，取得兵来，杀此羯狗。"八王然之，遂下寨安歇，不出冲围。

却说耶律学古见宋人不出，与张猛议曰："我等不必与他厮杀，只要紧守此处，彼虽有拔山之力，亦无用也。"张猛曰："久困固好，但消息毕竟传入汴京。宋君知之，必发兵来相救。依小将之见，还要奏娘娘亲提大兵来围，才可成功。"学古曰："汝言有理。"遂遣人回幽州，奏知萧后。萧后闻奏，即与群臣商议。耶律休哥奏曰："宋臣既落毂中，机会极好。乞娘娘允学古之奏，亲监大军，前往擒之，以图中原。"后曰："吾国良将，因天门阵杀败，尽皆丧亡。今无保驾大将，安敢轻出？"道罢，忽阶下一人应声曰："娘娘若去，不才愿保车驾。"众视之，乃木易驸马也。后喜曰："司天台官尝奏辽当兴、王天下，其间必有名世者出，此兆想应在子之身矣。"遂下命封木易为保驾大将军，引领女真、西番、沙陀、黑水四国军马，共十五万而行。木易受命退出。

翌日，萧后车驾离了幽州，望飞虎谷进发。不日到了，耶律学古迎接进军中，拜曰："赖娘娘洪福，已将宋之朝臣困于谷中，粮草将尽，不久出兵擒之。臣又恐中国有兵策应，故请娘娘亲来监战，以图进取中原之计。"后喜曰："若擒得宋之大臣，足以雪天门阵之耻辱矣。"遂命军马分作二大营，屯扎飞虎谷。耶律学古统女真、西番二国之兵，屯于正北；木易驸马统沙陀、黑水二国之兵，屯于正南，以困宋臣。学古等领旨而退，各去分遣军士。

是夜，微风不动，星斗灿烂。木易在帐中忖道："朝臣被困已久，救兵又不到来，粮草若绝，岂不尽皆饿死谷中？"遂生一计，修书一封，缚于响箭之上，悄地步到宋臣营边，直射入去，约其密遣人出山后抢粮。孟良正出营巡哨，忽听一声响箭射到，遂令人满营寻之，乃得一箭，缚有书信在上，慌忙送入帐中，与八王等观看。八王接了，拆开视之，其书云：

> 亡人杨延朗顿首顿首，启八殿下暨列位大人：先生等兹落陷中，策惟谨守，俟候救兵，慎毋妄动，轻犯锋镝。北人若欲出兵侵犯，朗自设计止之，不必惊忧。今幽州运来粮草二十馀车，定限明日午后从山后经过，速遣人攘夺入营应用。敬此申闻，勿误勿误！

八王看罢，叹曰："杨门所产之子，并皆忠义勇将。"乃召寇准等入帐，谓之曰："杨四将军适射箭入营，箭上有书一封，报道明日午后有粮草从此山之后经过。若去抢之，又恐祸来更速；若不去抢，吾之粮草已断。此事何以处之?"准将书看了,乃曰:"抢之无妨。四将军书上明说,有兵侵害,他自止之,殿下不必过虑。"八王遂唤孟良、焦赞、岳胜、刘超、张盖二十馀人伏于山后,俟其车来抢之。只留陈林、柴敢领着五百从卒,守护营寨。

孟良等得令,次日带领五十健卒伏于山后。俟至傍晚,果见粮车来到。孟良等一齐杀出,尽抢去了。监运粮草番将律轸宣儿见宋兵杀来抢粮,一骑奋勇迎敌,被孟良、焦赞、岳胜、董铁鼓四人并力杀近,乱枪刺死于马下。运粮小卒忙报学古,学古大怒,即过南寨与木易商议,言曰:"可恨宋人将我北营粮草抢去二十馀车。今竟来与驸马约期,明日进兵,将宋臣尽行杀之。"木易曰:"宋臣手下跟随的,必定俱是良将。若去逼之,彼必拼死杀出,我军能保不伤乎?兵书云:'穷寇莫追。'且宋营中人口有千馀之多,虽夺二十车粮草而去,能支几日之用?依我之见,只宜困之,不过二三月间,宋人尽皆饿死于谷,不费张弓只箭而成大功。然娘娘之意,亦只要生擒宋臣,与宋君抵换些地土而已。何必劳兵损将,以杀彼哉?"学古然之,遂回北营去讫。

# 第 六 卷

### 孟良偷路回取兵

孟良等杀了律轸宣儿,遂搬运粮草回营见八王。八王曰:"粮草虽有二十餘车,然亦只足以济目前之用。若无救兵来到,吾辈终是死的。君等有何逃脱之策?请试陈之。"孟良曰:"殿下忍耐。小将今晚偷出谷去,回朝取得救兵来,杀尽这些番奴。"八王曰:"汝去须要仔细,我等颙望,不可有误。"孟良曰:"不须殿下罣虑,小将自有方略。"是夜辞别八王,从山后走出。将近北番南寨,撞遇巡游番卒。孟良与之相敌,不意被一石绊倒,番众向前捆缚,来见木易,道知捉得宋之细作。木易见是孟良,近前喝之曰:"瘟奴侪!差汝回幽州见公主有紧急事,缘何与人相争?"孟良应声曰:"天色昏暗,走差了路头,彼众人不知,只道是宋之细作,遂将小的捆缚转来见老爹。"木易骂曰:"没用奴侪,你就该说出来。"孟良曰:"老爹又分付叫逢人少说话,故此未曾分剖。"木易曰:"汝速去速来,路途再若迟延,活活打死你这个奴侪!"众人连忙解缚,放了孟良。孟良诺诺应声,忙忙走出番营,到于谷外,喜曰:"今日非四将军,这颗吃饭家伙去了!"一路思忖:"欲往三关报知本官,必须申奏朝廷,然后才可动兵,岂不日久误了大事？不如往五台山请杨五郎下山前来解围，更快些儿。"即抽身意往五台山，参见五郎。

五郎远远望见孟良在寺门外来，乃曰："那是我的冤家！屡次上山缠害，今日不知又是何事来缠扰我也。"及孟良来到，乃问曰："汝缘何装束作番人模样？"孟良曰："今有一件紧急之事，来告师父得知。可恨萧后用诡计赚得十大朝臣，困于飞虎谷中，危在旦夕。今领八王命令，前回三关取救兵。自思日久误事，想起师父这里去飞虎谷咫尺之间，乞莫吝行，同扶国难，救出朝臣则个。"五郎猛声叫曰："孟良，孟良！我说你是我的冤家对头，苦苦常来扰缠！"孟良曰："小将亦没奈何，撞遇朝廷多事，本官命令，不敢推辞。望师父念本官、朝廷分上，领众下山救之。倘若不去，北番尽将八王众官杀了，师父之心能脱然无馀恨乎？"五郎曰："但汝来到，就是不好消息。"沉吟久之，又曰："本待不去，争奈八殿下恩德及于我家，重若丘山，只得领众下山救之。"五台山近关西地面，凶顽之徒但犯法该死者，便削发走入五台山去。五郎尽收留，教其武艺，故领出战所向无敌。当日，五郎点集寺中头陀二千馀人，准备起行。孟良曰："师父先往，小将还往三关报知本官，同来救之。"五郎允诺。

孟良辞别下山，星夜回到三关见六郎，道知朝臣被困之事。六郎曰："我即日起兵赴难，汝赍表入京奏知圣上。"孟良带了表文，星夜回京，直入后殿奏知真宗。真宗闻奏大惊，宣孟良入殿问曰："朝臣被困几多日矣？"孟良曰："已将一月。天幸杨四将军通信，抢得北番粮草二十馀车，始免饥饿之苦。今三关军马已发，乞陛下再遣他将领兵救应。"真宗问廷臣曰:"谁敢引兵前去飞虎谷救众朝臣?"道罢,吓天霸王杨宗保奏曰:"臣愿领兵前去救之。"真宗大悦,遂命老将胡延赞为监军,宗保为统兵正帅,孟良为先锋,领兵五万,大征北虏。宗保领旨出朝,竟回无佞府辞别令婆。令婆遂命八娘、九妹偕行。是日,众将整备起行,孟良为前队,胡延赞为中队,杨宗保统率大军为后队,竟望飞虎谷进发。

不日到了,木易驸马探知消息,入奏萧后。萧后即召耶律学古计议接战,学古奏曰:"今有四国军马在此,何惧彼哉!待臣分兵迎敌,管取胜之。娘娘勿忧。"后曰:"军兵虽有四国,实要卿等用心调遣,慎毋蹈前辙,以取耻辱。"学古领旨退出军中,即召女贞国王胡杰、沙陀大将陈深、西番国驸马王黑虎、黑水国王王必达到于帐下,分付曰:"娘娘敕旨,来日与宋对阵,汝等若能斩将夺旗者,即行超升其职。"胡杰曰:"总管老爹在上,吾料宋人没多少手段,定教杀得他片甲不留。"道罢,人报宋兵来到。

耶律学古全身披挂,引军出马列阵。遥见南阵旌旗开处,马上端坐一个和尚,乃杨五郎也,高声大骂曰:"臊羯奴!这等不知事体。昔日排一天门阵,骚扰边境,今日又赚朝臣围困谷中。千态万状,殊为可恨!汝今好好送出朝臣,尚留党类。不然,踏平幽州,捉汝妻孥,方始回师。"学古大怒,谓诸将曰:"谁擒此贼秃,以挫宋人之锋?"道罢,女贞国王胡杰挺枪跃马,直取五郎。五郎抡斧交战,数十馀合,胡杰力怯,拨回马走,杨五郎拍马追之。北阵王黑虎舞方天戟纵骑从中杀出截断,头陀僧兵前后散乱。王必达复提斧拍马,驱军喊声杀来。

杨五郎见四下皆是番兵，冲突不出，更兼箭如飞蝗，正在危急之际，忽西南征尘滚起，鼓炮齐鸣，一彪军马如风雨骤到，乃八娘、九妹、杨宗保也。

杨宗保一骑当先，正遇王必达，战上数合，八娘引兵从旁杀入。必达料敌不过，拍马逃走，八娘乘势追之。将近谷口，忽一将厉声叫曰："贼徒休走！下马拜降，饶汝一死。"乃大将胡延赞当头拦住。王必达措手不及，被延赞生擒于马上。孟良杀入北营，正遇沙陀国陈深，两马相交数合，被孟良挥斧砍于马下。杨宗保催动后军追击。九妹奋勇当先，正遇胡杰，与之接战两合，暗抛红绒套索，套倒胡杰，活捉于马上。杨五郎闻知西南金鼓振天，勒马杀出，恰遇王黑虎，交战数合，头陀僧兵一齐持刀砍进，将黑虎马脚砍断，掀落马下，被僧兵向前擒之。

耶律学古见四国军马冰消瓦解，慌忙走入营中，奏萧后曰："宋兵英勇难当，四国将帅皆被擒捉，请娘娘速走！"萧后听罢，心惊胆战，跨上青骢，与耶律学古、张猛等逃走。杨宗保从后驱兵亟袭。萧后正走之间，忽坡后一军截路，乃杨六郎之兵。番兵一见，魂飞魄散，抛戈逃走。萧后仰天叹曰："不想今日是吾尽命之期！汝众人各自为计。"言罢，拔剑欲刎。耶律学古劝谏曰："娘娘何为如此？幽州雄兵尚有数万，战将不下千员，犹可克敌。自古成不怕少，败不怕多。此去幽州咫尺之间，扎挣走入城中，再作区处。"张猛曰："乞总管保娘娘从邬谷走回，小将愿去拦当宋兵一阵。"萧后乃止，与耶律学古望邬谷逃走。杨六郎策马杀近，与张猛交战，只一合，被六郎一枪刺于马下。部众被三关之兵杀死无数。宗保军马又到,合兵一处。六郎欲乘势驱兵,直逼幽州,只见杨四郎单骑飞到,叫曰:"六弟可诈败,让吾一军回幽州,汝即兴兵后来,吾从里面设计应之。汝且调兵,去飞虎谷救出朝臣。"言罢,挺枪与六郎交战。番众俱到,六郎佯输,木易率众冲阵,走回幽州去讫。

## 六郎回兵救朝臣

却说六郎因四郎之言,遂挥军杀到飞虎谷。韩君弼听知宋兵杀到,撤围奔走。孟良拍马当先,恰遇君弼。两骑才交,被良一斧,挥为两段。岳胜、焦赞等闻得外面呐喊,知是救兵到了,奋勇杀出。番兵逃走,自相踏死甚众。六郎既破了围,下马与十大朝臣相见。有诗为证:

　　昔破天门阵,今清虎谷尘。

　　贼尸横紫塞,救出宋朝臣。

六郎与朝臣相见毕,遂扎下营寨,召集诸将,令各陈其功,录之于簿。六郎又令所捉番将,尽皆枭首号令。八王等称贺曰:"今日非郡马发兵相救,吾等尽丧谷中,且伤大宋元气。"六郎曰:"此皆托赖殿下洪福。"人报说杀死番众一十二万馀人,只可惜走了萧后。八王曰:"可恨此妇,屡为边患,可乘今日之势直抵幽州,取其图籍,绝却后患。且恐后来再难得此好机会也。"六郎曰:"适截番人归路,会见四兄,他道彼作内应,令小将亟进军兵。今想起来,正当举兵,赴其期约,但无旨意,恐日后主上听信谗言,又加罪戮。"八王曰:"军中之事,君命有所不受。郡马任意行之,朝廷事绪,我自担当,不必过虑。"六郎乃令岳胜、孟良、焦赞引兵先进,八娘、九妹、杨宗保引兵继之。胡延赞引军一万,保护朝臣。分遣已定,岳胜等并程先进。

却说萧后回到幽州,痛恨王钦,不胜忧闷。耶律休哥进曰:"娘娘何必深忧,胜败兵家之常。今城中粮草可支十馀年之用,雄兵猛卒尚有数十万之多。宋兵不到则已,倘若深入,不与交兵,只深沟高垒,坚守城池,以老其师。待他粮尽退走,臣领劲兵袭之,无有不胜。"后曰:"屡战屡败,尚望可以克敌? 不如纳降,以救一城生灵,此为上策。"张丞相曰:"娘娘不可。大辽自晋唐以来,中国畏惧,俨如天帝。今虽见挫,犹当自振。倘若屈膝向人,岂得横行以霸一方哉?待宋人到来,臣等出兵死战,管取洗雪前仇。"道罢,人报木易驸马全军回城。后宣入,问曰:"我正愁驸马莫犯宋人之锋,汝今回来,深慰吾之忧也。但宋兵甚是雄壮,子之一军,何全脱离其难?"木易奏曰:"臣引军围困朝臣,忽游骑来报北兵杀败,臣即引兵来救。恰遇宋军交锋,被臣冲开其阵,杀条血路,直来救护娘娘。撞遇几个败军,言车驾已回多时,臣恐娘娘有失,复引军杀回。又遇宋军交马,臣奋勇杀退,方才走脱回来。"后曰:"卿知宋兵有复进意否?"木易曰:"听得宋兵声言,要来围困幽州,娘娘须提防之。"言罢,哨马入报:"宋兵风骤而到,今将城池围绕三匝,水泄不通,乞娘娘作急调兵御之。"萧后勃然失色。木易曰:"娘娘休惊。幽州武士尚多,凭臣等调遣,定要杀退宋兵!"后曰:"卿等宜用心交兵,勿致有失。"木易领命而去。

却说河东庄令公之孙女,名重阳女,乃九月九日重阳节生,故以重阳命名。生有勇力,武艺精通,曾许配杨六郎也。只因兵戈阻道,未遂于归。至此时,闻宋朝臣被辽兵困于飞虎谷,遂举兵来救,以寻旧偶。当日领兵在途,哨报六郎已救出朝臣,如今统军围困幽州未下。重阳女听罢,大喜曰:"姻缘姻缘,事非偶然,今果然也。倘他引兵回去,欲与一会,甚费区处。今幸在此,会晤则不难矣。"遂引部下诣宋营报知六郎。六郎猛省曰:"此女果曾许聘于我,值国多艰,音问未通,故不知其下落。今既引兵来应,礼宜接待。"遂令岳胜等出寨迎接。重阳女轻身入帐相见,六郎不胜之喜。二人各诉旧日缔结之事,情甚浃洽。六郎曰:"今承远来,足见真情。但兵任在责,不敢遽行合卺,待破了幽州,回见令婆,而后毕姻何如?"重阳女曰:"亦必先代郎君立功,而后求合卺也。"六郎曰:"卿卿何策,代我立功?"重阳女曰:"我今乘此机会,暗投于萧后处做个里应,郎君外合,此策好否?"六郎曰:"卿卿若肯如此行事,妙哉妙哉,岂幽州攻之不破耶?"

重阳女欣然辞别,回到本营,率部下冲开南阵,岳胜、孟良等佯败退走。重阳女杀透重围,直至城下,高叫开门。守军入帐报知耶律学古:"今有一女将杀开南阵,到于城下,称说举兵特来救应。"学古闻报,即奏萧后。萧后乃与众臣登敌楼观望,但见旗上大书"河东重阳女将军",其女在城下追杀宋兵。后乃令耶律学古开门迎接。重阳女入城见萧后,乃曰:"臣太原庄令公孙女。可恨宋兵灭我汉主,每欲复报无由。今闻宋兵逞威,围困娘娘幽州,特领兵来助,共破宋人,

取却中原,吾恨方消!"后大喜曰:"若取得宋之江山,誓与中分。"遂
设宴殿廷,款待重阳女。酒至半酣,重阳女起曰:"蒙娘娘赐宴,明日
率部下擒将相报。"后诺之。重阳女谢宴退出。杨四郎自思:"此女
曾许配我六弟,今日缘何肯引兵相助辽人? 其中必有计策。"于是奏
萧后曰:"臣引精兵前助重阳女,以破宋围。"后喜曰:"驸马出兵,胜
于他人万倍。"遂命领兵同行。


### 六郎打破幽州城

却说木易既得萧后之旨,遂去军中召集一万精壮之兵,引到重阳
女营中商议退敌。重阳女曰:"宋兵虽众,破之不难。驸马引兵出北
门先战,我引部下出南门交锋。两下出兵,不愁围不解也。"木易曰:
"依汝之言,此一座城池休矣!"重阳女愕然曰:"驸马何为出此言
也?"木易喝退左右,言曰:"我你事同一家,休得隐瞒。"遂将己之事
绪尽详告之。重阳女喜曰:"此来本为郡马作个内应,天幸又会四伯
共谋其事,何患不克!"木易曰:"依愚见,萧后驾下精勇爪牙之士,必
用计除之,方能成事。"重阳女曰:"四伯有何计策,可以除之?"四郎
曰:"来日吾传令遣上万户、下万户、乐义、乐信等先战,汝蹑其后,斩
此四人,大放宋兵入城,方可成功。"重阳女领诺退去,准备出兵。

次日平明,木易下令上万户等四人,领兵先出迎战。上万户得
令,一声炮响,引兵扬威而出。正遇宋将岳胜,接战数合,下万户、乐

信从傍攻进。岳胜不战,约退于平旷去处。番兵乘势杀出。重阳女引一军从后大喝:"辽众慢进!"手起一刀,斩乐信于马下。乐义大惊,措手不及,被岳胜回马挥为两段。孟良、焦赞引兵杀至,喊声大振。上万户被孟良杀之,下万户被焦赞杀之。重阳女当先杀进城去,宋兵随后一拥而入。幽州城中,四面鼎沸。侍臣报知萧后。萧后自思:"吾为一国之主,若被宋人生擒,好不羞辱,那时求死不可得矣!不如趁今寻个自尽,全身而死,何等不美。"竟入后殿,解下龙绦自缢。有诗为证:

> 孀居抗宋几光阴,顿解龙绦化铁心。
>
> 回首瑶池家别是,菱花尘暗夜沉沉。

重阳女既入城中,杨延朗一骑跑入禁宫,正遇琼娥公主走出叫曰:"今娘娘已自缢于后殿,闻得宋兵布满城中,请驸马快走!"延朗曰:"公主休慌!我非他,乃杨令公四子,诈名木易。"公主听罢,两泪交流,双膝跪下,告曰:"妾之命悬于君手,凭在发放。"延朗曰:"是何言也!蒙子相待,情意甚厚,肯相伤乎?若肯随我回宋,即便同行。不然,亦难强逼。"公主曰:"一则家破国亡,二则嫁夫随夫。驸马肯念夫妇之情,带妾同归,诚为大幸,岂有不肯相从之理!"延朗大喜,即令收拾金银、宝贝、罗缎等物。既毕,延朗即从后宫中杀出,正遇耶律学古走入殿阶。木易厉声曰:"逆贼休走!"学古不知何事,被延朗一刀斩之。耶律休哥听知宋兵入城,削发为僧,越城逃了。

却说六郎提大军入城,日将晡已,乃下令禁止杀戮。八王等进城,乃问萧后何在,人报缢死于后殿。八王令解下其尸,停于宫中。

六郎调遣各军,驻扎城东,不许毁拆民房掳掠等事。次日,八王、六郎入殿观看宫室,众将解过大辽太子二人,并丞相张华以下文臣四十九人、武将三十六人。六郎俱令因于槛车,解京请旨发落。当日诸将皆集,杨延朗进见八王曰:"臣偷生番地一十八春,今见殿下,惶汗甚矣。"八王抚慰之曰:"非将军内应,幽州何日得定?此等功绩,当为第一。待归奏圣上,重封官职,何为惶汗?"延朗称谢。六郎曰:"幽州既定,凡所辖地方,必出榜文以抚安之,然后班师回京。"八王依其议,即命寇准草本,张挂各门。大辽山后九州郡邑,闻幽州已破,望风而献户籍。

越数日,八王下令于宫中大设筵席,赏犒诸将,尽欢而饮。延朗进言曰:"臣启殿下,有一事未审允否?"八王曰:"将军有事,但说不妨。"延朗曰:"臣被番人所擒,蒙萧后隆礼相待。今既国破身亡,圣朝之怨恨已雪,乞将尸首葬埋,以报其禄养之情,且使辽人不以负义咎小臣也。"八王曰:"将军存心如此,可称为仁人君子矣,乃何以不允乎?"是日席散。次早八王下令,用皇妃礼葬萧后。有司奉令收敛。有诗为证:

> 来往龙门四十春,殷勤情意敬如宾。
>
> 不忘恩爱高封墓,塞北于今羡义人。

六郎与八王定议班师,八王可之。寇准又进说必留兵镇守幽州,八王曰:"屯兵固是,予细度之,实非长策。今北番新降,其心未服,设使谋逆,尽将屯戍杀之,岂非我等今日谋之不臧,生陷此辈于死地乎?莫若回京,别建个长久防御之策,更胜于屯兵也。"寇准依其议,

于是六郎调兵起行,望汴京而回。有诗为证:

> 宇宙生才握大兵,风云入阵塞尘清。
>
> 旋师奏凯归朝日,箪食沿途竞笑迎。

大军一路不题。迤逦到了汴京,八王先遣人奏知真宗。真宗遣孙御史等出郭迎接。孙御史既接见八王,与众臣俱皆入城讫。六郎下令军马俱屯城外。次早,八王与群臣进上平辽表章。真宗览罢大悦,抚慰众臣,情词恳切。寇准奏曰:"杨景父子尽心报国,平定北辽,乃不世奇勋。望陛下重加封赏,以旌表之。"帝曰:"朕深知之,候议定下敕。"八王等拜命而出。

却说六郎与延朗回无佞府拜令婆。延朗且悲且喜,言曰:"辽人捉不肖而去,幸萧后放释,招为驸马。一十八年,未奉甘旨,死罪死罪!今日归拜慈帏,忽觉皓首苍颜,须信人生如白驹之过隙也。"令婆曰:"吾儿羁留异国,老母终日悲思。今日汝回,愁怀顿解。可着汝妻来见。"延朗唤过琼娥公主入拜令婆,令婆不胜之喜。延朗曰:"此女性颇温柔,儿得他看承,未尝少逆。"令婆曰:"亦汝之前缘也。须信赤绳系足,仇敌亦必成就。"言罢,令家人具酒庆贺。是日,府中众人依序坐下,欢饮而散。

却说王钦见辽已灭,恐六郎等捉之,乃扮作游方道士,星夜走出汴京。侍臣入奏真宗,真宗闻奏,大怒曰:"此贼屡向朕前以反情陷害杨郡马,朕念旧好,姑相容隐。今日背朕逃走,是欺朕也!"延朗奏曰:"王钦非中国人氏,乃萧后细作,名唤贺驴儿,欲来内中取事。今见国破,恐祸及身,故脱逃而走。陛下不信,拿来看他脚心刺有'贺

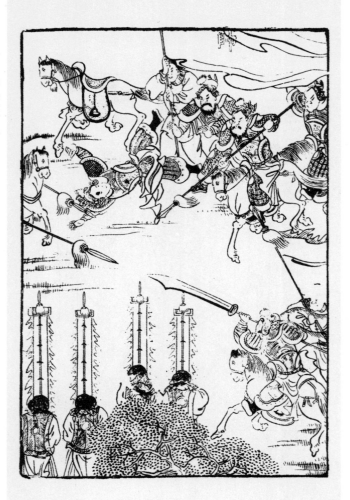

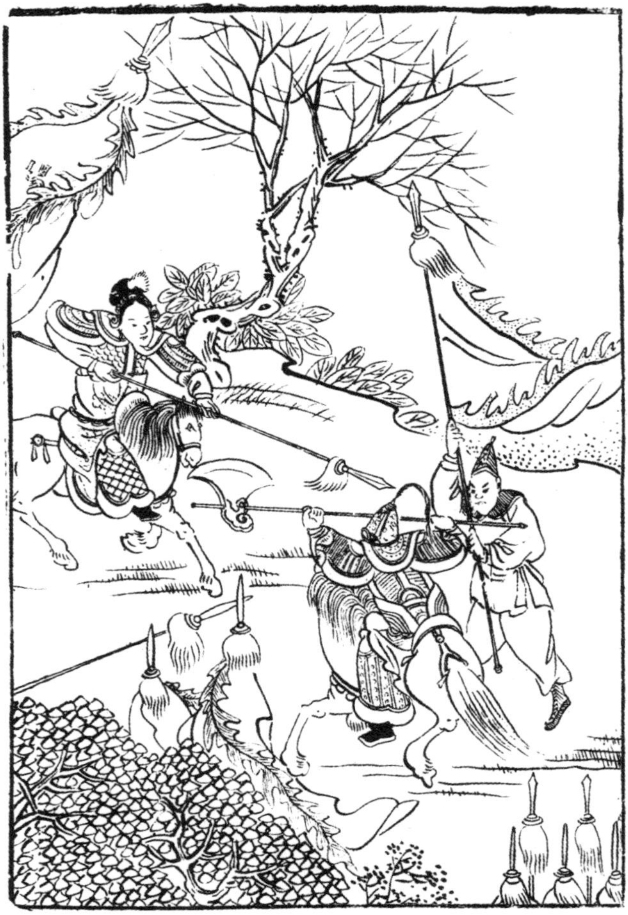

第五卷·八娘子大战番阵

驴儿'三字可证。"八王奏曰:"王钦恶贯满盈,难以宽宥。今想出城未远,陛下可敕轻骑追捕。"帝允奏,即遣杨宗保引轻骑追之。

宗保得令,率兵竟往北门追之。行至北门,问守门军曰:"汝见王钦过此否?"守军曰:"适见一道士慌忙出去,面貌到似王钦。此人莫非是也?"宗保听罢,纵骑逐之。时王钦走到黄河渡,见艄子连声叫曰:"快把船来渡我过去!多与金银相谢。"艄子听得这话,忙撑其船近前应接。王钦跳下船去,艄子举棹而行。将近东岸,忽然狂风大作,将船吹转南岸,一连如是者三。艄子曰:"风大难过,姑待少息渡过去罢。"王钦闷甚,躲于篷下。有诗为证:

> 风急棹行难,浪花滚雪团。
>
> 奸臣天殄灭,不肯放生还。

须臾时,南岸之上数十轻骑赶到。杨宗保在马上厉声问曰:"适有一道士在此过去否?"渡夫未应,王钦低声言曰:"只道过去多时,我当罄囊相谢。"渡夫曰:"汝是何人?明以告我,待替讳之。"王钦不隐,尽将告之。渡夫听罢,怒曰:"我这去处,被汝年年使吏胥扰害,每欲报复,却无其由!"即将船撑近前,报知宗保。宗保上船捉了,绑缚解回。

正值真宗设朝,众文武皆集殿廷。近臣奏知捉得王钦已到。八王令人扯出脚心来看,果有"贺驴儿"三字。帝见大怒,骂曰:"这贼!朕如此厚待,犹欲相害。今逃走于他处,毕竟鼓舞兴兵,又来侵犯边境。"王钦低头不语,只乞早就刑戮。帝问八王当加何罪,八王曰:"乞陛下设一大宴,令本国文武、外国进贡使臣皆与于席。将此贼绑于筵前柱上，万剐凌迟，以侑筵中之酒，庶使人知警。"帝允奏，遂下令着司膳官排宴，召集诸国贡使与满朝文武依次坐饮，令行刑剑子将王钦缚于柱上，慢慢一刀一刀，割下其肉。在席观者，俱毛骨竦然。有诗为证：

奸臣欲堕宋宗墟，乔扮投南种祸基。

讵意壬人天殄灭，致令身戮与邦危。

王钦受痛不过，割了数十馀刀，昏闷气绝。帝命抛其尸骸于野，使狗食鸦餐，方显奸恶报应之极。帝又谓八王曰："王钦欺罔如此，朕竟弗知，何也？"八王曰："大奸似忠，大诈似信。设使圣上知之，非奸臣矣。今日王钦受刑，朝野无不欢跃。"帝然之。忽侍臣奏大将胡延赞夜中疯痰而卒，帝闻奏，不胜伤悼，乃曰："延赞忠心报国，勤劳王家，临大难而不苟，朕股肱也。何天夺之速！"遂令敕葬，赠忠义侯。有诗为证：

豹略摅枫禁，熊师镇朔方。

将星中夜殒，青史永垂芳。

却说真宗设朝，群臣班散，特宣八王升殿，言曰："平定北番，将士未及封赏，今日特宣卿来议之。"八王奏曰："爵德赏功，王者所为。今陛下一统，四方宁静，再封谋臣勇将镇守各处边关，此诚社稷之长计也。"帝曰："日前献俘阙下，朕亦未曾发落。卿说大辽太子与诸臣子，将何以处之？"八王曰："前者班师之际，寇学士等议欲留兵镇守幽州，其事未敢擅行，故必归请陛下裁之。但幽州地土硗薄，今虽得之，亦无利益于国。莫若遣辽太子诸臣来国，以效先王兴灭国、继绝世,施仁政以怀服天下之诸侯也。"真宗允奏,遂下令赦辽二太子,并诸臣俱遣还国。敕旨既下,番人大悦,诣阙谢恩。帝赐辽太子蟒衣玉带,太子再拜受赐,辞别真宗,即日众臣回幽州去讫。

### 真宗大封征辽将

辽太子既返国去。次日,真宗亲拟封职。宣六郎进殿,面谕之曰:"卿父子破天门阵,建立大功,未及升职。今又有平定幽州之勋,朕将旌表以酬卿也。"六郎顿首言曰:"上托陛下洪福,下赖诸将效能,于臣无与也!"帝曰:"卿太谦矣,朕自有定议。"六郎拜命而退。是日遂下敕旨,封六郎为代州节度使兼南北都招讨,封杨宗保为阶州节度使兼京城内外都巡抚。杨延朗以取幽州有功,授秦州镇抚节度使。授岳胜为苏州团练使,孟良为嬴州团练使,焦赞为莫州团练使,陈林为澶州都监,柴敢为顺州都监,刘超为新州都监,张盖为吴州都监,管伯为妫州都监,关均为儒州都监,王琪为武州都监,孟得为云州都监,林铁枪为应州都监,宋铁棒为寰州都监,丘珍为朔州都监,丘谦为雄州都监,陈雄为蔚州都监,谢勇为凤州都监,姚铁旗为寿州都监,董铁鼓为潞州都监,郎千为瓜州都监,郎万为舒州都监。八娘授银花上将军,九妹授金花上将军。渊平妻周氏封为忠靖夫人,延嗣妻杜氏封为节烈夫人。穆桂英以下十四员女将,俱封为训命副将军。其馀有功将士,俱皆封赏有差。

次日,六郎诣阙谢恩,奏曰:"荷陛下恩赐部众爵禄,俱已发遣赴任。但臣母年高,欲奉数时菽水,乞陛下宽宥限期,不胜感激之至。"帝曰:"卿能养亲以尽孝道,可以风励天下为人子者,朕甚喜焉。须俟再拟期限就职。"六郎拜谢,退归无佞府中。岳胜、孟良、焦赞等俱在府中俟候。六郎召岳胜等谓之曰:"今圣上论功定赏,授汝众人之职,恩典隆矣。且幸干戈宁息,国家清平,各宜赴镇,以享爵禄。上耀祖宗,下酬己志,毋得违误官限。"岳胜等曰:"小将俱赖将军威名,建立微功。今蒙圣上授职,实不忍离帐下而去。"六郎曰:"此君命所在,离别之情,有难言也。但汝等可将本部军人查点,愿随临任者,则带同行;不愿者,赏以金银,着令回家生理。汝等赴任之后,各宜摅忠报国,施展奇抱,不枉为一世之丈夫也。当亟赴任,勿萌私念,以误限期。"岳胜等俱拜辞退出行营,问军人愿从者即同之任,不愿者随凭回乡,其军人愿回乡者一半。岳胜等俱各赴任去了,惟有孟良、焦赞、陈林、柴敢、郎千、郎万六人在府,俟候六郎起行。孟良曰:"今岳胜等俱各赴任去了,三关寨上守护军士未知消息,将军须遣人调回。"六郎然之,即遣陈林、柴敢、郎千、郎万前往三关,调回守军,分付将积聚辎重载归府中。陈林等领令去讫。

是时九月,万里长空,一清如洗。六郎月下散步,仰望云汉,追忆部下昔日患难相从,今日清平,俱皆不在,遂口占词调一阕:

> 长空如洗,碧玉盘,辗转寂寂。忽楼头几个征鸿,悲声嘹呖。

> 欲往乡关何处是,水云浩荡南北,只修眉一抹有无中,遥山色。

> 天涯路,江上客。此心此情,依依报国。昂藏丈夫,不忘疆

场裏革。欲待忘忧除是酒,奈杯传尽,何曾消得! 挽将江水入樽罍,浇胸膈。

六郎吟罢,乃入室解衣就寝。忽闻一阵狂风大作,风过之后,似有敲户之声。六郎慌忙启扉视之,恍惚见一人立于檐下,乃其父也。六郎大惊,拜曰:"大人缘何在此独立?"令公曰:"我有一事语汝,今上帝因吾忠义,敕为鉴司之神,此已慰吾心矣。但骸骨抛撒他乡,汝可令人取归,葬于先陵。"六郎曰:"爹爹何为又发此言? 十数年前,孟良曾于幽州红羊洞中取回,已葬殓矣。"令公曰:"汝不知萧后奸计,惟问延朗,便知端的。"言罢,化一阵清风而去。六郎痴呆了半晌,似梦非梦,将近三更。

俟至天明,告知令婆曰:"可唤延朗问之。"须臾时唤得延朗到来,将六郎梦中之事告之。延朗惊慌言曰:"因事匆匆,儿实忘之,未曾告禀母亲得知。萧后昔日得父骸骨,惧我宋人来盗,乃把一付假骸骨藏于红羊洞中,真者留于望乡台,谓吾父英勇,置此以为威望之神。往时孟良所得,乃是假的,此台上才是真的。今日乃吾父显圣,托此梦于六郎也。"令婆曰:"北番今已归降,令人取回,有何难哉?"六郎即召孟良入府谓之:"吾有一件紧要事,劳汝干来。"孟良曰:"将军有何差遣? 小将愿往,安敢言劳。"六郎曰:"吾父真骸骨,萧后藏于望乡台上。汝今竟往彼地取之,却要黑夜盗。若明使辽人知之,彼又将假骸骨换了。"孟良应声曰:"曩者地殊国而人异主,吾尚能取回,何况今日一统?"六郎曰:"汝言虽是,争奈辽人谓吾父骸骨灵圣,彼地乡民毕竟严守,汝去还当仔细。"孟良曰:"将军放心,但无捕缉便罢,若有时节,消不得一斧。"言罢,慨然而行。

适焦赞入府,只见众人纷纷私论,赞问曰:"汝众人在此哓哓,本官将有甚事?"众人答曰:"侵晨本官分付孟良,前往幽州望乡台上取令公真骸骨去了。我等正在此叹息,孟良真有才能。"焦赞听罢,跑回行营,自忖道:"孟良屡与本官干事,我今兼程而进,先到那里取回,却不是我之功?"遂整行囊,竟往幽州去了。此时杨府无一人知之。

却说孟良星夜行到幽州,当日将近申时,扮作番人,竟到台边。只见有五六个守军,喝曰:"汝是何人?来此乱走!"良曰:"前日太子归国,我等护送,未曾遣回,故来此各处消洒,何谓乱走?"守军信之,遂不提防。及至一更,悄悄上台,果见一香木匣盛著一付骸骨。孟良遂解下包袱,将木匣裹了。正背起来,不想焦赞躲在背后,一手拖住包袱,厉声曰:"谁在台上勾当?"孟良慌张,只道是捕缉之人,抽出利斧望空劈去,正中焦赞脑门,嘿然气绝。孟良背了包袱,走下台来,并未见些动静。自思:"捕缉岂止一人?才闻声音,却似焦赞一般。"遂复上台,拨转尸看,大惊曰:"果是焦赞!"乃仰天叹曰:"今为本官干事,而伤本官干事之人。纵得骸骨归去,亦难赎此罪矣。"道罢,竟背包袱走到城边,已是三更。恰遇巡警军人提铃来到,孟良捉住问曰:"汝是哪里人氏?"巡军大惊,见孟良是南人说话,乃曰:"我非辽人,乃宋之屯戍。因犯军法逃走过辽,充为巡军。"孟良亦见是南人声音,遂曰:"汝肯还乡否?"巡军曰:"如何不肯还乡!只因无有盘费,淹留于此。"孟良自思:"亦是本官之福,遇着此人!"遂解下腰间银包递与巡军,言曰:"我送汝一场富贵,今先将此几两银与汝作路费还乡。汝直背此包袱,往汴京送入无佞府中,付与杨郡马,自有重谢。"巡军曰:"杨将军在太原时,我曾跟过他来。领尊命,我就送去。请问阁下高姓贵名?"孟良曰:"休问名姓,到府自然晓得。即刻就要起行,若不去,我或先到汴京,随即差人捕汝,重加刑罚。"巡军曰:"说那里话?受人之托,必当终人之事,岂有不去之理!"言罢,良将包袱交付,再三叮咛。忙忙回到望乡台上,背着焦赞尸首,出了城坳。乃拔所佩之剑,连叫数声:"焦赞,焦赞,是我害汝性命! 不须怨恨,我今相从汝于地下矣。"遂自刎而亡。可惜三关壮士,双亡番北城坳。有诗为证:

> 昔奋雄威莫敢当,今朝为主继相亡。
>
> 狼烽宁熄回头早,两个英雄梦一场。

有诗单赞孟良云:

> 社稷悲雄剑,肝肠裂铁衣。
>
> 误伤同伴侣,慷慨刎相随。


## 禁宫祈禳八王

却说巡军当晚接了包袱,惊疑不定,只得为之隐藏。次日偷出城南,竟往汴京而去。

却说六郎遣孟良去后,心下十分不快,神思仿佛,如醉如痴。忽一晚，睡至三更，梦见孟良、焦赞满身是血，慌慌忙忙走入府中。六郎问孟良曰："我遣汝去幽州取令公骸骨，缘何与焦赞染得满身鲜血而来？"二人拜曰："蒙将军恩德过厚，今特来拜辞家去。"六郎惊曰："相从半生，未尝言及于家。今日汝等平空出此言，何也？"遂伸手扯住孟良，孟良翻身一滚。撇然惊醒，乃是一梦。六郎甚是忧疑，捱至天明，究问焦赞，连日不见。左右报道："日前亦往幽州取骸骨去了。"六郎听罢，惊慌顿足，叹曰："焦赞休矣！"左右问其故，六郎曰："孟良临行曾言，若遇番人缉捕，惟手刃之。彼不知焦赞后去，必误认为番人捕缉而杀之也。"众人亦未准信。

言罢，忽一人入府中见六郎，拜曰："小人幽州巡警之卒，日前夜近三更，小人正提铃巡城，突遇一壮士付我包袱，再三叮咛，叫我送至将军府中。小人不敢失误，今特背送到来。"六郎令解开视之，乃木匣盛着令公骸骨。六郎又问曰："当晚汝曾问其名否？"巡军曰："问之不说。彼言到府，自有分晓。一付了包袱，慌忙而去。"六郎令左右取过白银三十两相谢。

巡军去讫，乃遣轻骑星夜往幽州缉访。不数日，回报孟良、焦赞二尸俱暴露于幽州城坳，今以沙土掩之而回。六郎仰天叹曰："平定北辽，二人之力俱多。今兵革稍息，正好安享爵禄，而俱不幸丧亡。哀哉！哀哉！"次日，入奏真宗曰："臣部下孟良、焦赞，为取臣父骸骨，俱丧幽州，乞陛下追封官诰。"真宗闻奏，甚加伤悼，谓孟良、焦赞汗马功多，乃遣人赍旨往幽州敕葬，谥赠孟良为忠诚定北侯，焦赞为勇烈平北侯。六郎谢恩而退。归至府中，思忆孟良、焦赞，怏怏不乐。

自是不出门庭,亦无心于理任矣。

却说八王从幽州回时,路感风寒,疾作卧床。真宗不时令寇准等问安。八王谓寇准曰:"我与先生辈相处数十年,不意从此永诀!"寇准曰:"殿下偶尔小恙,何遽出此言也!值今四海清平,殿下正好燮理朝纲,致治太平,使臣等坐观雅化于来日也。"八王曰:"莫之为而为者,命也。此命定矣,人岂能逃!"准等辞别,入奏真宗,请祈禳北斗之星以保八王。帝允奏,令寇准、柴玉主坛。准等领旨,令人去请华真人来禳,建坛于禁宫。祈禳二日之后,真人对寇准言曰:"坛上本命天灯不灭,八殿下可保无虞。"寇准登坛看之,只见本命之灯明晃晃的,寇准心中暗喜。醮事完满,疾病果愈,满朝文武俱往八王府中称贺。八王入朝谢恩,真宗亲接上殿,面谕之曰:"卿之安危,系社稷之安危也。今日病可,社稷有托,乃朕之大幸焉。"于是命设酒筵庆贺,与席朝臣尽皆欢饮。

饮至日将晡,众臣罢宴,拥送八王出朝。来到午门之外,喝道军校慌忙回报:"有一个白额金睛猛虎,忽从城东冲入街市,百姓无不惊骇奔走,莫敢当抵,今直到午门而来。"八王听罢,出车视之,果见市中之人四散奔走,却有一虎,扬威咆哮近来。八王急令左右取过雕弓,搭箭抠弦射之,一箭射中其虎颈项,其虎带箭跑回。众军奔忙追赶,跟至金水河边,不见踪迹。军人回报八王,八王惊疑半晌。归至府中,心神恍惚,旧疾复作,后再不复起卧榻矣。

却说杨六郎因忧伤孟良、焦赞,遂染重疾。太郡报知令婆,令婆与延朗、八娘、九妹俱至卧榻之前看之。六郎请令婆曰:"儿此疾自

料难瘳。"令婆曰："我儿小心,待请良医来治,或可安全。"六郎曰:
"昨日当昼而寝,偶梦入朝,行至午门外,适逢八殿下与众朝臣出来。
不知八王因何拈弓搭箭射我,其箭恰中儿之颈项。忽然惊醒,甚觉项
下疼痛难禁。想应命数当尽,以致梦中有所伤损。儿死之后,但乞母
亲保重暮景,勿因不肖之故,哀恸而伤神也。"又唤宗保谓之曰:"汝
延德伯深知天文,曾对我言,大宋兵革之灾,代代不绝。倘圣上命汝
征讨,须当仔细,务宜忠勤王事,不可失坠我杨门之威望也。"宗保再
拜受命。六郎嘱付已毕,渐渐瞑目。忽又张目,回顾延朗曰:"小弟
不幸,今与家人相抛。望四哥善事母亲,抚恤子侄,撑持门户,弟死九
泉仰戴。"言罢而卒。有诗为证:

　　塞北惟公一柱擎,忽闻华表鹤飞鸣。

　　寒蟾没入少微去,朝野哀伤涕泪零。

　　六郎既卒,令婆等一家号哭,声震京师。军民闻之,无不下泪。
延朗进奏真宗,真宗叹曰:"皇天不欲朕致太平,而使擎天之柱先
折。"满朝文武,无不感伤。真宗正悲悼间,近臣又奏八王听知杨郡
马已卒,惊愤大恸,昨日终于正寝。真宗闻奏,倍加哀伤,遂辍朝三
日。寇准等会议奏请八王、杨郡马谥赠,柴玉曰:"杨郡马忠贞良弼,
捍边功绩,国朝第一,今宜谥赠为公。明日列位一同请旨。"寇准曰:
"柴大人斯言甚当。"商议已定,次日会同满朝,入奏真宗。真宗曰:
"朕已蓄是心,特未出旨。今卿等所见既同,朕当亲书敕旨。"乃追封
八王为魏王,谥曰懿,杨景为成国公,命有司俱用王礼葬祭。寇准等
领旨,同百官调度行之。

## 邕州侬智高叛宋

却说真宗封赠六郎为成国公，用王礼敕葬毕，杨宗保入朝谢恩，自后致仕于家。

真宗升遐，仁宗即位。景祐年间，邕州有一人姓侬名智高，生得浓眉青脸，身长一丈，腰阔十围，曾遇神人传授一十八般武艺，飞沙走石，呼风唤雨，无所不能。四方游食凶徒，闻其名声，皆归附之。遂鸠集万馀人，杀入南蛮水德国，水德国王举城降之。既得其国，遂自称为侬王天子。常矜曰："上天生我如是之躯，吾又学成如是之艺，方之古轩辕黄帝，不我过也。彼当时混一区宇，兹亦理之宜然。若区区汉高皇、宋太祖等，特凡夫俗子耳，尚且东征西讨，遂成帝业。倘我遇之，彼当退三舍矣。我今罄平生学力，弯弓北出而不跨有中原，吾不信也！"于是与右丞相石宜商议侵宋。

石宜曰："主上欲取大宋天下，独力难成，必借五路蛮王之兵。先取邕州为基，然后再取柳州。柳州一得，乘此破竹之势，进图汴梁无难矣。"侬王见说，大喜曰："朕有石相，犹唐尧之有虞舜。"遂遣使赍金帛，往交趾国见锐金秀王，借兵五万。又遣一使往罗暹国，请岳刀立大王助兵五万。又遣一使往捍坪国见刺虎哈唎王，借兵五万。又遣一使往乌扎国见贺花天王，借兵五万。又遣一使往打煎国见定儿五角王，借兵五万。五个使臣各领旨，赍金帛去见五国国王。五国国王见侬王天子遣使来送，又许取了大宋天下，分割地土相谢，俱皆喜悦，各亲提兵五万助战，不一日俱到水德国。侬王天子接见，不胜之喜。大排筵宴，饮至更阑方散。

次日，侬王自起本国之兵十万，并五国之兵，计有三十五万，攻破邕州。侬王入邕州城中驻扎。一日，复率众杀奔柳州城来。柳州节度使高严得报大惊，星夜遣人赍表往汴京奏知仁宗。仁宗闻奏大惊，遂问群臣曰："南蛮叛乱，谁能领兵前去征剿？"包拯奏曰："狄青深知南蛮事情，乞陛下命青前征讨之。"狄青进曰："老臣不敢辞，特少一先锋。"包拯曰："殿前都虞候魏化可充先锋之职。"仁宗遂降旨，命狄青领兵二十万前去征南，授为总督大元帅，授魏化为先锋。狄青辞帝，领旨引兵，望柳州进发。有诗为证：

> 欲洗交南瘴地尘，统军驰骤向边廷。

> 金貂分入三公府，甘作沙场万里人。

却说侬王天子驱兵至柳州城，时太平日久，民不知兵，闻南蛮车马杀来，望风瓦解。高严遂弃了柳州城，退守长净关。侬王天子遂领众进柳州城屯止。军士掳掠民财，杀伤百姓甚众。侬王不费张弓只箭，得了两州，心中大喜，不胜矜夸，谓取宋天下如反掌之易耳。乃设筵宴，犒五国国王并军士等。酒至半酣，侬王天子问五国国王曰："今闻大宋遣将领兵来到，列位大王有何计策见教以破之？"锐金秀王曰："待他兵来，临机应变，设策以破之。"是日酒散。

次日，侬王升帐，议定进兵之策。忽哨军来报宋兵已到。侬王天子曰："今大宋兵新到，未有成算。谁敢领兵出杀一阵，以挫其锐？"

贺花天王曰："某命部将隆元出马，立枭来将首级。"隆元得令，披挂上马，引军出阵冲突而来。魏化正欲上马，出阵迎敌，牙将张诚言曰："不劳先锋出阵，待小将去擒此贼。"魏化曰："汝须仔细！今此一阵，关系甚大，倘若输了，挫折无限锐气。"张诚曰："小将视此若群犬耳，杀之何难！"言罢，跳上雕鞍出阵，与隆元交战数合。隆元抵敌不过，拨回马走，那马忽陷蹄，带人跌倒。张诚拍马追赶，马走得快，却被隆元之马绊倒，跌落于地。贺花天王望见，骤马近前斩之。魏化拍马来救，五国国王驱兵掩杀而来，宋兵大败，死者无数。狄青收军，查点伤折数千，怏怏不乐，谓魏化曰："汝为先锋，不出阵迎敌，何令张诚出马而致伤军斩将，大损威风？"魏化曰："张诚坚意要出，非小将使令之也。"狄青曰："这次权饶汝罪，后再失机，定行枭首。"

次日，狄青亲身出阵，列开队伍于北。侬王天子亦亲出阵，摆列阵伍于南。狄青指而责之曰："汝居遐荒，守分进贡，多少安乐！今无故统众侵掠，而作此叛乱之事，是自求祸也。兹者王师到来，能悔前愆，倒戈拜降，吾于天子处保奏，赦除罪名，仍敕赐回国。倘执迷不悛，大驱万马，踏平巢穴，汝尚能保南面称孤乎？"侬王听罢，呵呵大笑，言曰："吾闻天下者，天下人之天下，非一人之天下。自天地开辟以来，几帝几王，变更非一，岂宋可得绵绵而有之乎？吾初接见，谓汝是宋之太师，必有奇谋异论。今特出此等之言，乃老而不死一狂徒耳，识甚世事！汝宋先日欺人寡妇孤儿，窃取神器，万世唾骂。吾今所以兴兵者，实代百年前周小儿伸冤也。老狂夫速退，勿使迟迟而污吾之刀斧！"狄青听罢大怒，挥魏化出马擒之。忽迅雷狂风大作，两下收军。

侬王曰："宋兵勇锐莫敌,当用计胜之。"遂谓锐金秀王曰："烦大王领兵抄出长净关之后埋伏,但听炮响,杀近关来。"又谓贺花天王、刺虎哈喇王曰："烦二大王各领部兵,一枝伏于关左,一枝伏于关右,但听炮响,一齐杀出,直抵关前。"锐金秀王等各领兵埋伏去讫。侬王天子又谓定儿五角王曰："烦大王镇守柳州城,勿得擅动。"五角王得令,不在话下。

### 侬王攻破长净关

却说侬王天子与岳刀立大王,大将松刚、白古钦等出阵。狄青与魏化摆一长蛇阵,侬王天子谓岳刀立大王曰："大王识此阵否?"刀立大王曰："不识此阵名何。"侬王天子曰："此阵名为长蛇阵,倘击其首,则尾转救之;击其尾,则首从而救之。今烦大王出马击其首,又令松刚出马击其尾,又令白古钦击其腰,使他首尾不能相救。吾亲催动后军接应。"分遣已定,信炮一响,刀立等领兵齐出。宋兵果然首尾不能相救,溃乱奔走回关。只见贺花天王、刺虎哈喇王左右夹杀而来,宋兵又走转关后而去。忽锐金秀王一枝兵杀来。狄青弃了关,退走常胜镇。侬王天子追赶,直逼镇前下寨。狄青入镇查点军人,伤折数万。长净关前骸骨如山。有诗为证:

> 南来贼势炽如山,宋将关前死战难。

甲堕日光金缝裂,鼓轰霜气革声寒。

苍烟翠柳鸦争饱,白骨青苔蚁食残。

半夜琨鸡催梦起,还将老剑剔灯看。

侬王次日调兵将镇围了。狄青见折军太多,感伤不已。又见侬王围镇,四门攻打甚急,幸其镇原立有四门,城郭完固。然狄青慌慌无计,谓诸将曰:"南蛮勇不可当,今把镇围了,将奈之何?"魏化曰:"当急表奏朝廷,再遣兵来救应。"狄青曰:"围得恁紧,怎出去得?"魏化曰:"小将愿杀条血路,保护使者出围。"于是狄青写表遣人赍去,魏化开了北门,杀透重围,护送其人出去。魏化复杀入城来。

使人星夜走到汴京,进表仁宗。仁宗闻奏,惊叹曰:"狄青兵败,南蛮长驱而进。朕之社稷,毕竟难保。不能为先人守业,却有何颜见之于地下乎!然先帝何幸,得遇六郎。朕今生不逢辰,而无若人。设有若人,南蛮安敢正视中原!"言罢,包拯奏曰:"陛下不叹及六郎,臣亦忘之。今有六郎之子宗保,其人告老在家,乞宣来问取征蛮之策。"仁宗允奏,即命侍臣往无佞府中宣召宗保。宗保正在金水河边散步,吟诗云:

金水河头辇路分,深沉庭院柳如云。

春来天上浑无迹,月到花阴似有痕。

曲糵酕醄高枕卧,莺声宛转隔窗闻。

千金难买相如赋,谁似相如善属文。

吟罢,忽家丁来报:"朝廷遣使臣来召老爷,今在府中等候。"宗保听罢,忙回府接旨。与使臣相见毕,即同使臣趋朝拜见仁宗。

仁宗赐坐于侧,见宗保须鬓皓然,愀然不乐,意其不堪领兵出征,乃言曰:"久不见卿,今已如此老矣。"宗保曰:"日月如流,不能久延。且无妙药驻颜,故不觉雪满乌巾。今日圣上宣召老臣,不知为着甚事?"仁宗曰:"卿尚不知,朕之社稷危在旦夕。今南蛮叛乱,侵犯边疆。朕命狄青、魏化征剿,岂意狄青失机,被贼夺旗斩将。朕之地土,已陷没千里矣。"宗保曰:"陛下今宣老臣,将欲何为?"仁宗曰:"特因卿久居兵革,军机惯熟,故宣来参酌征剿蛮贼计策。今见卿年迈,心甚不快。使卿少壮,烦一往焉,南蛮安敢如此长驱而进?"

宗保见仁宗说他年老,乃曰:"陛下说臣老,乞御厩牵过马来,御库取过盔甲、刀枪、弓箭来,伏望陛下恕臣死罪,待臣当殿前试演一番,看老不老?"仁宗即命武士牵马取枪甲等件。武士须臾取到,宗保俯伏请了罪,拿下朝冠,脱了朝服,带盔穿甲,取过硬弓,连拽折了数张。又拈枪在手,唤武士打马放缰前走。宗保举步如飞,向马后赶上,踊身一跳,跳上了马,绰枪左挥右刺,于殿前往来一巡。遂跳下马来,跪于帝前言曰:"陛下说还可用否?"仁宗笑曰:"矍铄哉,是翁也!"遂亲降阶,扶起宗保,乃命设宴宴宗保。

酒至半酣,仁宗从容谓宗保曰:"卿可前去代狄青掌元帅之印,但少一先锋。"宗保曰:"吾儿可挂先锋印。"仁宗曰:"文广年幼,未便可当此任。"包拯曰:"知子莫若父。杨元帅自以为可,即可矣。否则军伍凶行,彼岂肯自误耶?"帝允之。是日宴散。有诗赞宗保为证:

　　曾于海内擅威风,老眼年来一半空。

　　已向林泉寻九老,又从殿陛会诸公。

古今有几风流将，天壤无双矍铄翁。

早遣提师居阃外，岂容寇贼逞英雄。

次日，仁宗命宗保统率羽林军五万，前去代狄青领元帅之印，文广代魏化领先锋印。宗保领旨归府，将圣上调遣之事告木夫人。木夫人曰："夫君老矣。妾年五十始生文广，儿又幼小，倘有疏失，怎生区处？"宗保曰："吾已筹之熟矣，不必夫人忧虑。"遂令手下整顿起行。有诗为证：

宝匣行披紫电辉，气翀牛斗耀旌旗。

欲平夷虏南侵患，先竖中军杀伐威。

# 第 七 卷

### 宗保领兵征智高

却说杨宗保次日出朝辞帝,领兵起行,望柳州进发。侬王闻知宋君遣兵来救,乃撤围退回长净关去了。宗保大军不日到了常胜镇,狄青等接见宗保。宗保将圣旨宣读毕,狄青即捧印递与宗保,见宗保须鬓皓然,乃冷笑朝廷如此遣将,安能取胜。宗保见狄青冷笑,大怒,唤左右擒下狄青,绑出辕门枭首。狄青曰:"我无罪名,何敢妄自诛戮?"宗保曰:"适来递印冷笑,有失威仪。汝既轻慢,下皆不恭,吾安能统众以破贼哉?假令圣上见老,不用则已,若用之时,将印挂我,亦必敛容相授,使下有所敬畏。且今日来代领印,出自圣裁,岂我贪权慕禄而夺汝之兵柄耶?"言罢,喝手下推出斩之。文广急跪下告曰:"父亲才到军营,即斩元帅,恐于军不利。"宗保曰:"某自十三岁随父出征,统率大军,遇不用命者即斩之,有何不利!"文广又曰:"狄太师朝廷大臣,圣上所宠任者,今日不请旨斩之,恐圣上见罪。"宗保曰:"只看圣上分上,饶汝残生。我岂怕汝为太师耶!"遂放了狄青。狄青被宗保耻辱一番,收拾回京,沿途痛恨宗保,乃曰:"不把此贼灭门绝户,誓不为人!"不在话下。

却说宗保令军士扯起杨家令字旗号,摆开阵脚,出马与侬王天子打话。侬王天子见宗保须鬓雪白,又见手下一清秀孩童,披挂端坐于马上,遂问军士曰:"汝等知此老人与那孩子否?"军士曰:"那老者是元帅,那孩子是先锋。"侬王听罢,微微冷笑,暗忖道:"宋朝无人物如此!若早知道,提兵北向中国,天子已被我做多年矣。"遂言曰:"日前狄青硬抗我师,几致丧躯。汝今较之狄青,半做土臭,尚来提兵出阵而为元帅!那个孩童,口尚乳臭,乃挂先锋之印!中原人物,自此观之,寥寥然尽在吾目中矣。老将知事,早早拜伏马前,他日不失王侯之封。不然,此剑利害,决不相饶。"宗保闻言,呵呵大笑,言曰:"汝曾闻曩者破天门七十二阵,擒萧太后之人名否?"侬王天子曰:"彼女流也,被汝所欺。吾非女流,敌岂容易?但汝亦只能欺妇女耳,岂能敌须眉大丈夫乎?"

宗保曰:"军前不必饶舌!汝今谋逆,敢犯正统,果是有勇,舞剑挥枪,量必能之。但不知晓得些阵图否?"侬王天子曰:"未学接战,先学列阵,岂有不识之理。"宗保曰:"吾今排下一阵,汝试辨之。"侬王天子曰:"汝试排来与吾一看。"宗保曰:"两军休放冷箭,试看排阵。"遂走进阵去一调,复出问曰:"此何阵也?"侬王天子曰:"九龙出海阵。"宗保曰:"然也。还能认否?"侬王天子曰:"何阵不识,任从排来。"宗保又进阵一调,复出阵前言曰:"识此阵否?"侬王天子曰:"此八阵图,吾国小儿亦识,岂我身居万人之上而不识耶!"宗保曰:"汝有胆略攻打此阵否?"侬王天子曰:"尚欲直驱中原,横行天下,今遇此小小阵图而不敢打耶!"宗保曰:"汝试打之何如?"侬王天子诺之。

彼心忖道："杨宗保亦如狄青易敌。又以此阵,我既知之,必能破之。"遂引松刚、张诚从生门杀入阵内而去。

宗保见侬王天子既入,复将军士一调,变成九宫八卦。侬王天子三人在阵内东冲西突,无有出路。又听得外面喊杀连天,高声大叫,要活捉侬王蛮头。侬王天子大惊,遂念动咒语,一霎时怪风大作,飞沙走石。宗保笑曰:"此贼有这些本领,遂敢萌此大念。"乃提剑望北一指,大喝一声,怪风遂息。侬王天子大惊曰:"此人是我冤家对头。"正在慌危之际,忽东南角上一军杀进,乃定儿五角王驱短剑军一直砍进,其锋莫敌,宋兵俱各奔走,遂被他救出侬王天子去了。宗保乃分军作五队,望五处营寨杀去。

先是,四国国王并侬王立下五个营寨,及见侬王被围,营营胆丧魂消。独定儿五角王在柳州城闻知侬王斗阵,恐有疏失,遂提兵来救。既救出去,只见宋兵分五队杀来,俱皆弃寨走回长净关。正走之间,忽前一军拦住,为首一小将当先杀来。松刚欺其幼小,拍马向前迎敌。只一合,被文广砍之。魏化与隆元交马数合,将隆元砍于马下。文广、魏化二骑东冲西突,遇贼便砍,恰逢定儿五角王短剑之军,英勇难敌。文广思忖:"此兵急难破之,必伤其主将,方可获胜。"遂诈败而走。定儿五角王见文广败走,拍马追赶。文广拨回马来接战,将标枪一标,标中左股。五角王落于马下,文广近前正待砍之,忽侬王天子骤马而至,大声喝曰:"黄口孺子,敢如此无礼!"文广遂与侬王天子交马数合,不分胜负。文广乃佯败,用拖刀计去砍侬王,侬王躲过。文广见胜他不得,杀得性起,将交牙十二金枪之法刺之。侬王

不能当抵,身被数枪,拍马逃走,与五国国王弃了长净关,退走柳州城去讫。天已将黑,宗保遂收军屯于长净关。有诗为证:

坐筹玉垒智谋深,训练强兵贯古今。

自顾勤劳甘百战,白头不改少年心。

次日,依王天子升帐,调五角王曰:"大王何以知我困于阵中?"五角王曰:"哨马来报大王与宋人斗阵,我料毕竟有失,故引兵相救。"依王曰:"昨非大王,几遇其害。但大王因救孤而被枪伤,孤心甚不忍也。"言罢,泪如雨下。五角王曰:"壮士临阵,不死便伤,此何足惜!请大王不必悲伤。"依王曰:"五角王壮哉!正所谓勇士不忘丧其元也。"遂又言曰:"吾幼时闻宗保智力超群,破萧后七十二天门阵,无人能敌。昨日阵上观之,英勇还在。吾又欺文广年幼,被他刺了数枪,正是虎父还生虎子。吾想起来,此宗保老儿英勇之甚,必须用计,才可破之。"五角王曰:"昨日亦因欺敌太过,所以不甚提防,遂至大败。"依王天子曰:"诚哉是也。但不知列位大王有甚妙策,下教下教。"锐金秀曰:"请两位大王先领兵埋伏万春谷之两头,来日与宋人交战,佯败而走,弃了此城,直引进万春谷去。待宋兵一进,伏兵齐出,截断谷口之路。彼来冲时,多设强弓硬弩射之。不消一月,宋人俱饿死于谷中矣。此计何如?"刺虎哈唎王曰:"杨宗保行兵如神,他肯令兵赶入谷来?那时功又不成,枉送了此一座城。依我之见,多备柴薪引火之物,布满此城之中。明日与宋酣战,至晚佯败奔走,弃了此城。彼必入城安歇,候至二更,复引军围城,齐射火箭入城烧之。列位大王以为可否?"依王天子曰:"妙哉!妙哉!正合孤之意也。"

次日，侬王天子遂不出兵，暗备柴薪引火之物。既已停当，乃驱兵出城，直至长净关前搦战。杨宗保曰："数日不出，此贼必有计谋。日昨探马可曾回否？"问罢，一卒向前禀曰："昨领钧旨，打探消息，只见侬王军士纷纷挑柴入城，今日即引军出战。"宗保曰："此计只好瞒着孩童。"言罢，乃遣文广出阵。文广得令，引军出马骂曰："诛不死的瘟蛮，还敢来战！"侬王天子大怒，骤马挺枪，直取文广，与之交战数合，诈败而走，文广不赶。侬王勒马复回，战上三合又走，文广亦不追之。宗保骤马向前叫曰："吾儿何不纵马追之？"文广曰："他乃佯败，其间必有诡计。"宗保曰："无妨，只管赶上擒之。"言罢，侬王天子复来交战。文广又与斗上数合，侬王败走，文广追之。宗保催动后军，一齐杀去，直赶到柳州城边。日将晡，侬王与众弃城奔走。宗保驱军入城歇息。文广见满城堆积柴薪，急禀曰："爹爹快令军士出城！儿见街市俱是引火之物，倘彼射火箭入城，则我军无遗类矣。"宗保曰："吾儿放心。"三军皆入城歇。

是夜将二更，宗保与魏化等步上城楼，遥听侬王军兵将近城来，宗保口诵咒语毕，大喝一声，迅雷大作，雨下如注。城下水深三尺，侬王军士湿透重甲。天明收军，回至万春谷口，军士造饭，向日晒衣。宗保唤魏化言曰："汝领三千劲骑，直去万春谷口呐喊，彼军惊走，不必追入谷去，只夺得马匹盔甲回来，是汝之功。"魏化领兵去讫。又令文广领健军五千，接应魏化，搬运盔甲等类。文广亦领兵去了。魏化引军既至万春谷口，一声炮响，喊声大振。侬王与五国军士惊骇，乱走入谷。魏化与军士搬运盔甲，抢夺马匹。文广引兵又至，将所弃之物,尽皆掳回柳州城讫。

依王天子走进谷中,见兵不来追赶,遂下令扎寨于谷。与五国国王坐定,泣而言曰:"昨夜之败,非战之罪,乃天败也。假使非雨,彼军俱作煨烬矣。"言罢大恸。五国国王皆劝曰:"胜败兵家常事,大王不必如此感伤。虽败两阵,未曾甚折军兵。明日再与决一死战,有何不可!"依王天子曰:"我军疲劳,犹之可也。列位大王为孤受苦,吾心是以痛伤。"五国国王皆曰:"唇齿之败,患难共之,今说此话不得。"依王曰:"列位大王既无退志,孤能射神箭,明日试看孤射之。"言罢,于是传令下寨万春谷中,整顿军器,次日复出交战,不在话下。


### 文广困陷柳州城


却说宗保升帐,诸将参见毕,宗保谓文广曰:"夜来一梦不祥,必有小灾。"言未罢,忽哨马报依王复整兵出谷,杀奔柳州而来。宗保曰:"吾欲号令出军,恐有疏失,验应昨夜之梦。"文广曰:"既爹爹夜梦不祥,且停止不出交兵,高垒深沟,坐老其师何如?"宗保曰:"吾军远涉,粮草缺少,利在速战。"魏化曰:"权停两日,观其动静,出兵破之。"宗保曰:"然也。"乃传令四门紧守,勿得妄动。

依王见宗保两日不出交战,遂生一计,写书一封,唤小卒送入柳州城去。小卒领书至城下叫门,守军报知宗保,宗保传令开门放入。小卒递上书,宗保拆开看之,书云:"日前汝排阵图与孤打之,汝若有能,孤今亦排一阵,汝试出城观看何如?"宗保览毕,对来卒言曰:"神人之阵,我曾破之。量尔主乃一凡夫,才不高于神人,吾岂不能攻打乎?来日准出观阵。归语汝主,决不爽信。"小卒领令回报侬王。侬王喜曰:"中吾计矣!"

次日,侬王先摆开阵势,出马立于门旗之下。宗保亦摆开阵脚,才出马来,侬王遂发神箭射之。宗保望见,伸出右手接之,忽左手里枪竿打着坐下马眼,那马惊跳起来,把宗保掀落于地,伤折左脚。文广急救起来。侬王望见宗保落马,手挥五国之军,一齐杀出。魏化、何承恩等出马迎敌。文广护送父亲入城,复出杀退南兵,救得魏化等入城讫。

侬王率军将城围了。文广令四门紧守,不许乱动。号令毕,竟入帐禀曰:"爹爹保重贵体,勿以军情罣心。"宗保曰:"吾足还要一月才好。争奈粮草缺少,蛮兵虽败,未曾折伤,他决不退。必须遣人表奏朝廷,再调兵来救应,方破得此贼。"文广曰:"蛮贼只道爹爹伤箭,今将四门围得甚紧,弓弩设得极多,怎出去得?"宗保曰:"汝令四门军士披挂,擂鼓呐喊,虚作出城之状,每日一连数次。蛮贼折箭既多,彼必懈怠,只道耍他,不复射箭。可令魏化赍表,汝同杀出城去。辅送出了重围,汝即收军入城。"文广依计而行,一连三日诈作出城之状。贼见折了许多箭,果懈怠不射。文广开了北门,同魏化杀出城去。比及三门知觉,撤兵来杀时,文广收军已入了城,魏化已杀出重围去了。

星夜回到汴京,进奏仁宗,仁宗闻奏,惊曰:"文广,长善公主之偶。文广倘有疏失,怎生区处?"遂问群臣:"谁堪领兵去救文广之困?"包拯奏曰:"殿前检校元和可以去得。"仁宗允奏,即宣元和上殿,命其领兵。元和奏曰:"小将愿往,但得一主帅同去为妙。先日杨府常有女将,乞陛下宣木夫人来,问渠府还有可堪统兵者否?"仁宗听罢,即命侍臣急往杨府,宣木夫人入朝商议军情。木夫人接了手诏,同侍臣进朝拜见仁宗。仁宗问曰:"文广今被蛮贼陷于柳州城,魏化回取救兵。朕命元和领兵五万去救,但元和勇而无谋,不能将将。汝府先代常出女将,不知今还有否?若有能者,朕即敕封领兵,前去解围。"木夫人闻知文广被围,大惊曰:"杨门止有此子接绍宗支,若有疏危怎了?今杨门虽有几个丫头,却未曾演习兵戈之事,不知可去得否,待妾回问,即来复命。"

木夫人辞别仁宗,竟回到府,召集众女至于庭前,问曰:"文广被贼陷于柳州城内,圣上问我杨门还有女将,可以领兵前去解围者否,汝等有谁去得?"宣娘曰:"阿奴愿去。"木夫人曰:"汝肯去,却要谨慎。"遂引宣娘入朝,奏知仁宗。仁宗大悦,遂下命封宣娘为征南总督,授元和为车骑将军,即日领兵起行。帝又谓木夫人曰:"文广,长善公主之配,朕今许舍东岳庙三般宝物,祈佑文广平定南蛮而回。"木夫人与宣娘谢恩而去。

宣娘领旨,辞别木夫人,与元和、魏化统军出城,望柳州进发。不数日到了柳州,离城十里扎下营寨。宣娘曰:"谁肯杀入城去报知文广?"魏化曰:"小将愿去。"即欲出寨,宣娘曰:"且少待。先定计策,报与他知,做个里应外合,却才为妙。"元和曰:"计将安出?"宣娘曰:"今蛮兵屯于万春谷中,我欲引军截其归路,但不知有路可通那头否?"忽一卒应声曰："有路可通。"宣娘曰："汝何以知之?"那卒曰：
"昔日狄太师曾遣小卒到此谷中打探消息，只要偷过了柳州城外蛮
贼之营，使他不知，便可以去。"宣娘曰："计策有矣。魏将军杀入城
去，告知宣父，说吾引军偷路过谷，截贼归路。须令城内明日大开四
门，调遣军士一齐杀出。元将军分兵四路杀进，做个里应外合。贼兵
一败，必走入谷，不可追之太骤，恐其舍命杀转。只宜令步军放炮放
箭，缓缓一步一步进谷。吾军既入了谷，骑可并行，又当急急迫之。
谨记，切不可有误!"言罢，谓元和曰："将军即放炮呐喊，大张威势，
一则以助魏将军入城，二则蛮兵俱出迎敌，趁此之势，我好偷过营
寨。"言罢，魏化领劲骑一千，直冲重围，入城而去。宣娘自引骑军二
千，远远依山傍岭，偷过贼寨，往小路抄出万春谷那头去了。二支骑
军方出之际，元和放炮擂鼓，喊声振天。只见蛮兵纷纷前来迎敌，却
未提防宣娘偷过他寨去了。元和叹曰："杨门妇女，亦有识见如此!"

却说宗保之脚已好，正在军中吟诗纳闷。其诗云：

> 层阴迢递苦迷空，八月黄沙吹朔风。
>
> 关塞极边悲草木，羽衣昨夜过崆峒。
>
> 何年克汗全归去，此日骠骑尽总戎。
>
> 千里骅骝俱野牧，庙堂不用赏边功。

吟罢，忽闻城外喊声大作，急登敌楼观望。只见魏化杀入城来，
急令文广开门，放下吊桥，迎接入城。魏化入见宗保曰："今宣总督
领兵偷过贼寨，竟往万春谷截贼归路去了。着小将告禀元帅，如此如
此而行。"

次日，宗保下令，遣魏化出西门，与定儿五角王交战；遣孙文焕出东门，与刺虎哈唎王交战；遣何承恩出北门，与锐金秀王迎敌；遣文广出南门，接战贺花天王。人各领兵五千，一声炮响，四门一齐杀出。宗保又令高严守城，又令冷如冰领兵一万，出马与岳刀立大王接战。宗保自引大军，接战侬王天子。元和次日亦依宣娘之言，军分四路，整顿齐备。

听得城内信炮一响，元和挥军杀进四门而去。内外夹攻，蛮兵大败，走入万春谷去。宗保催大军直赶杀到谷口，令军士一步一步射进谷口，防贼埋伏。既进谷中，漫山遍谷，赶杀而去。蛮兵将走出谷，前军回报，谷口有军拦路。侬王天子闻报，奋勇当先杀出。宣娘见旌帜是侬王的，遂出马交战。只一合，被宣娘挥刀砍落马头，侬王跌落于地，宋兵将侬王绑了。部卒俱投降乞生，宣娘纳之。只见五国国王爬山越岭逃命。宗保催军杀到，得报侬王已被宣娘捉了，五国国王俱各越岭而走。宗保急令军士于岭下高声叫曰："为乱者侬王，今已成擒，实与汝诸国无与。汝等归路皆已遣兵截住，今请汝等皆来投降。吾之元帅于天子处保奏，复封故土为王。苟执迷不省，如擒捉了，一命不留！"五国国王闻说，皆下山言曰："只恐元帅缚而杀之。果肯相容，即当倒戈投降。"宗保曰："诛戮降军，是不仁也；行不践言，是不义也。大宋堂堂正大之师，乃为不仁不义之事，何以服四夷乎？"五国国王皆曰："请元帅暂退军兵，明日自缚来见。"宗保下令收军，屯于谷中不题。

## 宣娘化兵截路

却说宣娘入见宗保言曰:"久别爹爹,有失侍奉,恕儿之罪。"宗保曰:"非我儿来救,老父一命,几不能保。"文广曰:"适间爹爹不严督军士擒捉五国蛮王,何故收军,让他逃走? 倘他日再生边患,岂非今日若有以纵之乎?"宗保曰:"兵书云:'归师莫掩,穷寇莫追。'倘若赶之太急,蛮贼拼死杀来,吾军可保无虞? 此所以欲擒之,必姑纵之。彼果肯降,仍令反国,怀之以德。若再叛乱,寻复出师,示之以威。且自古有华夷之分,彼不毛之地,得不足喜,失不足忧。虽蛮夷之人,必服其心,岂可一一示威以劫之乎?"魏化曰:"元帅言之是也。"宣娘曰:"若要蛮贼来降,必须设策惊他。"宗保曰:"有何计策?"宣娘曰:"爹爹说伏兵截他归路,即是此个计策。"宗保曰:"吾不过诳他而已,岂真肯遣兵深入险地,以受其殃?"宣娘笑曰:"儿自有计,不必要兵前去。"遂唤军士拿米过来,望南撒去五把,不知口中念些甚么。念毕,大喝一声,仍复告宗保曰:"儿遣兵去矣。"众人亦未准信。

却说五国国王商议曰:"难得宋人收军去了,我你走归本国,岂不美哉! 何必投降,受他节制。"言罢分别,各望本国之路逃回。俱行了一程,遥闻前面军马鼓炮之声,如风雷迅烈一般,吓得五国国王尽皆走转,复聚于万春谷口,相对言曰:"前途埋伏之兵,势甚雄壮。"五路皆一样如此言之。锐金秀王曰:"若不投降,被他所擒,求生难矣。"定儿五角王曰："只恐宋人不肯相饶。"锐金秀王曰："纵不相饶,死期犹远。今宁舍我一命,以救数万军人之命。然又闻宋主宽仁大度,不肯残害降卒。万一侥幸,赦除不杀,吾辈又得生矣。"商议既定,皆自绑缚诣营,写表称臣投降。宗保出帐,亲释其缚,言曰："列位大人今既倾心归顺,俺便写表申奏朝廷,力保释放,仍封为王。"言罢,乃令设酒相待,尽欢而散。有诗为证:

> 星月烽烟息,山河贡道通。
>
> 不枭诸反侧,宗保信英雄。

却说宗保一获侬王,唤过降卒百馀人向前,谓之曰："汝等肯代我干场事,重赏释放还国。"降卒叩头言曰："愿听爷爷钧旨。"宗保曰："今汝等星夜走回邕州,报说侬王天子与宋战败而回,不觉被一支军兵截住归路,困于谷中。我等回取救兵,乞丞相爷爷快发兵相救。汝等走到邕州,却要黑夜呐喊,急叫开门。"言罢,众卒领诺。宗保又令文广与何承恩领兵二万,同降卒星夜兼程,往邕州进发。若至城边,令降卒叫开其门,挥军一涌而入。文广得令,领兵走到邕州,天犹未明。文广与军士埋伏于城外,令降卒喊门,依着宗保之言,如此如此而说。门军听罢,见是自己之军,遂大开城门。文广催军,一涌而入。文广一马当先,杀到邕州衙前。恰遇石宜走出,一刀砍之。既诛石宜,文广遂下令不许军士妄杀市民,出榜安抚百姓,令何承恩权知邕州州事。分付已毕,乃收军回柳州城而去。

文广回到柳州,入帐见宗保曰："禀爹爹得知,石宜已被儿砍了。又令承恩权掌州事,安抚百姓而回。"宗保大悦,于是写表并五国王降表，俱遣人赍进汴京，奏知天子。赍表者正欲上马，忽宣娘提得侬王首级，掷于帐前。时五国国王俱列帐下，吓得魂不附体，面面相觑。时宗保见之，大怒，喝令军士将宣娘绑了，辕门枭首。文广急向前跪告曰："爹爹息怒！侬王死有馀辜，斩之理当，今缘何将姊姊枭首？"宗保曰："吾今写表，说活捉侬王解京，待圣上亲行发落。今幸表尚未去，倘若去了时节，吾有诳君之罪，反到干出灭门绝户之事。吾昔与狄青构怨，纵圣上垂念功绩相容，狄青岂肯相容乎？彼必假公义而伸私忿也。"文广曰："且放他转来，问斩侬王之由，枭首未迟。"宗保遂唤军人推转于帐下。文广含泪问曰："姊姊何故擅杀侬王？"宣娘曰："侬王两臂有千钧之力，爹爹正令人送京，彼遂打破囚车走出，抢了军人之刀，杀死数十军士。儿出见之，乃念铁罩咒罩倒于地，令军人近前缚之。彼持刀在手，如虎凶狠，军人无有一个敢近其前。儿自思此等凶贼即解，到中途军士必受其害，以此砍之。现有杀死军人可证。不期冒犯爹爹军令，恳乞相饶。"宗保曰："权饶这次，后再如此，军法施行。"于是写过表文，使人赍去。

使者星夜回到汴京，进奏仁宗。仁宗大喜曰："朕有文广，边患无忧矣。"乃遣使臣赍赦文释放五国王归国，袭承旧日王爵。命高严为柳州刺史，镇守柳州。命何承恩为邕州刺史，镇守邕州。又诏杨宗保即日班师回汴。侍臣领旨，竟到柳州。宗保令人排香案接旨毕，即召五国国王至，命之跪听圣旨毕，宗保谓之曰："蒙圣恩宽宥，敕令列位归国，仍封王位。但自今以后，各守分土，毋得生事扰边。再犯天威，罪却难赦。"五王曰："荷元帅不杀之恩，与圣天子宽宥之德，如同

父母,难报罔极,尚敢作背逆之事耶?"遂向北再拜,复转拜宗保四礼毕,各自分别,回本国去讫。有诗为证:

> 圣主施仁释五王,五王感德地天长。
>
> 尽欢白璧完归赵,遥向辕门拜冕裳。

却说宗保下令班师回京。不日大军到了汴京,宗保朝服入朝复命,俯伏金阶。仁宗宣诏入便殿赐坐,乃曰:"塞上风霜,劳顿元帅,朕甚悯焉。"宗保跪下言曰:"微臣分所宜也。"仁宗命平身复坐,谓之曰:"向者报道卿等陷于柳州,朕即许舍东岳之神三件宝物,祈佑卿等早脱祸胎,平定邕州而回。彼时朕即遣人赍宝送往东岳酬愿,使臣到于焦山,不期被强贼抢夺而去。此贼访得,即居焦山之下,为害不小。卿着何人前去剿除,取出三件宝物,竟往东岳酬了旧愿,朕心始慰。"宗保曰:"可命文广与魏化前往取之。"仁宗曰:"文广,朕欲令与长善公主毕婚,另遣一人去罢。"宗保曰:"他人去则有失,待进香回,毕婚未迟。"仁宗允奏,遂敕令文广与魏化领铁骑三千,前往焦山取宝酬愿。文广领旨去讫。


## 杨文广领兵取宝


却说仁宗敕令文广领兵往焦山取宝,进酬香愿。文广得旨,乃命军人展开旌旗,大书"奉敕取宝进香"。书毕,遂归无佞府辞别父亲,引着三千铁骑军,即日起行。临行时,文广问魏化曰:"不知此去焦山,有几条路可以通之?"魏化曰:"闻有两条路通之,一条大路直从焦山之前,一条小路便抄出焦山之后。此条小路而去更近些。"文广曰:"既小路更近,可星夜提兵而进,出其无备,打破他的巢穴,剿除更快。"魏化曰:"小将军所言甚善。"文广乃率军士往小路进发。

却说焦山杜月英与宜都窦锦姑结为姊妹。月英抢了朝廷宝物,遂遣人居于汴京,打探消息。其人听得是文广从小路而来取宝,飞报月英。月英大喜。忽报锦姑来到,月英出接,叙礼坐定,锦姑问曰:"贤妹有何事喜笑颜开?"月英曰:"吾抢了朝廷三件宝物,即今打听得是文广来取。此人乃长善公主夫婿,今尚未配。其人生得甚美,他来见我是个女子,决不着意提防。吾必用计擒之,成就鸾交,岂不终身有良托哉?"锦姑见这话,暗忖道:"他要好婿,我亦要好婿。莫若领吾部下先捉之,以成佳偶。"遂问曰:"贤妹可知他从那条路来?"月英曰:"小卒报知,正从姊姊那条路来。"锦姑暗喜,遂辞别竟回,定计捉文广。

时文广引军来到宜都山,前军回报,前有一彪军拦路。文广令军摆开,出阵言曰:"吾今领天子敕旨,前往东岳进香。汝是何人,敢来拦路?"那阵中一美貌女子向前言曰:"吾乃宜都山窦天王亲女,据守此方,凡往来客商人等经过此处,俱要留下钱物,始让他过去。汝是何人,犹尚不知?"文广曰:"吾乃日前擒侬王天子归国先锋杨文广是也。"锦姑曰:"汝只能擒那蛮贼,能胜吾手中宝刀乎?"文广大怒,提枪直取锦姑。锦姑与之交马数合,被锦姑将绊马索套了马足,用力一扯,其马跌倒,遂把文广掀落于地。众喽罗齐出捉之。魏化急来相救,被锦姑一箭射中其马,魏化亦掀落于地。锦姑却不去捉魏化,只去绑缚文广入寨。

锦姑坐于帐上,众喽罗拥文广于帐前,挺立不屈。锦姑见文广表表威仪,面如傅粉,唇如涂朱,心下十分欢悦,恨不即与合卺。遂命喽罗对文广说要与成亲一事。喽罗领诺,与文广说之。文广曰:"吾乃堂堂天朝女婿,岂肯与山鸡野鸟为配乎!宁死不失身于可贱之人!"锦姑怒曰:"汝今已被吾擒,敢说如此轻狂之说!吾今不放汝,死拘囚入海,即朝廷闻之,奈我何哉?那时任我磨灭你这畜生。"文广听罢,大骂狗妇,将头去撞锦姑。锦姑令喽罗紧紧绑缚其手足,私谓喽罗曰:"汝等勿得相伤,吾自有个计策,不愁他不肯谐亲事。"喽罗得令,将文广绑缚,丢于后寨床上。

忽寨外喊声大振。锦姑出寨视之,乃魏化也。遂曰:"才饶汝死,今复胆大,敢来冲寨呐喊!"魏化曰:"不必多话,好好还我小将军也。"锦姑曰:"已杀之矣。"魏化大怒,直取锦姑。交战数合,亦被锦姑擒之。众喽罗绑到寨中,锦姑亲解其缚,扶起与之言曰:"竟拿汝来作个媒人。"魏化曰:"作甚媒人?"锦姑曰:"妾欲为杨先锋举案,适与之说,嫌妾体贱名微,再三不允。"魏化曰:"无有是说。只他乃朝廷驸马,尚未婚配,故有难以区处耳。"锦姑曰:"妾愿居其次,有何不可?"魏化曰:"吾试与言之。"遂进后寨,见文广紧紧绑定,丢在床上。魏化曰:"小将军好苦!"文广惊曰:"汝缘何到此?"魏化曰:"吾见小将军落马,急出相救,被他射倒坐马,复回换马来战,又被所擒。他说要与将军结姻,此事何如?"文广曰:"这事怎生做得!朝廷见罪,将如之何?"魏化曰:"小将亦想到来,但今坚执不从,彼不肯生放还也。依小将臆见,且姑顺之,他又愿居其次,倘后朝廷有辞,小将一一担当。"文广思忖半晌,言曰:"依汝之言,成了也罢。"魏化领言,回复锦姑曰:"小将军允了,但说后来毋得有异说也。"锦姑曰:"甚么异说?"魏化曰:"即大小之谓。"锦姑曰:"妾虽非天朝人物,礼义颇自矜持,岂无愧耻而溺于私欲者乎!特因彼是将门子弟,吾爱之重之,日后不失所托耳。"遂命喽罗大排酒筵,是夕文广成亲。有诗为证:

> 郁葱佳气蔼蓬莱,金玉缘成月老裁。
>
> 宝鼎氤香馥郁郁,紫箫声沸凤凰谐。

### 月英怒攻锦姑

次日早膳已毕,文广正辞别锦姑,将欲起行,忽闻寨外喊叫。文广披挂上马,却又见是一佳人也,暗忖道:"冤家如此之多!"遂绰枪向前言曰:"吾乃大宋皇帝敕令进香之兵,汝是何人,敢来阻当?"月英曰:"汝莫非文广将军乎?"文广曰:"然也。"月英曰:"汝乃妾之良人,不与交战。快叫那泼妇出来比敌!"文广听罢,更不打话,拍马直取月英。月英迎敌,交马数十合,不分胜负。魏化又与交战数十合,亦不分胜负。文广又欲出马夹攻,锦姑曰:"暂且收军,明日再战。"

文广于是收军入寨。锦姑曰:"月英才能胜妾十倍,且颇贤达,莫若纳之,以杜其患。"文广曰:"着谁去通知?"锦姑曰:"烦魏将军一往。"次日,魏化往月英寨中告知其事。月英曰:"可恨此贱人,欺我太甚!"魏化曰:"若非锦姑昨晚苦劝,杨先锋亦不肯允。"月英曰:"杨先锋既允,请他单骑入妾寨来,我姑收军。"魏化回告文广。文广即辞别锦姑,锦姑挥泪言曰:"他日毋以妾为丑陋,使妾有白头之叹可也。"文广曰:"岂有是理,某非王允等也。"言罢,单骑入月英寨去。月英接见大喜,言曰:"郎君,迎接稽迟,幸乞恕罪。"文广见月英淡妆素抹,修眉一弯,新月皓齿,满口瓠犀,心中思忖:"世间有此绝色女子!人常说道月殿仙娃,貌美无伦,今睹此女,或可并之。"有诗为证:

秋水盈盈横两盼,春山淡淡扫眉峰。

绛唇娇啭莺声巧,疑是嫦娥下九重。

文广一见月英,心下甚悦,遂与同到焦山。那晚大设筵席,文广与月英曲尽绸缪。

次日,文广谓月英曰:"蒙子之情爱厚至矣。但我奉圣旨进香,沿途稽迟,违了钦限,甚不稳便。日前子所夺的宝物,快取来与我去还了愿信,再与子会佳期。"月英曰:"本欲留郎君停息数日,怎奈君命为重,实不敢拘去辕。但此后愿勿见弃,妾所终身仰望者郎君,请思昨宵鱼水之欢,亦非残花败柳者也。谨念在怀,幸莫大矣。"文广指心而言曰:"吾有弃子之心,天日可表。"言罢,月英唤丫头递出三件宝来。是那三件宝物?一件是万年不灭青丝灯;一件是自报吉凶玉签筒,何谓自报签筒?人有心事,但一叩之,其签自出,报其吉凶;一件是夜明素珠一串。

　　文广收了宝物，辞别月英，引军到于燕家庄。庄前有一大涧。燕家庄上有一人姓鲍名大登，身长一丈，力拔生牛之角。自称为燕皇帝，入海为贼，官军捉捕不得。生三子一女，长子名大卿，次子名少卿，幼子名世卿，女名飞云，俱有力善战。聚众喽罗数万，屯于燕庄。时鲍大登正与江氏坐于堂上叙话，忽喽罗飞报，说道："宋朝遣人赍宝，往东岳进香，今来此经过，乞发兵攘其宝物。"鲍大登曰："大卿、少卿下海去了，吾今只得自去夺之。"世卿曰："缘何轻觑于儿？待儿去随手拿来，如探囊取物耳。"言罢，披挂出马，引众喽罗摆开阵脚，向前叫曰："来将好好留下宝物，随你往来。若还半言不肯，杀教片甲不回。"文广听罢大怒，挥戈直取世卿。世卿亦拍马迎敌。交马数合，文广举鞭打中世卿左臂，负痛逃回。大登望见，绰枪出马，交战十合，败归于寨，闷坐不悦。

　　飞云闻父败回，急出问曰："来将是谁，如此英勇？"大登曰："我亦未问其名，只见汝兄中鞭，即出马与战。老父非走得快，几被所擒。"飞云曰："爹爹当用计擒之，可徒恃勇乎？"大登曰："来将是个小子，生得十分美貌。吾初欺其幼小，不觉倒有些能干。"飞云曰："待儿出马擒之。"大登曰："你去须仔细。那小子枪法甚精，若捉时来与为配，吾愿足矣。"飞云含羞不语，披挂上马出阵言曰："来将名甚？"文广曰："我乃征蛮元帅之子，先锋杨文广是也。"飞云见文广容貌美丽，又闻是杨府子弟，暗暗忖道："父亲之言不差。"乃言曰："汝曾闻谚云'恶龙不斗当方蛇'？汝今在我处经过，合当小心。礼物不拘多少献上，买路过去，方是汝之高妙有能处。今到撒泼无礼，逞强恃勇，

要抢路过,怎能得勾!"文广听罢大怒,直杀过去。斗上数合,飞云刀
怯,拨马走往大涧边去。文广赶上,大喝曰:"贱丫头!走那里?"飞
云常在此打马跳涧,教练其马跳得甚熟,故引文广来跳。遂走至涧
边,打马一鞭,跳过去了。文广不知飞云诱他来跳,且其马素习未惯,
跑到涧边,亦打一鞭去跳那涧,滑喇一声,跌落涧内。魏化急赶来救,
大登出马交战。飞云见文广落涧,令数十善水喽罗下涧捉之,须臾绑
缚上岸。飞云令众弗得伤他,竟跑马先回,入后堂见母亲商议婚配之
事。有诗为证:

> 秦楼年少吹笙女,汉苑风流傅粉郎。
>
> 共结丝萝山海固,永谐琴瑟地天长。


## 文广与飞云成亲


却说飞云诱得文广跳涧,既擒捉了,竟回寨入见江氏。江氏迎而
言曰:"闻娇儿用计擒了来将,足慰父兄之心,以雪输阵之辱。"飞云
曰:"固然雪耻,还有一事,不好说得。"江氏曰:"母亲跟前却有何害?
只管说来。"飞云欲语,又掩着口只是笑而已。江氏曰:"莫非所捉之
将,真可以为偶乎?"飞云点头,复曰:"彼乃杨府之子,况且妙龄,杀
之可矜。"江氏曰:"待父升堂,吾即言之。"

鲍大登升堂,江氏同坐于侧。众拥文广于阶下,挺身而立。江氏
见文广美如冠玉,心下十分欢喜,谓:"真吾之婿也。"大登曰:"竖儿

不跪，复欲何为？"文广曰："吾之膝，金石弗坚过也，岂肯向鼠窃狗偷之辈而一折乎？"大登闻说大怒，提剑欲砍。江氏即遮隔言曰："小童有一事，欲启圣上得知。"文广亦怒曰："砍便砍，何必做那般形状！"又见那婆子称"圣上"、"小童"，复大笑焉。江氏曰："此子乃杨府子弟，莫若留之，以配飞云。圣上酌量何如？"大登遂抛了剑，向前笑曰："贤婿休惊。"时天将晚，大登也不问他肯不肯，释了其缚，只管教飞云出来拜告天地。飞云既出，大登命其下拜。文广不拜，大登按倒其头令拜。文广暗忖："此来被阴魂迷了，连连遭此缠害。前被锦姑玷我之璧，今若不顺，他仍不放，莫若姑顺了也罢。"遂下拜焉。拜毕，与飞云同入洞房，颠鸾倒凤，不胜欢乐。

次日，文广告大登曰："蒙岳丈厚恩，谨当趋侍左右。但小婿领圣旨进香，恐违钦限，只得拜违前去酬了复命，庶几罪不及于九族。"大登曰："自古为臣尽忠，理合奉行。但汝媳妇如何？"文广曰："复命之后，即遣人来取。"大登曰："我自送至。但小女无瑕之玉，被汝点破，端期白发相守，慎毋见弃可也。"文广曰："小婿非薄行之人，决无是为。"大登曰："亦须进房一辞而别。"文广遂进房辞飞云。飞云半晌不语，长吁一声。文广曰："子何愁闷之深？"飞云曰："早知郎君离别早，何似当初不遇高。"文广曰："非也，上命差遣，由不得我。我岂肯轻离别乎！"飞云曰："妾跟郎君同去何如？"文广曰："不可。此去进香，要洁身诚敬，以奉神明，敢带妇女？"飞云曰："似此奈何？"文广曰："待回汴京，差人来接便了。"飞云曰："妾之娇姿，未惯风雨，郎君知之怜之，幸勿丢于脑后。"文广曰："某萌此念，天厌！天厌！"飞云曰:"妾当远送一程。"遂与文广同出庭前,告父曰:"妾欲送杨郎一程回来。"大登曰:"儿去即回,彼行程紧急,莫去误他。"言罢,文广拜别大登、江氏,与飞云同行。

　　出至寨外,两泪如倾。文广见之,亦不觉泪下,言曰:"一宵恩爱,遽尔离分,心岂忍乎? 倘后我无音来,汝不肯忘而来相与,当会同焦山杜月英、宜都窦锦姑,一同入京访问,金水河边无佞府乃我之家,汝等直投入来。"飞云曰:"恐郎君他去,家人不容奈何?"文广乃取下金簪一根,言曰:"设或不在,以此递进,无有不容。"飞云曰:"妾去会时,恐彼二人不信,何如?"文广又解下鸳鸯绣袋一个,付与飞云言曰:"此乃月英亲手泽也。持此前往,再无异说。请子回步,恐误去程。我与汝既结夫妇,后会有期。"飞云不胜悲怆,遂于歧路再拜而别。有诗为证:

　　　　昨日相逢今别离,忽闻钏落泪交颐。

　　　　心中无限伤情话,握手叮咛嘱路岐。

　　文广别了飞云,回到军营,将成亲事情告知魏化。魏化言曰:"此乃天缘奇遇,将军前生结下来的,纵仇敌之家,亦必成就。"言罢,文广号令诸军起行。不数日到了东岳,文广谓魏化曰:"众军俱屯止山下,吾与汝斋戒沐浴,手捧此三件宝物,拜到圣帝面前献上,才见诚敬。"次日,文广、魏化沐浴毕,捧着宝物,一步一拜,直到大帝面前。挂了灯,安置了签筒,文广曰:"素珠须挂在大帝手上方好。"遂亲登案,揭开罗帐挂之,遂礼拜上香。已罢,同魏化绕廊观看,叹曰:"灵山胜景,真个无穷佳趣。"有诗为证:

百折千回叠嶂岑，崆峒遥出翠微深。

青天白日烟霞结，不受尘埃半点侵。

文广往各房游耍，只见道士个个丰神秀雅，飘飘然若当世之神仙。乃言曰："吾辈持戟负戈，吃惊受恐，有甚好处！到不如此辈宠辱无惊，理乱不闻，优游自得，恍洋自适，却不知天之高地之下也。"有诗为证：

悟彻三千与大千，上人不为利名牵。

烟霞深隐诸缘寂，水月光涵一性圆。

顽石点头时听法，清风拂座夜谈玄。

闲来拟结陶潜会，共醉芳樽对白莲。

文广叹罢，道官来请进膳。膳毕，文广曰："汝众道官各退，我等遍观景致一番，亦不枉到此处。"言罢，众道官各散去了。文广与魏化步到一峰，峭拔壁立，其高冠绝诸峰。有诗为证：

风光天下已无双，万里云山尽树降。

一笑风雷生足下，钧天路去不多长。

文广既到其峰，只见有一石殿，殿门上书着"天下第一高峰"。忽然云暗，似有雨之状。魏化曰："雨来那里去避？"文广曰："推开这石殿之门，进去躲避一会何如？"魏化向前推之，半毫不动，乃曰："却推不开。"文广曰："用些力气推之。"魏化用尽平生之力，又推不开。文广曰："待我试之，看推得开否。"遂将一只手略推，只听里面环响，谓魏化曰："我推得开。"魏化曰："难也，将军试推之。"文广遂将两只手向门上一推，滑喇一声，如山崩地裂、霹雳雷震一般，其门开了。吓得魏化胆战心惊,手脚慌乱。文广笑曰:"你怎么的?"魏化曰:"好怕人也。今观将军,乃天神也,岂凡俗侪乎!"

文广举步欲进,忽内有两个武士执戟立于两旁,大喝曰:"甚么人,这等胆大!推开禁门,步入里来?"文广曰:"圣朝差进香的。"言未毕,忽内有一员官出来请曰:"圣帝宣将军入后殿一话。"文广随他进到后殿,俯伏在地,言曰:"小臣杨文广是也。今同魏化领旨进香,游玩至此,因欲避雨,妄推禁门,乞赦死罪。"帝曰:"赦尔无罪,卿等平身。"赐坐于侧,命侍臣献茶,红桃二枚。文广、魏化领受不食。帝曰:"此桃甚难得食,其味极佳。昔王母献武帝之桃,即此一种,卿试尝之。"二人遂食之,香甜无比。茶罢,复赐酒,各饮一杯毕,帝言曰:"杨卿可惜路逢佳偶,点破好景。不然,为一全真,无复临凡受奔竞矣。但此一前缘,不可麾却者也。魏化特一凡胎,但见为主忠贞,故今日亦因杨卿而同饮大丹头矣。此非小可之益,自今已后,随意变化飞腾。今劳卿进香,赐此以答诚心,回去幸勿泄漏。"

二人拜辞出殿,行至门外,文广曰:"帝言随意变化,我化个鹤飞过前山去了。"等候多时,魏化不来,复飞转看之,只见魏化飞起三尺,又坠于地。文广飞下问曰:"你缘何不飞起来?"魏化曰:"不知因何飞起又坠。"文广曰:"饮食一般,你缘何又飞不起来?敢怕那仙桃核子,你不曾吞下?"魏化曰:"我是不曾吞之。欲带此核回去布种。"文广曰:"帝说汝是凡胎,今看起来,你的心也是凡心,安能超脱飞升!汝快去吞之。"魏化曰:"吞之恐怕咽死了我。"文广曰:"人生在世,无百年长在躯体,缘何这等怕死!"魏化遂强吞之,文广大喝一声,一手带起魏化,齐齐飞过山前,并下立定。化曰:"吾生怕坠落,跌死于地。"文广曰:"怕死贪生,为凡心之最。人所以难学道者,有凡心故耳。汝急急去之,日后我与汝同归大罗,毋自迷失真性。"言罢,只见道官来迎歇息。

次日,文广拜别圣帝,相辞道官,下山引军望汴京而回。不一日到了汴京,文广入奏仁宗。仁宗见奏大喜,下命重修天波滴水楼,封杨宗保为无敌大元帅、宣国公,杨文广为无敌大将军、忠烈侯,宣娘为鲁国夫人,魏化为殿前都指挥使。文武各升有差。又命文广与长善公主毕婚不题。

却说狄青终日恨宗保,又见全家受封,乃曰:"老贼,今日封公封侯,吾之冤仇何时可报!"遂唤心腹家丁名师金者,谓之曰:"吾昔日征蛮,被宗保老贼耻辱,今欲诛之,以雪其忿,汝有何策?"师金曰:"宗保,朝廷倚任重臣,老爷害之,岂无后患?此事断不可为。"狄青听罢,拿起铁锤赶打,咬牙大叫:"打死你这奴侪。"一竟赶进后花园内而去。师金暗忖:"莫若谎他,不然,今日活打死了。"既至后园,遂生一计,跪下告曰:"老爷息怒,听小人告禀。"狄青曰:"奴侪,禀甚么!养军千日,用在一朝。你到说这等话,长他人之威风,而不忠心以事我。"师金曰:"常言机事不密祸先行。老爷向堂上大声说这等话,只恐有人走漏消息,报知杨府。杨府一本,论老爷挟私谋害,满朝文武保奏他的甚多,那时老爷悔之晚矣。为此,小人激怒老爷,引至此处,才好说话。"狄青大喜曰:"我的儿,说得甚有理。我且问你,怎生计较,害他父子性命?"师金曰:"今老爷已说要打死小人,待小人走进房去，只做寻不见，着家丁遍搜逐出，不容在府。小人竟去投杨府，俟方便处将宗保刺死，又泯其迹。仇杀而祸远，方是全谋。"狄青曰："妙计，妙计！"遂令师金起去。须臾时，又赶转庭堂上来，大骂奴侪可恨，令家丁搜寻，逐出府门，饶他一死。众人将师金推出于府门之外，师金即投入杨府而去。

是时，无佞府中大排筵宴，花烛荧煌，嘉宾骈集，庆贺文广与长善公主毕婚，尽皆欢饮，沉醉如泥。师金悄地进到宣国公房中，伏于梁上。宣国公与诸客饮罢，进房取下冠帽，仰卧床上，只见一人伏于梁上，乃曰："梁上君子，你有甚事？或要钱物，或要杀我，请下来商议。"师金闻说，遂跌落于地，跪下告曰："小人狄太师家丁师金是也，太师令来做刺客。"宣国公听罢，就枕言曰："汝取我头去。"师金曰："蒙老爷不杀小人，小人又敢作背义之事乎？"遂将狄青谋害之话，与己不肯之意，一一告知："乞老爷假做个计策，一则以活小人之命，二则以寝狄爷谋害之心。"宣国公曰："吾即诈死，汝归事主，则彼此两全矣。"师金领计，星夜逃回，报知狄青说："杨府今晚成亲，宣国公醉了，被我刺死于床。"狄青大喜曰："已报一冤，俟后再图文广。"不题。

却说宣国公那日饮多了些酒，到半夜时身体不快，忙唤文广入嘱后事。文广疾趋卧榻之前，问曰："爹爹如何一旦不安？"宣国公令文广屏退左右，言曰："适狄青遣一家奴名唤师金来刺我，我令他砍首，师金号泣说不敢，但求个生路。我即以诈被刺死之计告之，师金拜辞而去。我就寝，忽梦帝命武士斩我，我乃惊醒。今想此数难逃，欲生不可得矣。狄青怀忿，将后必来害汝，须防之。"言罢疯痰顿生，须臾

而卒。次日,表奏朝廷。朝廷令敕葬,令文武祭奠送殡毕。有诗为证:

> 无复公来佐太平,一天风雨折台星。
>
> 四方闻讣俱惊骇,默嘿无言泪暗倾。

### 三女往汴寻夫

却说鲍大登每欲送飞云往汴京而去,后因大卿、小卿狂风覆舟,溺死于海,世卿打猎,坠崖而死,大登日夜感伤,遂呕血数斗而死。飞云与母江氏议曰:"父死兄亡,此地难以居身。杨郎别时,曾言叫去寻他。"江氏曰:"只恐日远情疏,变了心也。"飞云曰:"他临别之时,曾遗我香袋一个,令儿去会同焦山杜月英、宜都窦锦姑往汴寻之。儿想起此等情意,决非亏行易心者。"江氏曰:"既有此等约期,即当收拾起行。"于是遂唤众喽罗将山寨焚了,竟往焦山而行。

及至焦山,杜月英出马问曰:"来将何人?无故兴兵,来此呐喊啰噪。"飞云出马言曰:"姊姊莫非月英乎?"月英曰:"然也。"飞云曰:"昔日杨郎遗言,使小妹会同上京寻他,不知贤姊肯去否?"月英曰:"尊名见示。杨郎曾有何言?将甚为凭?"飞云曰:"妾姓鲍,飞云名也。杨郎别时,曾遗贤姊所绣鸳鸯香囊,又言再会宜都窦锦姑姊姊同去。故今日特来相邀。"月英闻言,含泪问曰:"别汝次几多时矣?"飞云曰:"只在妹寨一宵,即分别而去。"月英遂拉入寨歇息。

次日，收拾完备，亦命喽罗将山寨烧了，直往宜都而去。时窦锦姑正忆杨文广，不胜忧闷。有诗为证：

闭门日日见青山，思忆郎君咫尺间。

总被宜都关阻隔，妾身何路会郎颜？

月英等既到宜都，喽罗慌忙报锦姑曰："不知何处一彪军马来到。"锦姑见说，即披挂出马，只见是月英引众喽罗，乃笑曰："你这丫头，今日起兵来此骚扰，又有一个杨郎在此来抢夺耶？"月英亦笑曰："被你这个歪瘟姑先夺趣两晚，今日是以兴兵问罪。"锦姑又问曰："那位娘子是谁？"月英曰："亦是杨郎卿卿。"锦姑曰："人谓杨郎貌美，恰似莲花，宋太后道莲花亚于杨郎。人问其故，太后曰杨郎解语，莲花岂解语乎？人人爱着杨郎貌美，今看起来，果是莲花不及。不然，这位娘子逢之，亦不放过。"飞云闻说，掩羞言曰："闲话休说，且到贵寨一拜。"言罢，锦姑邀进。相叙礼毕，锦姑问曰："今日何事，动劳二位光顾？有失迎送，恕罪恕罪。"月英曰："姊姊适笑为杨郎而来，今果为他而来。"锦姑曰："为杨郎甚事？"月英曰："杨郎别去两年，杳无音耗，今特来邀姊姊同去寻之。"锦姑曰："闻他母亲家法甚严，倘杨郎公出，远而不纳，奈何？且杨郎亦非轻薄之子，他毕竟来取我等。我等不必自去。"飞云曰："小妹子亦虑及于此。蒙杨郎付金簪一根，令约会二位姊姊同至其府。倘或不在，而不容纳，将此金簪递进，无有不收留者。"锦姑曰："贤妹年虽幼小，虑却深远，吾等皆不如也。但引大队人马入京不得。"月英曰："怎生区处？"锦姑曰："唤他众人过来，分付各散，量带几十勇敢有能之士同行。"于是月英、飞云各分付其部众散去,财物将马载之,三人引数十骑望汴京而进。

不数日到了汴京,访问至于无佞府前。锦姑着手下去对守门者说:"我等是送文广将军家眷的到来,烦去通报。"其手下依锦姑之言,直对守门者说之。其守门军人言曰:"你这人在说梦话!文广将军有甚家眷在外入来?"言罢,喝声:"快走!"不礼答之。手下回告锦姑,锦姑下马,揭了眼罩,亲到府门下问曰:"大哥,文广将军在家否?"守门者见锦姑生得貌美,遂戏之曰:"将军在家时怎么的,你要与他干那话儿?"锦姑大怒曰:"你这贼子,敢如此无礼!少顷入见将军,定行枭汝首级。"守门人见锦姑话头凶狠,想必有甚来历,遂曰:"娘子不须烦恼,将军下操去了,到晚方回。"锦姑曰:"你去通报老奶奶,只说送家属的见在门外,未敢擅入。"那人忙进禀木夫人曰:"外面有一干人,说他是送杨将军家属的,着小的通报老奶奶得知。"木夫人曰:"吾儿未曾有甚婚配。你出去对他说,京中姓杨者多,敢怕错寻了门户?俺府中却无别姻亲也。"守门人即出,以木夫人之言告锦姑。锦姑遂取下金簪,递与守门人言曰:"此簪是杨将军别时所遗,烦你递与老奶奶看之,便知端的。"守门人拿了簪,进告木夫人。夫人曰:"此老身之簪,昔日吾儿往征南蛮,把与他束发。今在此女之手,想必吾儿与他有甚缘故。汝去放他入来,待文广回来,问是何如。"守门人遂出言曰:"老奶奶着你入去。"锦姑遂唤月英、飞云下马入府。门外之人见之,皆曰:"此三女乃活观音降世。"众皆嗟呀不已。

锦姑等一齐进到中堂,站立阶下。江氏先与木夫人通了姓名见礼,然后锦姑三个齐拜于阶下,言曰:"婆婆万福,媳妇久失奉候,总冀恕罪。"木夫人惊曰:"列位娘子,缘何这等称呼?"锦姑正欲诉其衷曲,忽门外扬声喝道:"忠烈侯回府。"文广一入,锦姑等接见,相拜言曰:"郎君别来无恙?"文广曰:"托庇平安。"言罢,遂一一将三女之情告知木夫人。夫人乃命家人治酒接风,不在话下。

却说狄青闻知文广先婚三寨强贼之女为妻,寻思一晚,写了表章,次日清晨进奏曰:"文广违逆圣旨,先婚贼寇三女,罪当弃市。"仁宗见奏,怒曰:"这厮敢无礼欺君如此!"遂着驾前指挥拿问。包拯一闻拿问他,忙奏曰:"文广虽逆圣旨,汗马功大,不可令法司问刑,必圣上宣到殿前,亲究根由。果欺蔑宪典,加罪未迟。倘情可矜,又当赦宥。"仁宗允奏,下令拿来廷鞫。

须臾,数十武士拿得文广上殿。仁宗骂曰:"你这厮好无礼!朕将长善公主匹配,有何负汝?辄敢大胆先婚贼女。从实招认,免受鞭笞!"文广曰:"臣实有罪,特事出无奈,乞陛下宣魏化鞫问,便见分明。"仁宗下命宣魏化。须臾,魏化俯伏金阶,一一奏其事故。仁宗听罢,乃曰:"此等姻缘,非偶然也。朕非包卿进奏,险屈忠良。"遂命释放。文广整衣冠谢恩毕,遂将狄青原日与父结仇之故,及后师金行刺等情,一一奏帝知之。帝曰:"老贼如此挟私害人,岂是忠心为社稷者乎?"言罢,文广目视魏化,招之同至御前奏曰:"狄太师恼恨微臣,深入骨髓,不斩臣头,心不肯休。非臣不欲忠于陛下,只恐死作无头之鬼,那时悔无及矣。今愿陛下善保龙体,微臣纳还官诰,谢却人间之事,徘徊霄汉之外矣。"言罢,稽首再拜毕,二人奋身一跃,文广化一只鹤,魏化化一只鸦,冲天而去。仁宗与满朝文武惊叹不已。仁宗乃曰:"文广化去,那有忠心竭力赞勤寡人者?今后边疆祸作,谁为征讨?"遂大骂狄青谗佞,陷害忠良,不在话下。

却说杨府闻知文广化身去了,惊死长善公主,一家大小号哭于庭。忽文广、魏化飞止于庭。木夫人见文广飞回,乃曰:"闻吾儿化身而去,长善公主今已惊死。"文广曰:"可惜此女,青春夭亡,必须表奏朝廷知之。且汝众人休向外面说我回家,从今已后,不听天子宣诏,隐匿于家,看佛念经,消过时光也罢。"次日,着杨云将长善公主事表奏朝廷。仁宗闻奏,甚加哀悼,下令敕葬,封为忠烈夫人。无佞府中大小送殡不题。

# 第 八 卷

## 鬼王踢死白额虎

却说仁宗在位四十一年,英宗在位四年,国泰民安,边祸不作。及神宗即位,熙宁五年,西番新罗国侵犯边境。

新罗国王姓李名高材,勇力超群。因新纳西夏一人,姓张名奉国,其人生得身长二丈,腰阔二十围,两颧突起,眼似金星,两肋生有八臂,人号为"八臂鬼王"。时一日,众猎夫赶出一白额猛虎,团团围定,呐喊射之。那虎乃神虎也,箭到其身,纷纷坠地,并射不入。张奉国正往那打围之处经过,闻呐喊啰噪,乃问手下人曰:"前面呐喊,做甚勾当?"手下人对曰:"猎夫呐喊打虎。"奉国曰:"人常道虎能食人,我实不曾见,待我前去看之。"遂下轿来,步入围场看之。那虎被猎夫射发了性,咆哮跳起咬人。忽跳在奉国面前而来,手下人慌忙扯奉国曰:"老爷快走!毋被所伤。"奉国曰:"有何害?待这畜生近来,我踢死他。"手下人惊得走了。那虎将近来,奉国行进几步迎着,伸脚一踢,将那虎撇在半天,恰似踢球一般。那虎大吼一声,跌落于地,寂寂不动。奉国近前看之,只见那虎七孔鲜血迸流。遂手招众猎夫言曰:"虎已死矣,汝众人近来,抬去剥皮。"众猎夫近前跪拜,言曰:"老爷是个神人，今日感谢除了这恶物，不知被他伤了多少的人。"众人抬回，剥了皮，割下其肉，会计重八百馀斤，不在话下。

却说张奉国一日早朝毕，李王谓之曰："咱国年年进贡大宋，使人入其朝，每被廷臣耻辱侮慢，咱甚羞愧。细想起来，彼人也，我亦人也，吾何畏彼哉！咱今欲兴兵争夺中原，以雪往日廷臣耻辱之仇。卿有何策，教咱行之，谨奉社稷以从。"奉国曰："臣部下有一人，姓夏名雄，力能拔山举鼎，所射之箭，百发百中，使一柄大斧，约重九十馀斤，挥动可敌万夫。乞主上封为先锋。小臣不才，愿为总督，统领十万雄师，出攻莫耶关，以取宋之都邑。"

时有一老臣，姓许名武，急谏曰："不可。大宋民心归顺，一统山河，材官若雨，策士如林。何当轻觑于彼，便谓破之易易！主上不听臣言，妄动刀兵，惹起正朝征伐，必有覆亡之祸。"李王未语，奉国答曰："老丞相有所不知，天下久治，戎事俱废。大宋昔日之良将，皆已凋谢。今掌兵权居边镇者，皆膏粱子弟。闻吾兵骤进攻打，心寒胆战，望风逃窜不暇，尚敢来争斗耶？然此时亦天与之，人能顺天行事，未有不昌大其国者也。"李王闻说大喜，遂不听许武之谏，乃封张奉国为伐宋总部行营无敌都管头，封夏雄为前部开路威武大酋长，即日领率部落十五万，杀奔莫耶关而来。许武因谏不从，出朝仰天叹曰："天作孽犹可违，自作孽不可活！我国历代好好的，纳此叛贼，将金瓯打破，使我辈无葬身之地。"遂回家削发为僧，云游四海去讫。

却说莫耶关都指挥使罗练正升厅问事，忽报新罗国李王兴兵来攻莫耶关，声言要夺大宋天下。罗练大惊，一面着人筑关防御，一面着人回汴进奏。使人星夜到了汴京，正值神宗设朝，使人直进，奏知神宗。神宗闻奏，惊问群臣："谁能领兵征剿新罗反寇？"忽一人出班奏曰："臣愿领兵前去讨之。"神宗视之，乃右丞相张茂是也。神宗允奏，下命封张茂为统兵征西大元帅，令往团练营操演军兵，精选十万勇猛之卒前去征之。张茂领旨，往团练营中选择军兵，遂试得胡富勇力过人，武艺极精，乃以先锋印挂之。查点众军，载定名姓，号令明日五鼓起行。分付已完，回府歇息，绕道从无佞府前经过，喝道者禁声，跪下禀曰："前面是无佞府，凡大小官员人等，俱要下马经过。"张茂喝曰："胡说！"端坐马上，喝令众人敲金鸣鼓而过。

却说杨文广年已六十，正在书馆训诲诸子兵书战策。其长子曰公正一郎，次曰唐兴二郎，三曰彩保三郎，四曰怀玉四郎。时文广讲谈方罢，忽闻府前动张乐器，乃唤守门者进入问曰："何事府前大张响器？"守门人对曰："张茂丞相下营选军出征新罗反贼，今从此回，喝令众军鼓乐而过。"文广听罢，乃曰："小小丞相，今日才统大军，不胜夸耀，且尚未曾临阵，胜负不知何如，遂敢这般做作。殊不晓这样风色，我老杨做得不要的了。"言罢，谓诸子曰："我当时因无子息，可奈狄青百节生计，谋害我们，后遂化鹤回家，埋名隐姓，生下你兄弟姊妹，幸今都已长成。一则朝廷优待吾门，二则男儿志在四方。你兄弟当夺武扬威，报效朝廷，不坠祖宗声闻，使老父得睹赫奕功业，死亦瞑目。汝看今日张茂欺俺家无人，方敢如此无礼。"

言罢，四郎怀玉告曰："儿今去张丞相处求挂前部先锋印，以报效朝廷，爹爹说可否？"文广曰："汝素无名，他怎肯即授此职？但去做个散骑，出战之际，显些能干，斩将夺旗，方才他肯任用。"怀玉曰：
"若做散军，辱了宗祖。爹爹放心，儿去自有方略，定要夺了先锋之
印。"文广大喜曰："此子有些胆略，日后或者能干得些事业出来。你
去只要谨慎而行，吾观张茂，却非良善之辈。"怀玉曰："爹爹何以知
之？"文广曰："我之府前，是圣旨着落官员人等至此下马。今观此
人，才统三军，昂昂得志，自谓不世之奇逢。今过我府门前而不下马
者，非欺我家，乃是欺朝廷。岂有欺朝廷之人，而非狼心狗行者乎？"
怀玉唯唯领诺。

次日五鼓，怀玉辞别父母兄妹，披挂上马，竟到张茂府中访问。
张府人说已领兵出城去矣。怀玉即追赶出城而去。既赶到十里长
亭，只见众官在长亭上与张茂饯行。有诗为证：

山岳储精胆气豪，旌旗彩色映征袍。

长亭饯别行营处，一剑横溟欲息涛。

却说张茂领兵出了汴京，行至西门十里长亭之上，只见众官遣人
来禀曰："列位老爷在官亭上与老爷饯行，请暂驻征骖。"张茂即命军
士暂止官亭路上，乃下马直进亭上，与众官相见。礼毕，各官依爵坐
定，传杯弄盏，奉劝张茂之酒。

却说怀玉赶至官亭，只见众军纷纷屯止于道，遂向前问曰："张
丞相在那里？"军士曰："在前面亭子上饮酒。"怀玉曰："饮甚么酒？"
军士曰："满朝官员与丞相饯行。"怀玉听罢，直到官亭边与护卫卫军
言曰："替我禀上，外面有一将特来求挂先锋印。"军士喝曰："你是甚
么样人？有甚么本领？敢来求先锋印挂。"怀玉曰："你莫管他，只替

禀上就是。"军士不答而啐之。怀玉喝曰:"狗侪! 我自去见来,罕希你禀。"军士拦当,一拳一个,打得五花六花,抱头乱窜。直抢进亭前跪下。

张茂问曰:"汝何人也,敢打军士,抢入筵前?"怀玉曰:"某乃杨文广四子,名怀玉也。"张茂曰:"胡说! 杨文广昔年化鹤升天去了,那讨儿子?"怀玉曰:"昔因狄太师欲谋害吾父,故吾父化鹤归家,埋名四十馀年。昨闻丞相领兵出征,特命来助丞相,望乞收录。"张茂一闻文广还在,恐神宗知之,遣来夺了元帅之印,遂大怒曰:"欺君罔上贼子! 该死,该死! 诈死三朝不出,即受万刀之诛,犹有馀辜。待明日奏圣上,先诛此贼,然后出征。"喝令左右将怀玉绑缚,推出枭首。众官劝曰:"丞相息怒。他既是杨府子弟,必能战斗。不如带往军中,令他出阵,若能擒军斩将,以功赎罪,饶他一死。如不能为,斩之未迟。"张茂曰:"他正恃是杨府子弟,故敢如此逞凶,擅打军士,抢入军围,有犯军令。然又欺藐我等,情实难容,怎生饶得!"众官苦劝曰:"丞相才出兵,先斩本国之人,其兆甚为不美。"张茂遂曰:"看列位大人分上,饶汝之死。"令左右休放,带到行营听用。众官各散。是日天晚,张茂命军士扎寨歇息,来日起行。

却说周王乃神宗亲弟,立朝正直无偏。是日正出西门围猎,见一起人短叹长吁,唧唧哝哝而来。周王命人唤近前来问之。那干人跪下言曰:"杨文广诈死在家,生有一子,勇不可当。今竟到张丞相处求挂先锋印,张丞相大怒,说他不应抢围,有犯军令,喝军士绑缚,推出斩首。"周王听罢大惊,问曰:"斩了没有?"那人曰:"众官苦劝,方免了。只恐散去，晚间斩之。"周王令众人起去，心下忖道："张茂怎能出征？日前我已欲奏圣上，别选良将领兵，未得其人。今他正宜招募英雄克敌，缘何有此等勇猛之士，又欲斩之？想必听得文广未死，怕来夺了他的兵权，故先斩此子，明日复奏文广诈死欺君，激怒圣上斩他。此贼必是此意。"乃慌忙策马往官亭来看。时已黄昏，只见数十人绑一后生推出来砍。那后生大叫曰："你今砍我，我得何罪？"周王骤马向前，喝散军士，令从人解了绑缚，问曰："汝是谁？张茂因何斩汝？"怀玉一一诉其情由。周王曰："你乃我家之甥，我若不来，好冤屈也。"于是将从人之马与怀玉乘之，带到府中歇息。

次日，以其事进奏神宗。神宗曰："杨府之将，人人英勇，历历可考。张卿何不用之，反行诛戮？"周王奏曰："臣逆料张茂之心，恐陛下知文广未丧，宣来代他行军，夺了兵权，故先斩却怀玉，而复奏文广诈死不出，欺君罔上，激怒陛下斩之。"神宗曰："恐张茂未便有是心。"周王曰："嫉贤妒能，常人之情，大抵然也。陛下何以不信？少顷张茂来奏，此段情节便见之矣。"不题。

### 文广领兵征李王

却说张茂那晚写了表，次早复转入朝进奏神宗。神宗不览其表，传旨宣入问曰："卿昨出兵，今复来奏，却有何事？"张茂曰："杨文广诈死欺君，拟罪应斩。杨怀玉擅打军士，抢入军围，罪亦该死。"神宗曰:"文广诈死,虽有欺君之罪,闻朕有难,命子效劳,此志可取。若加重刑,天理人情俱不顺矣。怀玉来求先锋之印,勇敢可取,卿宜录用。彼纵有罪,带到行营,令其出阵,无能立功,斩之未为晚也。"张茂被帝说了一篇,自觉其非,遂跪下奏曰:"臣该万死,愿纳还帅印,臣不敢领。"神宗曰:"卿受无妨,推辞则甚。"张茂又辞。周王乘机又奏曰:"张丞相既再三不领,乞陛下宣文广代之。"神宗允奏,遂降旨宣文广入朝,领兵征番。

文广接旨,自绑缚入朝待罪。神宗命释缚,冠带升殿。文广升殿,叩头谢恩,奏曰:"蒙陛下不杀之恩,千载难忘。"神宗曰:"今新罗国举众犯边甚急,特命贤卿为帅,统兵前去征剿。不知谁可作先锋?"文广曰:"臣之子可也。"神宗曰:"闻卿昔日征蛮乃是父子,今日征番又是父子,正谚所云'临阵无如子父兵'是也。但卿宜用心调遣军兵,无负朕之所命。"文广领旨,遂拜辞神宗,即统兵整顿起行。有诗为证:

> 气吞胡羯忠悬日,志定山河怒触天。
>
> 威制贼徒潜社鼠,心怀王室熄狼烟。

却说文广领了元帅之印,叩首辞帝。是日竟出演武场中点兵。既到演武场中坐定,众将参见礼毕,乃曰:"此去征番,有谁敢挂先锋印?"杨怀玉向前言曰:"不肖愿领。"正欲挂之,只见丛人中走出一人,大声叫曰:"只有你杨门中人挂得先锋印,偏我外姓人,便不能挂耶?"怀玉喝曰:"汝名甚?敢来争印!"那人笑曰:"小子犹不知老胡名姓?某乃驾上带刀指挥胡富是也。"怀玉曰:"指挥不指挥,欲挂此先锋印,须在军前比试。"胡富怒曰:"小子敢倚父势欺我!"遂跃马出阵,与怀玉斗了十合,被怀玉将红绵套索套倒其马,胡富遂落坠马下。擒下缚其手足,反绑提在帅字旗下,乃拈弓搭箭,跳上了马,约走百十馀步,扭转身来叫一声:"照箭!"众军大惊,意谓射死了胡富,那晓将背后反绑的绳射断。胡富遂爬起来。怀玉叫曰:"再试何如?"胡富直至武厅拜见文广,言曰:"愿让先锋之印与小将军挂也。"文广于是令怀玉挂先锋印,胡富为副先锋,公正一郎为掠阵使,唐兴二郎为提调使,彩保三郎为监粮使。是日分遣已毕,复令三军明早俱要赴无佞府前俟候起行。

次日,文广与众夫人相别,率军望西进发。有诗为证:

白露为霜秋草黄,鸡鸣按剑事戎行。

轰轰鼙鼓雷霆震,烨烨旌旗闪电光。

江汉无波千里静,山河有道万年长。

愧予谬窃三军令,马革毋忘在朔方。

大军不日到了甘州。甘州都指挥使邓海迎接文广入城,坐于公馆,参见毕,文广问曰:"西番贼寇,今到何处?"邓海答曰:"贼势浩大,已打破莫耶关,今至白马关也。"文广又问曰:"此去有多少路程?"邓海曰:"只有三百里路途。"言罢,忽一骑飞报曰:"杨顺又下山来劫掠,声言今夜要攻破甘州城池。"文广曰:"此又是何贼来到?"邓海曰:"是静山草寇,内有两人,一名杨顺,一名刘青,为贼之首。聚众八千,常下山来掳掠。官兵捕捉,屡被杀伤,无奈彼何。"怀玉曰:"今在何地劫掠?"那骑军曰:"今在胡村,此去有百里之遥。"怀玉曰:

第八卷 **237**

"待儿先擒此贼来献。"文广允之,令其领兵三千,前往胡村擒之。

怀玉领兵,约行六七十里,只见道路之中,大队小队,携男挈女而来。怀玉令军士唤来问之,路人答曰:"静山大王下山劫夺,我们逃走入城避之。"怀玉听罢,催军前进。恰过一山,只见旗帜蔽日,喧嚷震天。怀玉料是贼到,令军士摆开阵脚,放炮呐喊。杨顺见了,亦令放炮,摆开阵脚。怀玉曰:"汝是谁?"杨顺不知是杨家将,只道是官军,乃曰:"汝尚不知老大王的姓名,杨顺即是某也。"怀玉呵呵笑曰:"好个大王,霎时拿到手来,要你小王也做不成!"杨顺大怒曰:"这小畜生,却好大胆!"挺枪直取怀玉。交马三合,被怀玉擒了,绑回甘州见文广。文广令推出斩之号令。杨顺乞饶草命:"愿随将军鞭镫。"怀玉告曰:"谅此小寇为祸不凶,杀之无益,饶他一命,留于帐前听用。"文广遂放之,令其回静山招集馀党,前往白马关听候:"今放汝去,若不弃邪归正,仍复为贼,劫掠害民,吾亲提大军擒捉,碎尸万段!"杨顺唯唯而退,忙回静山招集去讫。


## 公正争先锋印


却说公正一郎见怀玉擒了胡富、杨顺,满营夸道英雄,心甚不忿,乃入帐告父亲曰:"四弟为先锋,已擒二将。儿亦愿为先锋,擒贼以立功绩。"文广曰:"先锋极是紧要之职,儿有力量为之,老父不胜之喜。但恐汝做不得。"公正曰:"爹爹何轻视于儿!若做不得,强来争之何故？"文广遂唤怀玉入，令将先锋印付与公正挂之。

次日，文广率军望白马关进发。忽报前有一彪军到。众视之，乃杨顺也。下马与文广相见，文广令其引军前行。大军到了白马关，文广入公馆坐定，罗练参毕。文广问曰："贼来几日？"罗练曰："已两日矣。"答罢，骑军来报，关前贼寇搦战。文广曰："公正引军三千迎敌。"

公正得令，披挂出关，令军士摆阵。公正出马叫曰："番贼！是谁为首？早出交战。"那番阵上八臂鬼王向前言曰："谁是贼都督？爷爷不识汝这小子是何人！"公正曰："统兵征西督理军政大元帅之子，先锋杨公正是也。汝小番臣妾之邦，不守本分，侵犯边境，作此悖逆之事。今天兵到来，能悔前失，卸甲归顺，已而已而，不究往日之恶。设若大惑不解，擒拿归京，漆头为饮，砍肉为醢。痛哉痛哉！那时悔之何及！"八臂鬼王曰："说甚么不守本分！有德者昌，无德者亡。汝宋往昔还似有些体统，若论今日，好笑好笑。奸臣满目，贼子盈庭，刚者明矫诏以示威，柔者阴假借以肆恶，满朝谁逆龙鳞，绕殿尽摇狗尾。以此观之，君日骄而臣日谄，国不灭亡者幸矣！"

言罢，公正大怒，挺枪直取鬼王。鬼王与之交战二十合，鬼王败走，公正勒马赶去。鬼王又迎战数合，遂思忖："不如佯败，转过那山，将铁弹打死这厮。"鬼王又败走，转过山隅而去。公正赶上，不防鬼王取弹弓立于隅头那边。公正一转隅头，鬼王即放铁弹，打中公正右肋。公正负痛，走回本阵。鬼王驱兵冲过阵来，文广急令怀玉出马迎敌。怀玉出阵，斗了二十馀合，鬼王败走，怀玉不追。鬼王又战数合,怀玉将鬼王之马刺了一枪,鬼王败走回阵。怀玉亦不追赶,收军回关。

次日,文广曰:"汝小子辈俱不济事,试看老父出关擒之。"于是炮响一声,文广出关,摆开了阵,唤奉国打话。奉国出阵,见文广童颜鹤发,气象凌云,乃暗叹曰:"常闻杨郎貌美,今见果然。这般年老,犹有如此丰度,当妙龄之际,不知何如俊雅。"遂言曰:"将军年已高迈,今远出边疆,一旦不测,灭尽夙昔英名,何愚之甚而见不及此!"文广曰:"忠君报国之丈夫,马革裹尸,肝胆涂地,所不辞也。年虽老耄,实不忘此。今汝等叛乱,领兵征剿,正理所在,岂论老少。凡为人臣,求尽其理而已。汝臊羯奴等,何尝知之!"奉国大怒,正欲出马,夏雄进前言曰:"不劳都管爷爷出阵,待咱出马擒之。"言罢,骤马直取文广。文广拍马交战三合,被文广将流星锤打中夏雄之脑,脑浆迸出,坠马而死。奉国见伤了夏雄,挥戈直取文广。

文广与战五十馀合,不分胜负。文广忽变出十馀个文广,围住奉国。奉国大惊,忖道:"他亦能此。"遂亦化十馀个奉国接战。战了三日三晚,不分胜负。奉国暗想:"若不下迷昏阵,怎能勾胜他!"遂口念咒语毕,大喝一声,天昏地暗,日月无光,三军乱窜。文广大惊,即飞上云端,绕阵大叫:"军士休动! 个个站着,不论彼军我军,近前来者即斩之。"奉国驱军进阵砍之,一起进去,不见出来。又催一起进去,又皆杀了,不见一军回还。奉国曰:"今反被他算计我了。想将起来,迷昏于此,不消十日,尽皆饿死,何必令军杀之。"遂收军回寨去讫。

文广在云端飞来飞去,叹曰:"被这孽畜下了迷昏阵,这些军士怎生救得出来?设若迷了十日,一个个饿死于此。"心下慌慌,左飞右飞,飞到杨顺头上。只听得杨顺自言自语说:"我那山后有一庵,庵前有一井,其庵中有一道人号太虚,常对我言:'大王若遇斗战,被人下了迷昏阵,急取此井之水洒之即解。'我想此阵,莫非迷昏阵?得人去那里取水来洒,或者可解。"文广遂飞下言曰:"杨顺休动手,我文广也。适在云端,听见汝说那里有水可解此阵?"杨顺将原由告之:"但得我去,随即取来。"文广曰:"这不难,汝伏在我身上,观看是那里,我即飞下取之。"杨顺遂伏于文广背上,飘然冲霄飞起。只见半空转一转,杨顺曰:"这里是矣。"文广遂下,取了水,乃曰:"汝仍伏在我背上,到阵汝将水周围洒之。"文广飞回,绕阵而翔。杨顺将水周围洒毕,霎时天清气朗,白日当空。文广乃下,收军入关。众军皆到帐中叩头,言曰:"赖爷爷救活,犹如重生父母。"不在话下。

却说奉国收军,查点折伤二万,言曰:"死者不能复生,但录其名姓,待取了天下,重加封赠。"于是令排筵席,宴赏诸将,作乐饮酒。一连饮了三日,乃遣人看宋阵动静。只见无一军在阵,军人回报奉国,奉国惊曰:"怎么被他解了?"遣细作打探消息,说道:"往静山取得井水解了。"奉国曰:"汝众军切莫妄动,待我坏了此水来。"遂化作一道士,往静山而去。偶行到一庵前,只见庵门上书着"奉国庵"三字。奉国曰:"此庵倒与我同名。"乃步进里面,叫声:"师父在否?"只见一道童出来答曰:"师父适出采药去了。"乃问曰:"仙长何处?贵姓大名?"奉国曰:"吾居终南,别号古虚。"道童曰:"吾师太虚,仙长

古虚,太、古虽殊,下并归虚。由此观之,世间万物,何物不虚?见虚
之真,得虚之精,其仙长之号乎?"古虚笑曰:"童子知此,道可授矣。"
乃问曰:"此庵何名奉国?"道童曰:"奉朝廷敕命建焉。"古虚曰:"你
这山中有好井泉否?"道童曰:"前面有一井,其水有些妙用。人被鬼
魇,或被人符咒,魂魄昏迷,只将此水一洒即解。"古虚曰:"我偶神思
不畅,去吃些来。"遂往井边观看,果是一井好水。有诗为证:

> 千年孤镜碧,一片远天青。
>
> 淡味谐尝饱,昏迷解使醒。

### 八臂鬼王坏井水

却说道童言此井水能解符咒鬼魇之事,古虚听罢,思量文广所取
必是此来。遂又问曰:"此山只有此井水好,别再无了?"道童曰:"别
再无有好的。"古虚遂托言:"我今日心绪彷佛,想此水亦可治疗,你
可指示我去吃些。"道童曰:"那前面大松树之下便是。"古虚辞别道
童,径到井边。只见澄澄澈底清莹,遂向里面大小便,复以手指画符
一道于水上,大喝一声,井水鼎沸,黑沉沉的。遂踊身一跃,飞回本
营,下令三军进围白马关。

文广在关上正议进兵之策,忽报八臂鬼王率兵围关。文广急令
怀玉出关迎敌。怀玉得令,引众出关,忽狂风大作,飞沙走石,天地黑
暗,仍如前日。怀玉急收军入关,告知文广。文广曰:"这鬼头好生

可恨,待我飞上云端看之。"文广看罢,下与诸将言曰:"怎了！怎了！
他将四门,书着绝路符、迷昏咒,但遇兵出,狂风大作,飞沙走石。为
今之计,必须遣人进奏朝廷,再修书一封,请得宣娘姊姊与魏化同来,
方擒得此贼。"怀玉曰:"此关怎出去得?"文广曰:"老父只得去来。"
众军哭曰:"老爷一去,军中无主。倘鬼王一知,这一关军兵,俱作无
头鬼矣。"杨顺曰:"元帅爷爷莫若再往静山取水来解,却不更快于取
救兵耶?"文广依言,遂飞到奉国庵前取水。只见其水不似前日清
莹,黑沉沉的,文广亦只得取回去洒,但洒得一点在军人身上,立地化
为脓血。文广大惊,只见伤损了几千人。

　　却说文广原吃了仙丹,其水虽倾在他身上,亦不能化之。文广曰:
"敢怕是这鬼头知此消息,下了毒药。"怀玉言曰:"毕竟是了。爹爹可
带儿出关,星夜回汴,取兵来救。"文广曰:"汝去了,军前无人接战。"怀
玉曰:"路途亦要有力量者方才去得。"胡富进曰:"小将愿往。"文广曰:
"汝肯去甚好。"遂写表并家书俱付胡富,令其伏于己之背,挺身一跃,
飞出白马关外。复将公文一角与胡富,言曰:"汝拿此公文,见甘州邓
海讨马,星夜进京,速去速来,勿误军情。"言罢,飞进关去了。

　　胡富走到甘州,见邓海讨了马,竟望汴京而进。不日到了京,往张
茂府前而过,忖道:"张相昔日以我为先锋,乃是恩人。今日过此,不去
参拜,明日知道,不当稳便。"遂下马进府。参拜毕,张茂问曰:"边情何
如?"胡富曰:"杨元帅被鬼王困于白马关,今遣小将回取救兵。"张茂
曰:"这老贼！他逞有能,今日亦会输阵。"遂问曰:"有表章否?"胡富
曰:"有表章。"张茂曰:"有家书否?"胡富思忖:"他无故问及家书,必来

生甚歹意，不如隐瞒了他。"遂答曰："无有家书。"张茂令人搜出书来，乃执于手谓胡富曰："汝替我干场事，即保奏为护驾大将军。"胡富曰："老爷有何事分付？"张茂曰："吾今将老贼此书隐藏，假写一封，说他降了李高材，着汝回取家属。只说汝忠心报国，不肯反背朝廷，竟将此书进奏。"胡富曰："此事怎生做得！周王好不利害，莫连累我九族皆诛。"张茂大骂曰："忘恩背义之贼，周王能诛九族，偏我不能诛汝九族！"喝令左右拿下，紧紧捆绑，声言要将铜锤寸寸砍为肉泥。胡富被众人绑得疼痛难禁，叫曰："相公爷爷饶命，小人一一依随。"张茂大喜，令众人解缚，放了胡富。胡富曰："乞相公奏帝之后，若周王加罪，全赖替小人作主。"张茂曰："此乃我之事也，不必细嘱。"

与了胡富酒食，一同入朝进奏，言曰："杨文广被西番国八臂鬼王下了迷昏阵，将文广活捉而去，遂尽投降了李王。今差胡富悄地回取家属，胡富不肯背国，将此事告臣。臣不敢隐，特奏陛下知之。现有家书在此，启龙目观看，便知端的。"神宗展书览罢，大怒曰："朕有何负于这厮，遂生此意？纵被所擒，亦当死节！若不将他全家诛戮，无以儆戒后人。"遂下命金瓜武士五六百人前往无佞府中，无问大小男女，尽行拿赴法曹，枭首示众。武士领旨去讫。

### 周王设计套胡富

却说周王闻知拿杨府家属，大惊，慌进御前问曰："圣上何事，将杨门老幼,尽行弃市?"神宗曰:"卿有所不知,今杨文广如此如此。"复将家书示周王。周王曰:"此书何处得之?"神宗曰:"文广差胡富回取家眷,胡富不肯反朕,送此书与张茂,张茂适奏与朕知之。"周王曰:"此假书也。"神宗曰:"卿焉见是假?"周王曰:"乞陛下宣得胡富上殿鞠问,便见分晓。"

神宗下旨,宣胡富升殿。胡富升殿,周王问曰:"杨文广父子反了?"胡富吓得战战兢兢,顺着周王之言曰:"反了。"周王又曰:"是真反了?"胡富亦曰:"是真反了。"周王笑曰:"陛下看此言话,就见假了。"张茂见周王在殿上盘诘胡富,恐事漏泄,慌忙升殿奏曰:"边报西贼侵寇甚急,乞陛下再选良将领兵征之。"周王曰:"何人来报边情甚急?"张茂曰:"殿下还不知杨文广已被擒拿,现有胡富在此可证。"周王指胡富言曰:"你好好从直说来!"胡富遂目视张茂,张茂亦以目送意。胡富遂曰杨家父子如此如此。周王曰:"吾不信也!岂有战败,杨家父子反了,却无一卒逃回汴京来说其事?"张茂曰:"全军皆被迷昏,尽皆降了。"言罢,忽侍臣奏道:"拿得杨府全家,俱在午门听旨发落。"周王听见奏罢,厉声言曰:"你二人休挟前仇,干送了人命,冤枉难当。天网恢恢,疏而不漏。"遂跪下奏曰:"陛下要作主意,此非小可关系。倘杨文广等不曾投降,陛下将他家属斩了,消息传到边关,激变杨家父子,江山能保不危乎?"神宗曰:"此事卿言何以处之?"周王曰:"依臣之见,权将杨家老幼敕放回府,待臣将胡富带归鞠问一番,再不认时,星夜遣人往白马关探访。果是文广反了,那时再拿家眷斩之。且彼家属乃笼中之鸟,擒捉有何难哉!"神宗曰:"依卿所奏。"遂下命将杨家老小放了。

　　周王乃带胡富回到府中，坐定，唤过胡富言曰："汝从实招来，免受刑具。不然，打死方休！"胡富不认。周王喝令左右重责二十，胡富那里肯认。周王发下，监禁于狱。复生一计，唤过狱官来说："少顷，你要如此如此而行。"

　　是日将夜黑，胡富在狱中，只见三三两两言曰："冤哉！"胡富问曰："是甚么事?"众人曰："就是杨府的事。汝才入狱，忽有一人言他在白马关回来，杨家父子降了鬼王，鬼王率兵攻打甘州甚急。张茂手下听得，捉见张茂。张茂丞相拿去奏知天子，天子大怒，骂周王为党恶之贼，吓得周王不敢复保杨家。此事不知真假何如。张茂奏帝，速拿杨府家眷弃市，以彰反背朝廷之罪。帝下命，须臾时拿到法场砍了。张丞相又奏帝释放你，帝允奏。只是周王要缚你去法场，过了这晚，明日才放。"言罢，门外人报张丞相差人到来。狱官慌接进那人。那人问曰："胡将军何在?"狱官曰："在里监。"那人曰："我张爷奏过朝廷放他，你如何又放在重监?"狱官曰："小官不知，周王遣人分付送重监。"那人曰："你去请胡将军出来，我有句话与他说。"狱官忙开门，放出胡富。那人曰："你众人且回避。"狱官诺诺，连声退去。那人低声附胡富耳畔言曰："丞相多拜上将军，他奏过圣上放你，但周王又对丞相说，要缚你去法场过这一晚，明日才放。丞相问曰：'这是怎么?'周王曰：'祸根是他起的。'丞相因他是金枝玉叶，遂允诺了。丞相为此遣我来对将军说，周王今晚复来拷打，坚意莫认你罪。帝已释放，周王亦不敢重刑拷打。丞相又说，若去法场，如有鬼来，只说明日丞相大做斋事超度。将军小心,苦也只有这一晚,明日即受快乐。"胡富曰:"多谢丞相周庇。"那人辞别去了。

却说周王先遣人抬得四五十副棺木,放于法场,去了棺盖,令人卧于内,待胡富到来装作鬼叫,与他讨命。又令将猪血倾于法场,待胡富来只说是人血。分调已完,周王遣人下狱缚胡富到于法场。差人提起灯亮,照与胡富看,乃言曰:"斩得好苦,这都是血。"胡富见许多棺木,问曰:"放许多棺木在此做甚?"差人曰:"周王送来,叫砍一个,将棺木盛一个,莫抛散了尸。恐怕文广未降,回来亦好说话。"言罢,将胡富反绑于木柱上。差人曰:"你做下昧心事,请在此受苦,我顾不得了。"遂提亮子回去。

夜至三更,这边棺木内叫苦,那边棺木里叫苦,中有一棺木内滑喇爬将起来,言曰:"胡富!你这贼!我家又不曾反,只遣你回来取救兵,缘何起此歹意,陷死我一家性命?你好好还我命便了。"胡富曰:"非干我事,都是张丞相叫我这等做。我坚执不肯,他叫起家丁紧紧绑缚,要将铜锤打死我们。如今虽屈杀了你一门,张丞相说明日大做斋事超度你们。"言罢,那鬼乃叫:"宣姑娘、鲍奶奶,大家近前,活撇死此贼!"忽然三四副棺木内俱爬起来,吓得胡富高声喊叫:"鬼来!鬼来!"附近居民慌忙起来问曰:"你喊甚么?"胡富曰:"许多的鬼来!不是老哥出来,生生捉了我魂也。"中一人曰:"平生不作皱眉事,半夜神号心不惊。你不屈陷了杨家府人,不是冤家对手,他就不来寻你,何怕他鬼来!"胡富只道居民,不晓是周王密藏的人。胡富恨不得与他说话到天明,乃曰:"老哥,你慢慢听我说,这场冤屈,非干我事。"那人曰："如何不干你事！且杨家父子皆是智谋之人，怎么俱被鬼王捉了？"胡富遂将取救兵、张茂谋害的事，备细说一遍。周王从中出来，言曰："我的儿，你早说出来，也不受许多苦楚。"遂放了绑缚，带回府中去讫。


## 十二寡妇征西


却说周王既套出了胡富情实，次日直到无佞府中说知其事。众夫人俱出，拜谢活命之恩。周王曰："杨元帅受困白马关，甚是危急，我今早即欲进奏圣上，发兵去救。但想起八臂鬼王能变化，满朝却无那般神人能去抵敌，我所以先来与众夫人商议。昔日尊府出好女将，或者今日还有。夫人说来，我即进奏圣上，敕令领兵前去解围。"众夫人对曰："日前闻得反情事，已遣魏化去看虚实。殿下少坐一会，想必今日来到。适劳究及女将，府中虽有几个女子，未尝临阵出征，怕去不得。少顷究问，即来复命。"不题。

却说杨文广因胡富回京，日久无音，闷闷不悦。刘青禀曰："小将愿变狗走出，放火烧贼粮草，回取兵来解围。"文广允之。刘青摇身一变，变成一个黑狗，摇头摆尾走出贼围，西贼尽皆不知。刘青走到番人粮草之处，激石取火，烧贼粮草，火焰涨天。文广等皆上城瞭望，知刘青出贼围矣。

刘青既烧了粮草，星夜回到无佞府中。只见周王与众夫人在议军情,直向前禀曰:"小将刘青是也,因杨元帅等陷于白马关,今特回取救兵。"言罢,忽魏化飞止于庭。周王惊曰:"缘何从天而降?"众夫人笑曰:"殿下还不知?即昔年化鸦升天魏化是也。"周王嗟叹不已,乃问曰:"边情何如?"魏化曰:"杨元帅受困白马关,望朝廷救兵,不啻婴儿之待哺也。"周王曰:"我进奏圣上,着落一人监军,汝府中拣选一人统军,事不可迟。"

周王辞别,将勘问胡富与魏化往白马关探问等情,一一奏知神宗。神宗大怒,贬胡富辽东口外军,罢张茂为庶人。周王又奏曰:"杨元帅受困日久,乞陛下急遣将救之。"神宗曰:"谁可领兵前去?"周王曰:"殿前检点孙立可为监军,统军正帅还于杨府选拣一人为之。"神宗允奏,遂下命孙立为监军,引军五万,前往白马关救护不题。

却说周王既去,众夫人唤一门妇女言曰:"老爹陷在白马关,谁领兵去救?"杜氏夫人所生一女名满堂春,向前言曰:"妾愿领兵救之。"宣娘在傍言曰:"你有甚本领,敢去解围?"满堂春曰:"凭妾手段便了,姑姑缘何相欺?"宣娘曰:"昔日你爹陷于柳州,阿姑只汝年貌,去救了来。我只怕你幼小,去救不得。"满堂春曰:"侄女儿去得,姑娘不必过虑。"宣娘曰:"好大话!姑虽年老,你拈枪来试与比较一路,看是如何?"满堂春欣然拈枪,直到后花园中,跨上雕鞍俟候宣娘。宣娘徐后到了,两马相交数合,不分胜负。宣娘停枪,教之曰:"汝枪法亦好,但雪花枪照眼一路甚生。此只能拒人,而不能擒之。若一熟之,则能擒人矣。"满堂春曰:"蒙姑娘教诲了。"宣娘曰:"再试一阵。"满堂春曰:"见教甚好。"宣娘又与交马数合,念动咒语,霎时间天昏地黑,飞上半空。满堂春亦飞入云端,大喝一声,日复光明。宣娘乃下,站于庭中,满堂春亦随飞止于庭。宣娘连叫几声:"去得,去得!"

时木夫人已死,魏老夫人还在。宣娘遂请出魏太太来,言曰:"今朝廷听信谗言,不肯矜恤我家,动辄全家抄斩!亦不须领朝廷兵,我今聚集家兵,与满堂春、邹夫人、孟四嫂、董夫人、周氏女、杨秋菊、耿氏女、马夫人、白夫人、刘八姐、殷九娘、魏化、刘青等,去救兄弟而来。"此十二女俱寡妇也。魏太太曰:"这等极好。"于是查点家兵,二千有馀,宣娘乃号令诸军,放炮一声,径望白马关进发。

忽周王引军到来,在马上叫曰:"那位娘子出兵?怎不入朝领兵前去?"宣娘亦在马上欠身施礼曰:"戎衣在身,不得下马施礼,乞殿下恕妾死罪。今主上听信谗言,昨将满门绑缚入朝,何等羞辱!尚有甚面目入朝领兵?以此领吾家兵,去砍贼围便了。"周王曰:"臣之事君,尽其道而已矣,小忿何可计也。今我奏过圣上,命孙立为监军,汝等一人为正统军,领军五万前去救应。今我引孙立与众军来此,会同起行。"宣娘曰:"荷殿下盛情盛德,日后全家当效犬马之报。既孙将军同行,须听妾之号令,不然难以克敌。"孙立曰:"愿听军令。"宣娘遂揖周王,回马催军前行。有诗为证:

　　十二孀人出事戎,腰悬龙剑识雌雄。

　　风云入阵惊神鬼,关塞臊尘一扫空。

不数日,宣娘引军到了甘州。

却说张奉国困了文广一月将来,不见大宋发兵来救,遂奏李王天子曰:"今文广困陷白马,料不能出。乞陛下遣一人,领兵攻打甘州,甘州一得,宋之咽喉破矣。从此至汴,无有坚劲关隘,汴京唾手可得。既得汴京,文广孤军在此,即不饿死而得其生,亦无能为也。"李王见奏大喜,曰:"卿言命何人引军前去?"张奉国曰:"臣妻管氏,可以领兵前去。"李王乃命管三娘领军二万,前去攻打甘州。

管三娘领旨,引军竟望甘州进发。正行之间,前军回报宋发一彪军马来到。管三娘闻说,遂令军士摆开阵势。宣娘亦令军士摆开阵脚,着满堂春出阵。满堂春得令,骤马向前问曰:"来者何人?"管三娘曰:"我乃新罗国部都管张行营之妻,管三娘是也。"言罢问曰:"汝是谁?"满堂春曰:"我乃大宋征番杨元帅之女,满堂春是也。"管三娘曰:"汝父今作饿鬼,何尚不知事体,而又敢兴兵抗师?只恐少时交战,拿到手来,可惜青春幼女,作一无头之鬼。"满堂春大怒,挺枪直取管三娘。三娘亦拍马舞刀迎敌。斗了五十合,不分胜负。三娘便飞刀来砍满堂春,满堂春拈弓搭箭,射落其刀。乃复拈箭抠弦射三娘,三娘飞刀砍断其箭。满堂春曰:"此泼妇手段亦好。"遂口念咒语,霎时黑暗无光,军士乱窜,其阵大败。满堂春见军士溃乱,乃向上大喝一声,朗然日出,挺枪直取三娘。三娘惧怯,拨回马走,忽面前又一满堂春,惊得三娘措手不及,被满堂春一枪刺于马下。满堂春跳下马来,枭了首级,提见宣娘。宣娘曰:"此是汝之头功。"遂催军前进,离白马关十里下寨。

次日,宣娘升帐,唤过魏化曰:"汝入城去报知吾弟,传令明日出兵交战,军士头上皆用黄布裹之。整顿齐备,令四门擂鼓呐喊十次之后,但听云霄角响三声,四门大开,一涌杀出,勿得有误。速去速来!"魏化得令,飞入城去,止于帐前。只见文广撚须吟诗,有诗为证:

> 威镇边关独擅名,激扬荆楚鬼神惊。
>
> 遥思白璧还朝重,谁为黄金博带横。
>
> 月照罗浮炎瘴灭,风行海岛蜃烟清。
>
> 家山咫尺人千里,翘翘依依望岭云。

文广吟诗,只见魏化飞下帐前,言曰:"元帅居险地而犹然吟咏行乐,人情乎?"文广曰:"身虽居于危险之中,吾心游于危险之外,所以不为客遇挫动,而乐亦在其中矣。此等情境,亦惟我能处之,在他人不胜其忧。"继而复问曰:"今是谁人领兵前来救应?"魏化曰:"宣娘总督三军而来,今已屯兵于关外,特遣小将报知元帅明日出兵,如此如此而行。小将仍要出去领兵接战。"魏化辞别,飞出城去了。文广一一依着宣娘传示,号令三军。

却说宣娘着魏化入城去后,遂涌身飞上云端,观看鬼王下了甚么毒阵。周围看罢,叹曰:"此鬼头利害,下了绝路符,若非我来,怎生破得此阵!"乃抽身飞到普陀山紫竹林中观音大仙座前,拿起净瓶噙水一口,复飞转白马关周围喷毕,又吹气一口下去,然后下寨歇息。

次日,宣娘升帐,下令军士俱用黄布裹头,复唤满堂春、邹三夫人、孟四嫂曰:"汝等领兵五千,杀入东门。"又唤过董夫人、周氏女、马夫人、孙立等领兵五千,杀入北门。又令魏化、杨秋菊、耿氏女、白夫人等领兵五千,杀入南门。又令刘八姐、殷九娘、刘青等杀入西门:

"四门不可乱杀进去,但听云霄三声角响,一齐杀进,不许退后。"满堂春等各领兵整顿听候。宣娘分拨已定,飞身直上云端。只见城里城外,军士纷纷裹了头,只听角响接战。城里已擂鼓呐喊十次毕,宣娘乃吹气一口,化一道清风下去。城里城外军士,皆觉得头上紧扎扎的,像似带了皮帽一般,人人又自觉得力气添加。有诗为证:

> 三军裹布化作虎,西贼一见惊无措。
>
> 纵使鬼王能为妖,难逃炉中煅炼苦。

却说宣娘在云端吹了一口气下去,遂吹角三声,城里军士听闻,大开四门,一齐杀出。城外军士听见,一齐望四门杀进。八臂鬼王驱军迎敌,番军俱看见城中出来的、城外进来的,都是黄斑猛虎,咆哮而来,遂皆抛了枪刀,各自逃生,被宋兵踏死不胜其数。宣娘催动大军,直赶至莫耶关。八臂鬼王走进关,令四门多设弓弩,射住宋人,复查点军士,伤损五万。又一卒禀道:"管夫人被满堂春斩了。"奉国大恸曰:"不斩阿奴,誓不为人!"不题。

却说文广赶到莫耶关,只见四门紧闭,弓弩利害,遂下令收军,退回十里平旷之处扎寨。宣娘、满堂春等,接见文广、公正等,大哭一场。宣娘曰:"俺一家非周王力救,杀戮无遗类矣!"


### 宣娘定计擒奉国

文广下了寨,宣娘入帐,与之言曰:"贤弟遣胡富回取救兵,那厮往张茂府前而过,入去参他,被他如此如此如此,以害我家。神宗听信拿问,后得周王如此如此套出胡富情由,遂免了一家死罪。"怀玉曰:"朝廷听信谗言,如此相待我家。今我等劳心焦思,出力战斗,又有何益!莫若纳还此印,携揭满家直上太行山,作一散诞闲人。不受牢笼,岂不妙哉!"文广曰:"不可。吾家世代忠贞,勿至于我身作此不义之事,玷辱家门。"宣娘曰:"八臂鬼王再举兵来,毒恶犹甚,必定计擒之。"魏化问曰:"日昨令城里军士擂鼓呐喊十次,又令头裹黄布,此果何故?"宣娘曰:"那八臂鬼王能吐毒气害人,彼闻军士擂鼓呐喊,只道出战,必放毒气出来。待吐十次之后,毒气渐衰。又令军士头裹黄布,化为黄斑猛虎。所以角响军出,毒气不能伤害,番军见是猛虎,尽皆抛戈弃鼓逃走,吾军遂大获胜。"魏化等叹服,乃曰:"此真仙降临凡地,故神机妙策如此。"

宣娘说罢,文广问曰:"姊姊说要用计擒之,今果有何策可以胜之?"宣娘遂遣数十轻骑,竟回甘州,取纸百箱,前来军中听用。轻骑得令,如飞而去。不一日取纸来到,宣娘口念咒语,以指向纸上画符一道毕,呵气一口,令军士各拿一张带于身上,但逢鬼王来下迷昏阵,将纸一招,日复光明;若遇飞沙走石,亦将纸一摇,沙石自然飞打转去;若遇大水,即将纸铺于水面,两脚踏在纸上,自然浮起。众军领讫。宣娘唤过怀玉,将纸人纸马、两片竹板约长三尺,付之曰:"汝明日将此竹片,一只脚下缚一片,涌身飞起,站于西方云端。若见鬼王到来,急将纸人纸马抛去,自能交战。彼见了,必走南方。汝不必追赶,即下地引孙立、公正、邹三夫人等催动大军,杀入莫耶关,去擒李王天子。"怀玉得令。又谓文广曰:"贤弟,你明日飞在南方云端站着,待鬼王走到,即变化成十馀人交战。彼走东方,急蹑后追之。"又令魏化站立东方云端,鬼王来到,亦化百十馀人交战。彼败走北方,亦徐后追之。又令满堂春站立北方云头,鬼王一到,亦化百十馀人迎敌:"彼见四方有兵,无处逃走,必变为物。汝等听我叫汝等化做甚物,一齐拿他。"分拨已定,众人领计讫。

却说八臂鬼王因满堂春斩了其妻,不胜愤激,乃奏李王曰:"今番必下毒手,杀得他寸草不留,臣恨方消。"李王曰:"卿宜仔细,来将亦好利害。"鬼王曰:"无妨于事。"遂出帐号令诸军,亦往关外平旷之地与宋对垒,结下营寨。鬼王升帐,号令军士仍各将白布二尺,做成小旗一面,立地就要拿到帐前听用。又令军士抬过大水缸一口,放于帐前,满满注水。鬼王走向缸边念咒画符毕,令军士个个将小旗在缸边拖过,俱皆拖完。又令人人在缸内洗其脚手。三军洗毕,鬼王言曰:"汝等洗了脚手,若在水面,自能飞走。少顷出阵,汝等但将小旗一摇,白水滔天漫去,宋兵被水淹溺,汝等向前砍之。"分调已毕,令军放炮出阵。宋营亦放炮出兵。

两军既会,番军人人将小旗摇之,只见平白水涌浪高,宋兵见之大惊,急将纸铺于水面,脚踹其上,尽将浮起,与番兵迎敌。鬼王只道将宋兵尽皆杀了,出水来看,只见宋兵浮于水上交战,乃叹曰:"不期今日遇敌手也!"宣娘忽见水起,言曰:"幸我预备之蚤,不然全军皆没。"须臾水深十数丈,游漫不止。宣娘遂飞上云端看之。只见鬼王走出一看,复入水去,其水又涨一尺,如此者数次。宣娘思忖:"其中必起得有水海,待我化苍蝇候他出来,伏在背上,进去看之。"酌量已定,鬼王忽又出来。宣娘化作苍蝇,唰的一声,飞在鬼王背上,随着入水而去。只见鬼王向缸边念咒毕,复出水来。宣娘一人即飞在缸上,俟鬼王一出,急抽出犀角柄的金刀,将缸砍得粉碎,潮头便消了。

鬼王大惊,复入来看,恰遇宣娘。宣娘即便大喝一声曰:"鬼贼休走!"鬼王未曾准备,慌忙斗了数合,见势不敌,乃心下思忖:"不如走回西番,再作区处。"遂踊身一跃,冲天而去,径望西方而走。恰遇怀玉在云端站着,叫声:"鬼贼!你来了。"即将纸人纸马抛去。鬼王大惊,只见天兵大队下来。鬼王欲待走下,宣娘后面赶来。直望南方而走,又遇文广大喝:"休走!"直奔东方,又遇魏化拦阻。遂走北方,又遇满堂春大喝:"鬼贼休走!"鬼王思忖:"这妮子四方布了军兵,如何走得脱?若不变化,定遭其擒。"遂变一蛇,直窜入水。

宣娘大叫曰:"鬼贼变成一蟒入水,我你俱化为鹰,掠于水面,待他出水,擒其脑壳!"鬼王在水伏了一会,不见来赶,意宣娘不知道了,浮出水面来看。才出头来,被文广一捡,鲜血迸流,疼痛得慌,却在水面滚了一滚。宣娘捡一口,魏化捡一口,满堂春捡一口,复沉溺于水,忖道:"变蛇不好,不如变做木头,他便不觉,却又不怕他捡了。"宣娘等候了多时,不见出来,魏化曰:"敢怕死了。"忽见前面一只小艇,宣娘曰:"兀的不是!"满堂春曰:"那里是他?"宣娘曰:"你说不是,待我解下衣带,化条铁链来锁了他。"正拿向前去锁,鬼王听见链响,摇拽一声,化作一只鹁鸪冲天而去。

宣娘曰:"不下天罗地网,怎能勾得捉此贼。"遂脱下征衣,向上一撒，复脱下征裙，向下一撒。那鬼王直冲九天上去，不见来赶，暗忖道："这番被我走了。"复再飞上去些，只见上面有网，慌忙飞下，又见下面有网，大叫几声："罢了我，罢了我！"宣娘将收网咒念动，鬼王见四面网罗渐渐收敛，暗暗叫苦。宣娘遂将鬼王捉倒，叫他现出真身。鬼王那里肯现，只是声声叫"姑姑"。满堂春怒曰："你叫姑姑，就放你不成！"遂将身上毛揪得干干净。文广曰："汝现出真身，饶汝残生。"鬼王不肯现出，魏化向前，将剑砍去两膀子，还不肯现。宣娘曰："太上老君曾将缚鬼绦一条与我，待我把来缚了他一双脚，带回白马关倒吊起来，不愁他不现出真身。"于是宣娘将鬼王缚了。

　　回至白马关，文广升帐坐定，只见怀玉推转李王，跪于帐前。文广令手下将鹁鸽倒吊于秤竿之上，令军士以荆条笞之。鬼王忍痛不过，叫声："罢了，不消打，待我现出真身。"只见头有两角，眼睛突出，身长二丈，砍去两臂，还有六臂。军士见了皆惊。文广请宣娘向前绑来，与李王同斩。文广断李王曰："你在新罗独称国王，何等快活。虽年年来贡，不过一次。我宋未尝苛刻苦索于汝，汝何妄生事端，侵犯边境，致被擒捉，国破家亡，竟有何益？"魏化曰："他当日动兵之时，思想一统中原，心怀甚大。知有今日，彼亦静守巢穴，肯如此乎？"文广曰："昔日想为天子，总揽乾纲，愿望如是高大。不期今日求为匹夫，生游于世，亦不可得。"遂喝军士，推出斩之。李王大声告曰："乞丞相饶草命，效昔日放五国国王所为，愿世世生生犬马相报。"八臂鬼王曰："大丈夫视死如归，哀求其生何为！"言罢，文广曰："为恶不同，施刑亦异。五国不过助恶，汝则亲为不善，难以释放。

吾初心本欲解赴阙下，待天子亲枭汝头，传递四夷。但汝是个反相之
人，八臂鬼王能为妖术，变化不一，恐少提防，伤损军民。今只得斩
之，传首进京也罢。"有诗为证：

> 大枭西贼首，传递示不宾。
>
> 宇宙重开拓，掀天事业新。

### 宣娘烧炼鬼王

　　文广要将李王、鬼王一齐砍首。宣娘曰："李王砍之容易，鬼王
却有些难，彼能返魂七次。"文广曰："姊姊何由知之？"宣娘曰："贤弟
说这孽障是什么妖怪？他乃弱水上岩一蟹精也。蓬莱山在弱水中
间，鬼王尝变做道童上蓬莱山窥视，欲盗八仙所炼天仙丹头，无有其
由。忽一日王母开寿筵，群仙往庆贺。鬼王听得此消息，遂化作拐李
进仙洞去。仙童不识，问道：'师父缘何独自回来？'鬼王托言曰：'王
母在筵中，问我众仙在蓬莱山干何事，我等曰："炼天仙丹头。"王母
曰："你八仙每送我一颗何如？"我等诺之，今特回来取丹。你快拿日
前所炼天仙丹头出来，我取八颗送去上寿。'仙童遂取出来。鬼王取
了八颗出洞，跑回岩中去了，将丹吞吃七颗，留下一颗。鬼王去不多
时，八仙即回来了。仙童迎而谓曰：'拐李仙师才去就回，想那寿酒
不曾得酢饮矣。'拐李惊曰：'我与众仙一同饮之，何有此说？'仙童
曰：'仙师才回，说王母要丹，唤小徒取天仙丹头出来，拿去八颗，故

所以有此问也。'拐李曰:'不消说,我知道了,是那弱水蟹精拐去了。他每每化作道童来此窥视,我几次举剑砍之,被他逃入弱水而去。此亦无甚紧要,我故不曾计较于彼。今日赶我等去赴蟠桃会,故又化作我身进洞来,骗去仙丹。今想起来,彼谓弱水一毛难载,深藏于内,众仙入来不得,无奈其何。我今要捉此孽畜!"遂抛下数十个火葫芦于弱水中烧之,霎时间水干数丈。巡潮使者见了大惊,急奏弱水龙王。龙王闻奏,惊慌无措,忙差夜叉出问:'天仙爷爷,因何烧我居宅?'夜叉领旨,出问拐李,拐李答曰:'你主不严设法度,容纵蟹奴来拐我仙丹,故此烧干捉之。'夜叉闻说,复入龙宫奏知龙王。龙王曰:'汝去拜伏拐李天仙,乞将火葫芦收了。随即拘提上岩、中岩、下岩众蟹来到,鞫出是那个拐了仙丹,锁解送上洞来待罪。'夜叉奔忙出宫,依着龙王之言启上拐李,拐李遂将火葫芦收了。龙王见拐李收了葫芦,即差捕蟹使者三十名,前往三岩拘提蟹头。捕蟹使者领令,不一时,尽将三岩头目拿到龙宫。上岩蟹王名方用,中岩蟹王名方立,下岩蟹王名方美。龙王坐殿,蟹使将三岩蟹王推于阶下。三个蟹王齐曰:'主上拘提臣等,不知为着甚事?'龙王曰:'是汝等那一岩蟹奴去拐了天仙之丹,惹得他将火葫芦来烧吾居宅? 汝等好好招认出来,送去还他,再遣巡使送些礼物上去领罪。'方立、方美应声曰:'拐了天仙之丹,乃上岩方用之幼子也。'方用曰:'二弟何以知是吾之幼子?'方立曰:'哥王不知,你那方狗极恶,常恃他有力,残虐在下之人。日昨有一跟随他的,被他凌辱,声言要打死他。那奴逃走在弟之岩,说他三公子拐得天仙丹头,已吞七颗,还有一颗在身,如今神通广大,变化无穷。'龙王遂骂方用曰:'你缘何钳束不严,纵子为恶,做下此等大祸?'方用惊恐,连声说道:'臣该万死,臣该万死!委系不知,待臣回岩,解来听罪。'龙王曰:'快拿来送上蓬莱,免他又来缠害。'方用诺诺连声。龙王遂将三岩蟹王放了。方用奔忙回到岩中,问左右曰:'方狗何在?'左右曰:'今在后街耍拳。'方用令左右快叫回来。左右即去唤得回来,方用喝曰:'不成器的畜生!这等胆大,去惹天仙来败国亡家。'遂令左右将方狗绑缚,解送龙宫。左右解见龙王,龙王骂曰:'这贼子,好无知识!图汝一身之益,而惹人来破朕之国。'言罢,令巡海大使:'将大枷枷起,候解蓬莱。朕再入龙库取两件宝物,送与天仙陪情。'龙王进去,方狗吃了仙丹,变化不测,遂将枷来龙宫柱上一撞,大响一声,河翻海沸,遂不见了。巡海大使急奏龙王,龙王顿足捶胸叫苦。巡海大使奏曰:'方狗走了,一时难捉。莫若且修书恳求宽限几时,拿获解来。今将礼物臣赍去领罪。'龙王遂将珍珠网衫八件、起死回生珠一颗,竟差巡海大使赍去献上八仙。巡使领命,送上蓬莱,叩头领罪。拐李接书看之,说方狗走了,乃开慧眼一照,见在西夏国,遂对巡使言曰:'汝主小心致恭我等,我等不加其罪。今送来礼物起死回生珠,鉴其诚意领之,馀者返璧。今方狗走入西夏国去了,吾自往擒之,不必汝主拘拿。汝归拜伏。'言罢,巡使诺诺应声,叩谢而去。拐李与众仙曰:'吾去擒来烹之。'钟离曰:'不必去。孽畜劫数未满,亦下民有灾。十万性命,应该死于他手。'拐李曰:'虽是如此,只可惜坏了八颗仙丹。'众仙曰:'八颗仙丹结果了他性命,彼得甚便宜在那里?'拐李遂未去拿之。"

文广曰:"是谁告知姊姊?"宣娘曰:"我师万寿娘娘,前月同拐李等于王母寿筵上道及此事,大笑说:'仙家亦有人拐,可见世风偷矣。'前日领兵来时,我去问他晓得这鬼头是甚么妖怪,我师遂一一语其始终。"言罢,复问鬼王曰:"方狗奴!你说是不是?"鬼王低头,嘿嘿无言答应。文广曰:"今将何以处之,才断送得他性命?"宣娘曰:"太上老君,我师之舅,待我去老君处借得铁钳、铁罩、真火等件,来炼出他七颗仙丹,然后结果得他。"文广曰:"原他拐得八颗,今何只有七颗?"宣娘曰:"日前风雨沙石大水,皆是此颗丹头变化来的,今已花废尽矣。"言罢复曰:"贤弟少待片时,我去老君处借得那些物件就来。"文广曰:"老君在何处居住?"宣娘曰:"我不说,兄弟是不知之。老君在九天太清宫中居住。"言罢,朗然飞去。

约有两个时候遂转回来,文广曰:"借得物件来否?"宣娘曰:"借来了。他说还要他打的太乙炉,才炼得出来。"文广曰:"那里去讨此炉?"宣娘曰:"老君说他赠我一个太乙炉,着人送来。"文广曰:"此炉炼了人,尚好炼丹?"宣娘曰:"说赠我矣,岂又要还?"言未罢,两个金甲天将,三四丈长,抬得一炉,放于帐前。三军见之大惊,皆曰:"世上有此长大之人!"宣娘喝曰:"休得要大惊小怪。"乃令军士把鬼王绑缚,放于炉中,将铁罩罩倒。宣娘绕炉行走,画符念咒毕,又令军士将石头垛起,盖倒其炉。宣娘袖中取出真火,四围烧之,口念咒语。只见四围石头烧得火焰腾腾,一连熬了九日,才见鬼王口角溜出一颗。宣娘即将老君铁钳钳出。后又着了五十四日,才熬出六颗丹来。毕,宣娘曰:"众军士将石搬了,今既钳出七颗丹来,彼不能变化矣,

汝等拿出来枭首。"众军士拥出寨外,与李王一齐斩了。只见鬼王尸首,是只大蟹。有诗为证:

> 沉没斜阳里,优游乱碛汀。
>
> 千秋完甲胄,岂受莫耶刑。

却说军士砍了李王、鬼王,报与文广知道,说八臂鬼王是个螃蟹。文广曰:"此孽畜拐了天仙之丹,变化成人,害了许多生灵,怨气冲天,故今日受此磨剉。"言罢,于是下令三军整备,班师回京。复留邓海、杨顺镇守白马、莫耶关。邓海等得令,修筑莫耶城郭去讫。

次日,文广令三军路途不许骚扰良民,一声炮响,大军离了白马关,竟望汴京而回。不数日到了京,文广入朝奏道:"枭了李王、张奉国首级,今在皇城之外,未敢擅入。乞陛下敕令传示四夷,以儆将来。"群臣皆进平定西番贺表。神宗大喜,下命传递二颗首级遍示天下。遂封文广为宁国公,宣娘为代国夫人,满堂春等十一女将俱封为骠骑将军,魏化为护国大将军、守西侯,封公正一郎为定西伯,唐兴为镇西伯,彩保为抚夷伯,怀玉为无敌大将军、平远侯,孙立为殿前招讨都指挥使,刘青为检校大将军,邓海为莫耶指挥使,杨顺为白马指挥使。其馀文武,各升有差。召文广升殿,帝慰劳之,赐玉带一条,黄金百斤。是日设宴,犒劳征西将佐,君臣尽欢而散。有诗为证:

> 明良昌运洗胡尘,杨府英贤属帝臣。
>
> 吊伐奉天元不杀,至今麟趾适振振。

次日,文广入朝谢宴,既出,竟往周王府中拜谢。辞别回府,周王亦往无佞府中庆贺。文广于是令家人治酒款待周王,曲尽情怀。饮酒到半酣,论及张茂,周王曰:"此贼子,圣上甚是宠爱。今日又被他贪缘,复了相位。"文广曰:"法贵公也,不齐者,以法齐之。其法不公,刑及无辜,而不施于滥恶,国事日非,邦家渐渐危矣。"周王曰:"老国公金玉论也,其奈朝廷昏暗何!"是日周王开怀畅饮,直至漏下三更方辞,回府去讫。

## 怀玉举家上太行

次日,文广升厅坐定,四子一齐跪下禀曰:"告爹爹得知,可恨张茂排陷吾家,今夜儿等要把他家满门老幼尽行诛之。"文广喝曰:"方受皇恩荣耀,满朝莫敌。若干此等事,王法无情,岂相饶乎?那时莫说恩荣,免死亦难。决不可为!"公正等诺诺而退。怀玉曰:"三位哥哥在此,此事只宜暗暗行之,莫使爹爹知道。"于是商议已定。直至元丰二年端阳之夜,怀玉等将黑搽脸,扮作强人,打入张茂府去,将家属尽皆杀之,止走了范夫人。

范夫人次日进奏神宗。神宗大惊,命殿前检点卞之勇满城搜拿。捕捉十日,不见些儿形迹。范夫人复奏神宗,神宗问群臣:"今捕拿了贼人否?"群臣奏曰:"不见下落。"神宗曰:"国之大臣被人杀死,访拿不出,岂可置之不问而遂已乎?如此即是没了王法,安用朕为!"乃大怒,命钦天监官夜观天象,看凶星落于何处,又命武士四门严捕。

是夜,钦天监官刘江上司天台仰观天象,看后大惊,星夜径到杨府叫门。守门者问曰："汝是谁?"刘江曰："代禀国公,钦天监官有机密事来禀。"却说怀玉干了此事,亦提防朝廷捕缉,乃出宿于府门廊下。听见外面叩门,遂起来看之,正撞遇守门人进禀。怀玉曰:"禀甚么事?"守门者曰:"钦天监官刘江来禀甚么机密事。"怀玉曰:"汝去看,只一人放他入来,如人多,回复明日来禀。"守门者出到门边,从门缝里一瞧,只见是刘江一人,遂开门延入。刘江与怀玉相见,言曰:"小官领圣旨,夜观天象,杀死张丞相凶星,正照老爷府上,为此先来通报。"怀玉曰:"我家没有是事,动劳大人爱厚,容日叩谢。"刘江辞别去了。

　　是夜,怀玉聚集兄弟姊妹商议,言曰:"适闻钦天监刘江到府来说,杀张茂凶星,正照我家。彼未奏君,先来通闻。我想明早他奏知圣上,圣上定行拿问。朝廷听信谗言,我屡屡被害,辅之何益?且佞臣何代无之,他每恃是文臣,欺凌我等武夫,受几多呕气!依我之见,趁今圣上未曾下命拿问,鸠集家兵,悉行走上太行山,却不斩断愁根乎?只有一件,爹爹病重,惊动了他,必竟闷死,怎生区处?"宣娘曰:"那到无妨,我将安云车一辆载之,犹如平地安稳,万无一失。但汝父忠勇,闻知此事,必执汝等入朝待罪。"公正曰:"分付众人,莫将此事告之。乞姑娘进去问病,诓爹爹入了安云车内,我等即便起行。"言罢,宣娘入文广卧房问曰:"贤弟病势何如?"文广曰:"料不济事。"宣娘曰:"贤弟起来,另还于净室居卧,付大小事务于不闻,屏绝鸡犬人言声息,自可避无恒矣。"文广不知是计,爬起来,徐着宣娘入于安云车内讫。是夜,怀玉命家人、众护卫军士,收拾宝物辎重,车载马驮,整备停当,一声炮响,竟望太行山进发。

次早,范夫人又进奏曰:"妾访得强贼乃无佞府杨怀玉等,搽黑其面,抢进妾府,杀了全家。乞陛下敕旨拿之。"蔡京曰:"若论仇隙,亦有可疑。但难拘定是他家杀了,必待钦天监官来奏,便知端的。"言未罢,刘江进奏,说道凶星照着杨府。神宗大怒,下命孙立领羽林军三千,围住杨府,全家拿来,戮弃于市。旨意才下,巡守外边城御史汪万顷奏曰:"杨府举家五鼓时候,城门一开,尽皆拥出,竟望太行山去了。"周王大惊曰:"国有佞臣,忠良难立。曩者张茂有书,冒奏欺君,陷害忠良,罪亦当斩。陛下宠嬖,不行究问,那时已不伏杨府众人之心矣。今日茂死,罪人未获,杨府知陛下毕竟不肯干休,恐祸及于彼,是以高蹈远举,全身远害,飘然不恋爵禄,走上太行。但将来四夷叛乱,再遣何人讨之?"神宗曰:"此事何以处之?"周王曰:"依臣之言,发下诏书,召回杨怀玉等,仍居无佞府中。敕赐重修第宅,彼张茂之死等情,俱罢不究,庶几可以挽回其心。"神宗允奏,即修诏与周王赍往太行,召回杨怀玉等,赦除前罪。

周王得旨,竟赍往太行山而去。不日到了,怀玉等接见。周王曰:"圣上有诏,跪听宣读。"怀玉等忙排香案,整朝服接旨。周王读罢,怀玉等接见诏,叩头谢恩毕,于是整酒陪周王。周王席上问曰:"国公何在?"怀玉曰:"老父患病甚重,只在旦夕谢尘。"周王曰:"待我进去一看,何如?"怀玉曰:"不敢劳动。"周王曰:"内家亲眷,岂有此说?"怀玉曰:"殿下切莫言上太行山一事,倘若言之,老父必阿死矣。"周王曰:"又说鬼话。他今日身居太行,犹不知之,尚待我以告之乎？他既不知，当日怎生得他上来？"怀玉遂将安云车一事告之，周王允诺。及见文广，言曰："老丞相病体何如？"文广曰："动劳殿下垂念，料不久归泉下矣。只是报答殿下之恩，耿耿在怀。"言罢，两泪交流。周王见其情词真切，势甚危笃，亦挥泪言曰："老国公忍耐些儿。"其心亦恐惊伤文广，遂将上太行山等事，隐而不言。乃辞出，谓怀玉曰："圣旨来召回汴，汝等可作急起行。"怀玉曰："臣宁死于此而不回矣。"周王曰："汝不回去，甘为背逆之臣，以负朝廷乎？"怀玉曰："恕臣诳言之罪。略有苦情，一一启殿下听之。若以理论，非臣等负朝廷，乃朝廷负臣家也。始祖继业，王侁排陷狼牙，撞李陵之碑而死；七郎遭逢仁美，万箭攒身而亡；六郎被王、谢之害，充军充徒；迨及狄青、张茂、吾祖、父贬职削官。圣主不明，词章之臣，密迩亲信；枕戈之士，辽隔情疏，不得自达。谗言一入，臣等性命须臾悬于刀头。此时圣主未尝少思臣等交兵争斗之苦而加矜恤。岂臣造为虚谬之谈，以欺殿下乎？"有诗为证：

> 餐风宿露统军时，万种愁怀只自知。
>
> 剪发接缰牵战马，拆衣抽线补旌旗。
>
> 争雄授命耽饥会，角力伤刀负痛归。
>
> 圣主那怜征战苦，谗言一入即分尸。

周王听罢，问曰："汝既不肯回服，敢怕要去辅佐番邦？"怀玉曰："'直道而事人，焉往而不三黜；枉道而事人，何必去父母之邦。'此古人之明训也。臣家世代，性俱刚介，不肯阿附权臣，故落落不合于朝。臣又想国国一辙，处处同风，大宋如此，彼番亦如此。臣既隐身远祸，不辅大宋堂堂天朝,而肯辅腥膻之番乎?且尽心竭力,辅助国家,少中奸锋,九族庙绝。呜呼,哀哉痛哉!辅人立朝,实闲且淡,若浮云过太虚,竟归无用矣。"有诗为证:

> 兔走乌飞疾若驰,人生何事苦谋为。
>
> 屡朝宰相三更梦,历代君臣一局棋。
>
> 禹并九州汤得业,秦吞六国汉登基。
>
> 人人欲作千年计,争奈天公不应机。

怀玉读罢,又曰:"一贼灭,一贼兴,谁能辅佐人国,而使万世之永安乎?"有诗为证:

> 世事若龙舟,古今争不了。
>
> 胜负两亡羊,天地一刍狗。

周王恳恳千回,百遍强之,怀玉不听。周王不得已,辞别而回。既至于汴,即入奏神宗,将怀玉所论之言,并怀玉吟咏之诗,一一敷陈。神宗听罢,为间曰:"噫,寡人之过也!"慨叹不已。复谓周王曰:"劳卿再赍敕旨前往召之。朕想古之帝王,梦卜求贤,以理天下。朕今有此等贤良之士,不能用之,听其肥遁林泉,不得与古明王媲美,使天下万世谓朕为无道昏庸之君也。卿速行焉,善为设辞可也。"

周王领旨,星夜复到太行山,见了怀玉等,剖尽衷曲,劝谕抵极。怀玉等只付之一笑,亦不辩论短长。及见周王劝之不已,怀玉曰:"劳殿下情意殷殷,另有一深长之论,转达天听,且见殿下此来,亦不徒然。"周王曰:"有何论焉?"怀玉曰:"圣朝调遣,拜命而行。倘或来宣入朝受职,将臣碎尸万段,决不遵依!"言罢,周王亦无奈,只得辞别而回。怀玉引领全家送至山下，再拜周王。周王含泪，怏怏不忍离别。怀玉曰："殿下勿忧，微臣不死，后会可继。"周王遂揾泪相别。

怀玉回到山上，命手下伐木作室，耕种田地，自食其力。又出一告示，晓谕家兵，不许下山掳掠民财，为一清白百姓，遗留芳声于后代，"使人皆称我家是个忠臣，退隐岩穴，而非叛乱贼臣，不归王化者也。"有诗为证：

> 尘视侯封上太行，只缘社鼠暗中伤。
>
> 繁华过眼三春景，衰朽催人两鬓霜。
>
> 宦海无端多变态，菜羹有味饱谙尝。
>
> 浮生得乐随时乐，何必耽忧驻汴梁。

后人览罢此书，有诗赞怀玉知机云：

> 峻秩崇阶孰肯丢，知机平远早回头。
>
> 预期十事九如愿，定不三平两满休。
>
> 知自足时还自足，得无忧处便无忧。
>
> 太行风月归闲后，一任人间春复秋。

又诗赞云：

> 卸却朝衣弃却簪，浮云富贵不关心。
>
> 连城玉韫太行润，照乘珠藏合浦深。
>
> 明月花前宵酌酒，薰风竹下昼鸣琴。
>
> 此身不复随宣召，只恐西风短剑临。